JN177487

不屈の横綱

小説 千代の富士

『小説 横綱千代の富士』改題

大下英治

祥伝社文庫

目次

作中、四股名・親方名・人物の肩書きは当時のものです。

第一章　永遠の横綱ウルフ

涙の断髪式

平成四年一月三十一日、両国《りょうごく》国技館には、午前七時からファンが並び始めていた。ファンたちは、翌二月一日に行われる元・横綱千代《ち よ》の富士《ふ じ》の引退、陣幕《じんまく》親方襲名披露大相撲の当日券を求めていたのだった。

第五十八代横綱千代の富士の業績は、輝かしいものであった。「ウルフ」の愛称でファンから親しまれた千代の富士は、通算成績一〇四五勝四三七敗一五九休。この通算勝ち星は、引退時歴代第一位であった。幕内成績八〇七勝二五三敗一四四休、幕内優勝三十一回、横綱在位五十九場所と文字通りの大横綱であった。

平成元年九月二十九日には、通算勝ち星の最高記録更新や、相撲界への著《いちじる》しい貢献を認められ、力士として初の国民栄誉賞にも輝いている。

千代の富士の引退相撲のチケットを手に入れようとするファンは、午後になるとさらに増えていった。

この事態を前にして、日本相撲協会と千代の富士の所属する九重部屋《ここのえ》は話し合いをおこなった。

午後五時には、整理券を配ることにして、「徹夜組」が出ないように、緊急の措置《そち》を取ったのだ。

九重部屋では、翌日の引退相撲の問い合わせの電話が、一日中ひっきりなしであった。

そんななか、千代の富士は、最終の打ち合わせに追われていた。

千代の富士は、自らの心境について語った。

「白髪《しらが》もあるし、細くなった。軽くなるかなあ、ぐらいしか考えないよ。引退した時から、もう親方だからね」

明けて二月一日、東京は、二年ぶりの大雪となった。千代の富士の新たな門出《かどで》に対して、天候も雪化粧で祝福を送っていた。

千代の富士が戦い続けた両国国技館には、大雪をものともせずに、一万一〇〇〇人ものファンが詰めかけた。

大入り満員であった。なんと、引退相撲が満員となるのは、昭和三十五年の横綱栃錦《とちにしき》の時以来の出来事であった。

千代の富士は、太刀《たち》持ちに北勝海《ほくとうみ》、露払《つゆばら》いに旭富士《あさひふじ》を従えて、最後となる雲龍《うんりゅう》型の土俵入りを披露した。

見せ場のせり上がりの時から、千代の富士の目は、もう真っ赤であった。

館内には絶え間なくカメラのフラッシュが光った。そして、引退を惜《お》しむ多くのファンが千代の富士に声を掛けた。

その後には、髷《まげ》と別れを告げる断髪式が始まった。

一時代を築いた大横綱千代の富士は、こらえきれずに思わず大粒の涙を流した。

断髪式には、千代の富士の交友範囲の広さを示すように、元・大関の北天佑《ほくてんゆう》の三九六人に次ぐ史上二番目の三七一人もがハサミを入れた。喜びと苦しみを共に味わった髷を切り落とした。

プロゴルファーの尾崎将司《おざきまさし》、健夫《たてお》、直道《なおみち》の三兄弟や倉本昌弘《くらもとまさひろ》、競輪選手の中野浩一《なかのこういち》、元プロ野球選手の江川卓《えがわすぐる》や梨田昌孝《なしだまさたか》、元サッカー選手の釜本邦茂《かまもとくにしげ》、歌手の松山千春《まつやまちはる》や郷《ごう》ひろみ、タレントのなべおさみらが参加した。

最後に千代の富士の大いちょうを切り落としたのは、師匠の九重親方（元・横綱北《きた》の富士《ふじ》）だった。

万雷《ばんらい》の拍手に包まれるなかで、千代の富士は、そっと二度、自分の目頭をぬぐった。

審判部室に下がり、整髪したときも、その目はまだ赤かった。

千代の富士は、茶目っ気を見せながら、タオルで目をゴシゴシした。集まった記者たちに照れ臭そうに語った。

「我慢してたけど、意外と涙もろい方で……」

断髪後の注目のヘアスタイルは、ウルフの愛称に相応《ふさわ》しいオールバックだった。

「軽くて、さっぱり。忙しいから、あとで鏡を見ながらニヤニヤするよ」

そう笑う千代の富士の目には、涙はすでになかった。

親方としての新しい挑戦を見据《みす》えているかのようであった。

九重部屋を継承

平成四年四月一日、元・横綱千代の富士の陣幕親方は、この日付で師匠の九重親方と年寄名跡《みょうせき》を交換し、部屋を継承した。

千代の富士は、新九重親方としてのスタートを切ったのだった。

千代の富士は、平成三年の夏場所途中で引退後、すでに部屋付親方として弟子の育成に当たっていたが、師匠として、改めていくつかの指導方針を掲《かか》げた。

それはまず、師匠として当然ながら、たたき上げの関取を誕生させることだった。

そのためには、長所、短所など各自の個性を見極めること、そして、人間的にも最低限の社会常識を身に着けさせなくてはいけない、と思っていた。

平成九年四月十五日、第四十一代横綱千代《ち》の山《やま》、第五十八代横綱千代の富士の出身地である北海道松前《まつまえ》郡福島《ふくしま》町で、「横綱千代の山・千代の富士記念館」の完工式と祝賀会がおこなわれた。

会には、九重親方や藪内《やぶうち》裕《ゆたか》福島町長（当時）、千代の富士と親交の深い歌手の松山千春ら関係者約五百人が集まった。

記念館は、総面積九九五平方メートルの鉄筋コンクリート二階建て。福島町の生んだ二人の横綱の銅像のほかに、綱や化粧まわしを展示した横綱メモリアルホール、栄光の軌跡《きせき》を追った映像コーナー、九重部屋と同じ大きさの土俵などが設置された。

土俵は、地元のチビっ子相撲に開放されるが、夏場には九重部屋の合宿をおこなうことも決まった。

完成した記念館を前に、九重親方は、感激の面持《おもも》ちで語った。

「大変うれしく誇りに思う。自分も思い出の品々を懐かしく見せてもらった」

ウルフイズムが花開く

千代の富士が九重部屋を継承してから、はじめて幕内に上がった力士がのちに大関になる千代大海《ちよたいかい》であった。

千代大海（本名須藤龍二）は、昭和五十一年四月二十九日、北海道千歳市《ちとせ》で生まれた。大分県大分市で育った千代大海は、子供の頃から巨漢であった。だが、大の運動好きで、小学校四年時に柔道を始めた。

大分・碩田《せきでん》中学では、九州大会で優勝し、全国でも三位に入賞した。中学卒業から一年半後に角界入りし、平成四年十一月場所が初土俵であった。

平成七年七月場所で十九歳、初土俵から二年半で十両昇進とスピード出世を果たした。しかし、右肘《みぎひじ》の怪我と番付運の悪さに泣かされて十両で二年余りの足踏み状態が続いた。

平成九年九月場所で、ようやく新入幕を果たした。

入幕後は順調に番付を上がり、平成十年五月場所に新小結に昇進し、八勝七敗と勝ち越した。翌七月場所には、新関脇で十一勝四敗の好成績を挙げた。

このころから次期大関候補と言われ、注目を集めるようになっていく。

平成十一年一月二十四日、この日おこなわれた大相撲一月場所で、千代大海の初優勝が決まった。

関脇としてこの場所で四場所目となる千代大海は、十二勝二敗で千秋楽を迎えていた。

千秋楽の相手は、この日まで十三勝一敗で優勝に大手をかけていた横綱若乃花《わかのはな》であった。

　千代大海は、本割で見事若乃花に勝利した。決まり手は、突き落としであった。

　千代大海の勝利により、賜盃《しはい》の行方は、両者十三勝二敗の優勝決定戦にもつれ込んだ。

　千代大海は、優勝決定戦でも、取り直しの後に若乃花を破り、念願の幕内初優勝を成《な》し遂《と》げた。

　また、千代大海は、関脇通算三場所で合計三十二勝十三敗、大関昇進の目安となる通算三十三勝以上には届かなかったが、横綱若乃花に本割、優勝決定戦で勝利した内容が高く評価され、場所後に大関に推挙されることになった。

　九重親方は、愛弟子《まなでし》の初優勝、大関昇進に涙を浮かべた。

　平成三年夏場所に貴花田《たかはなだ》（のち横綱貴乃花《たかのはな》）に敗れて引退してから八年。千代大海の優勝決定戦の相手は、貴花田と同じ二子山《ふたごやま》部屋の横綱若乃花。弟子による九年越しの雪辱《せつじょく》となった。

　九重親方は、あふれる涙をこらえながら、語った。

「自分の初優勝の時よりうれしいよ。ジーンとくる。二ケタは勝てるとは思っていたが……」

　自主性を尊重するウルフイズムがついに花開いた瞬間であった。

　九重親方は、「個々の性格、相撲を見極め、自分で進んでいく力士を育てる」をモットーに据えていた。

平成六年に現在の九重部屋が完成したが、土俵周りは普通よりひと回り大きい一・八メートルのスペースを取った。

てっぽう柱は二本もある。

上から抑《おさ》えつける指導はせずに、絶えず口にしていた。

「あくまで稽古《けいこ》をやる人が主役。無理にやらせても意味はない」

この初場所も、千代大海の朝稽古を見ることは一度もなかった。

負けた翌日も稽古場に来ず、何も言わなかった。

現役時代、四つ相撲で頂点を極めた九重親方だったが、千代大海は突き押し、千代天山《ちよてんざん》は四つ相撲など、弟子たちを、強引に自分の型にはめることもなかった。

自主性と個性を尊重したことが、躍進につながった。

部屋を持って八年目に優勝者を出し、大関を輩出した。

十年で関取が生まれればという角界では、異例の早さになる。

だが、九重親方は、謙遜《けんそん》しながら語った。

「オレは恵まれただけ。弟子によるんだよ。どんなにいいものを持っていても、本人がやらなきゃダメなんだよ」

平成十一年三月場所から大関に昇進した千代大海は、その後も、第一線で活躍し続けた。

怪我《けが》にも悩まされたが、平成十四年七月場所で、十四勝一敗で二度目の優勝を果たし、平成十五年三月場所では、十二勝三敗で三度目の優勝を果たした。

千代大海は、平成二十一年十一月場所で、前場所に続けて負け越したため、関脇に陥落《かんらく》する。が、大関在位は、歴代一位となる六十五場所であった。

その後、千代大海は、平成二十二年一月場所で、初日から三連敗し、四日目の一月十三日午前、現役引退を表明した。

通算成績は、七七一勝五二八敗一一五休。幕内優勝三回のほかに序ノ口、三段目、十両（二度）で優勝を果たした。

この日午後、千代大海は、両国国技館内の相撲記者クラブで行われた引退会見で、自らの人生を振り返るように、語った。

「一つ目標を持てば人生が変わることもある。若い人にそれを伝えたい」

師匠の九重親方は、千代大海をねぎらった。

入門直前まで地元・大分では不良少年だったことに触れ、冗談っぽく語った。

「ああいう子がこんなになっちゃうんだから。指導が良かったのかな。素直な気持ちでやってきたのが良かった。よく頑張ったよな」

そのいっぽうで、師弟での横綱昇進がならず悔しそうな表情も見せた。

「もう一つ上に上がれなかったのが残念」

引退後、千代大海は、平成十三年に取得していた年寄名跡の「佐《さ》ノ山《やま》」を襲名し、九重部屋付の親方として後進の指導に当たることになる。

九重親方は、協会内では日本相撲協会理事として事業部長や審判部長などを務めた。

しかし、平成二十六年の理事候補選に落選した。

感無量の還暦土俵入り

平成二十七年五月三十一日、九重親方は、六十歳の誕生日を翌日に控えたこの日、両国国技館で還暦土俵入りをおこなった。

九重親方は、赤い綱を締め、太刀持ちに白鵬《はくほう》、露払いに日馬富士《はるまふじ》の両現役横綱を従え、力強い雲龍型を披露した。

約一分半、力強い四股《しこ》を踏んだ。

還暦土俵入りで、現役横綱が介添えを務めたのは初めてであった。

三人の横綱の優勝回数を合計すると、七十一回（当時）。なんとも豪華な土俵入りであった。

九重親方は笑顔で語った。

「キリッとくるものがあった。現役の頃を思い出した。感無量」

約一二〇〇人の観衆からも、「日本一！」などの声援が飛んだ。

白鵬は語った。

「（生で見られて）最高！　親方は三十五歳まで現役だった。自分もできたらいい」

日馬富士も、感慨《かんがい》深げに語った。

「あこがれの大横綱と一緒の土俵に上がれて、光栄」

還暦土俵入りは、元横綱の長寿を祝う儀式で、昭和十二年に元・横綱太刀山《たちやま》が最初におこなった。平成二十五年に北《きた》の湖《うみ》が披露して以来、歴代横綱で十人目となった。

巨星、墜つ

平成二十七年九月十三日、九重親方は、膵臓《すいぞう》がんを患っていたことを明かした。

東京・両国国技館で無気力相撲の有無をチェックする監察委員としての職務に復帰した九重親方は、七月下旬から一か月間ほど入院し、手術も受けたことを明らかにした。

「早期発見で良かった」と喜び、以後は一滴もアルコールを口にしなかった。

しかし、やがて、がんが胃や肺などに転移し、鹿児島県などで治療を続けていた。平成二十八年の七月場所は、四日目の十三日を最後に休場し、都内で入院していた。

平成二十八年七月三十一日、九重親方は、膵臓がんのため、東京・文京区内の病院で死去した。六十一歳だった。家族全員に看取《みと》られて逝《い》った。遺体を乗せた車に、久美子夫人と長男の剛さんが同乗した。都内の病院から、午後五時十一分、午後八時十二分に東京・墨田《すみだ》区の九重部屋に到着した。キャスター付きベッドに乗せられ、元・大関千代大海の佐ノ山親方や幕内の千代の国《ちよくに》らが寄り添った。

力士たちは、涙を流しながら言葉をかけた。

「ありがとうございました……」

大横綱であり現役親方でもある九重親方の突然の訃報《ふほう》は、関係者に激震をもたらした。現役時代に千代の富士の猛稽古で横綱に上り詰めた八角《はっかく》理事長（元・横綱北勝海）は、「あまりにもショックで、コメントのしようがない」と、春日野《かすがの》広報部長（元・関脇栃乃和歌《とちのわか》）を通じてコメントするのが精いっぱいだった。

尾車《おぐるま》事業部長（元・大関琴風《ことかぜ》）は、対戦成績六勝二十二敗だった〝戦友〟との現役時代を振り返り、悼《いた》んだ。

「初顔は昭和五十三年夏、私が寄り切りで勝ち、その後五連勝しました。すると突然、佐渡ケ嶽《さどがたけ》部屋に出稽古に来るようになりました。東京にいても巡業にいてもいつも胸を合わせました。右手の指が裂ける大けがも気がつかないほどでした。鋭い当たりから中に入って左前まわしを取られたら体が浮いてしまい、つま先立ちの状態になるほどでした。そして、その後は十一連敗です。本当に強かったです」

「小さな大横綱」の名は、海を渡ったモンゴルでも有名だった。

関係者によると、横綱白鵬は、岐阜巡業後に訃報を知り、驚いていたという。横綱日馬富士には、模範となる大先輩だった。

「びっくりして言葉が出ない。鳥肌が立っています。大好きな、大好きな方だった。あの方の相撲を見て勇気をもらっていた。体が小さいなら、こういう相撲を取ればいいんだと、強い気持ちにさせてくれた。よくかわいがってもらいました。還暦土俵入りで露払いをさせていただいたことが心に残っています。今でも千代の富士関のDVDは車の中で見ています」

貴乃花親方は談話を発表した。

「いまは厳粛《げんしゆく》に静粛に受け止めています。現役時代には胸をお借りし、鋼《はがね》の肉体に額《ひたい》をおそるおそる当てたことを忘れてはいません。まだ下積み時代に横綱から、早く上に上がってこいと激励《げきれい》のお言葉をたまわったことも忘れてはいません。いまはご遺族に哀悼《あいとう》の意をささげております」

佐ノ山親方（元・大関千代大海）は、無念の表情で師匠との思い出を語った。

「入門時に『お前、すごい頭して来たな』と言われたのが始まりで、名古屋場所中の稽古場での会話が最後。血のつながりはないけど、本当の自分の父親とずっと思っていた」

九重部屋についても語った。

「生前『次はお前が引っ張っていってくれよ』と言われていたので、できる限り頑張《がんば》らせていただきます」

八月一日、元・横綱朝青 龍《あさしょうりゅう》のドルゴルスレン・ダグワドルジは、所用のため母国のモンゴルから来日。

急逝《きゅうせい》した九重親方について、「横綱の中の横綱だった。私にとって神様ですよ」と語り、午後七時過ぎには東京・墨田区の九重部屋を弔問《ちょうもん》した。

朝青龍は、時折声を詰まらせながら熱く語った。

「土俵上での美しさを学んだ。取り口、立ち合い。今でもあの相撲は古くなっていない。夢の中にも出てきた。ああいう戦う力士が日本に必要なんだ」

約八分間の対面を終えると目に涙を浮かべて引き揚げた。

八月三日、日本相撲協会は、元・横綱千代の富士の九重親方の死去を受け、九重部屋の部屋付親方だった元・大関千代大海の佐ノ山親方が同日付で年寄「九重」を襲名し、九重部屋を継承したと発表した。

亡くなった前親方は、平成元年九月に協会から一代年寄を承認されたが、「部屋の名前は末永く続くものに」と辞退。看板に込めた思いが次世代へ受け継がれた。

九重部屋は、北の富士、北勝海を含めた三横綱を輩出。部屋別の優勝回数は五十二度と、二〇一六年現在最多の実績である。

八月六日、九重親方の通夜《つや》が自宅でもある東京・墨田区の九重部屋で営まれた。約二〇〇〇人が弔問に訪れた。

戒名《かいみょう》は「千久院殿金剛貢力優梢禅大居士《せんきゅういんでんこんごうこうりきゆうしょうぜんだいこじ》」。自身の「貢《みつぐ》」、妻・久美子さんの「久」、子供たちの名前を一字ずつ入れ込んだ。

次女でモデルの秋元梢は、涙を見せて語った。

「なかなか家族だけの時間は持てなかったが、最期は家族で看取ることができた」

通夜には、日本相撲協会の八角理事長ら約四十人の親方衆をはじめ、同じ北海道出身の歌手の松山千春、アントニオ猪木《いのき》参院議員らが訪れ、「ウルフ」の愛称で人気を集めた九重親方の早すぎる死を悼んだ。

菊の花があしらわれた祭壇は、稽古場の土俵の上にしつらえられた。先代九重親方が力士を指導していた上がり座敷からの視線の先に、スーツ姿で優しい表情を浮かべる遺影が掲げられていた。

親交のあった歌手、松山千春はお経が終わるまで斎場に残り、神妙な表情だった。

「亡くなった顔を拝見したが、若い頃の貢（九重親方）のようだった。北海道の人間にとって、やつは宝だった」

松山の声は涙で震えていた。同じ北海道出身で、同じ昭和三十年生まれだった。

松山は、千春節で故人を送った。

「ご冥福《めいふく》は祈らん。こんなに早い、若い……。俺たちは許さん。貢、もう一度ひつぎの中から立ち上がってこい‼」

叙位、叙勲

平成二十八年九月十三日、先代九重親方への叙位（従四位）と叙勲（旭日中綬章）の伝達が、両国国技館でおこなわれた。

角界初の国民栄誉賞受賞など相撲界への長年にわたる多大な功績が評価され、八月二十四日の閣議で決まっていた。

授与式には、故人の久美子夫人ら遺族と八角理事長らが出席した。

日本相撲協会評議員会の池坊保子議長から勲章などを贈られた久美子夫人は、挨拶で語った。

「このような栄誉をいただき本人も喜んでいると思います。大勢の方々の温かい、ご支援のたまものと思います」

燃える涙

平成二十八年十月一日、先代九重親方をしのぶ「第五十八代横綱千代の富士　お別れ会」が、両国国技館でおこなわれた。

お別れ会には友人・関係者ら約一五〇〇人が駆けつけたほか、一般ファン約三五〇〇人も長蛇《ちょうだ》の列をつくって献花した。

久美子夫人は、生前「がんをやっつけてやる、がんに勝ってやる」と故人が気丈に振舞っていたことを明かした。

弔辞を読んだ松山千春は、自身の楽曲であり、故人の半生を描いたドラマ『千代の富士物語』の主題歌にもなった『燃える涙』を熱唱した。

♪どれほどの季節が　目の前を　かけぬけたろう
気付かずに　ひたすらに歩いた　自分らしく　生きていたいと思うから
幸せへとたどり着く　近道は知らない
限りのない毎日に　悔いは残さない
喜びと哀しみ　背中合わせ　燃える涙は　こぼれ落ち

松山は言った。

「お前のご冥福は祈らないよ。もう一回、立ち上がってくれ。もう一回、あの勇姿を見せてくれよ」

そう語ると、最後に「千代の富士〜！」と絶叫した。

この曲を聴き、目に涙を溜めた九重親方（元・大関千代大海）は、語った。

「〝しっかりやれよ〟と言われた気がします」

昭和の大横綱

横綱千代の富士は、横綱在位五十九場所、通算勝ち星一〇四五、幕内勝ち星八〇七、優勝三十一回と、数々の大記録を残した。

そして、記録だけでなく、その強さは、同時代を生きた多くの人たちの記憶にも残っている。

引退後の親方としての人生も、充実した素晴らしいものであった。

大関となり、自身の後継者となった千代大海をはじめ、多くの力士たちを立派に育てあげた。

二〇一六年十一月現在の角界には、白鵬、日馬富士、鶴竜《かくりゅう》と三人の横綱がいる。みな素晴らしい相撲をとるが、モンゴル出身力士だ。

稀勢《きせ》の里《さと》や豪栄道《ごうえいどう》、琴奨菊《ことしょうぎく》など横綱をうかがう日本人力士も数人いる。

だが、日本人の横綱は、千代の富士に引導《いんどう》を渡した貴乃花が平成十五年一月に引退して以来、十年以上も現れていない。

それゆえ、日本人横綱の千代の富士の強さが、あらためて見直されている。

近い将来、千代の富士のように、圧倒的な力強さを持つ日本人の横綱が登場することを切に願ってやまない……。

第二章　不屈の勝負師

思わぬ負傷

秋田県立体育館に、横綱千代の富士の歯切れのいい声が響き渡った。

「琴錦《ことにしき》、いっちょういくか！」

平成二年八月二日、大相撲夏の秋田巡業初日である。

「はい、ごっつぁんです！」

大横綱に名指しで呼ばれたのは、佐渡ヶ嶽部屋の新星幕内琴錦（現・朝日山親方）だ。秋場所では、新入幕から九場所目にして小結昇進が確定していた。

百七十七センチ、百三十六キロの小柄な浅黒い体を弾ませ、土俵の外で身構えた。キラキラと燃える瞳が、とどまるところを知らぬ勢いを証明している。

千代の富士が、他の部屋の琴錦を「三番稽古」の相手にあえて選んだのには、訳がある。

その直前の名古屋場所八日目に、琴錦と二度目の対戦をした。

琴錦は、突きと押しを得意としていた。春場所に初顔合わせをしたときは、突っ張りを下からはね上げ、左前まわしをとった。体を開きざま、琴錦の頭を右で押さえこみながら転がして勝った。二戦目も、琴錦のまわしをとりさえすれば体力の差から勝てる、と踏んでいた。

ところが、琴錦の立ち合いの角度が、千代の富士が読んでいたより低かった。頭からの強烈な当たりをまともに受けてしまった。

とっさに琴錦の首根っこを押さえ、強引にはたいてしまった。並の力士なら、これで仕留められる。が、琴錦には通じなかった。自ら、墓穴を掘ってしまった。

押し相撲は、こちらの引きに乗じて、一気に攻めてくる。その原則は、頭ではわかっていた。が、相撲は、頭で考えてとれるものではない。あとは、流れだ。

千代の富士は、まわしがさぐれず左上手が引けなかった。右の突き放しを受けて、腰がのび、二発目で一気に土俵際へ後退してしまった。

左に回りこんで残そうとしたとき、とどめの一発を喉元に浴び、かんたんに俵を踏み越してしまった。

新聞には「三十五歳と二十二歳――新旧交代の兆《きざ》し？」とすら書かれた。

千代の富士は、琴錦に完敗したときから、自分と相手のひとつひとつの動きを自分が納得するまで徹底的に反芻《はんすう》し分析した。同じ相手に、二度と同じ負けを喫してなるものか。その意識が、人一倍強かった。

負けた時点から、すでに次の同じ相手との闘いははじまっていた。

千代の富士は、夏巡業に入る前に親しい記者に、激しい闘志をあらわにした。

「琴錦を、今度の巡業で、やってくるよ」

「やってくる」とは、相撲独特の用語である。前の本場所で、上位力士が下位力士に敗れたとき、次の場所までの間にその敗れた相手を意図的に指名し、稽古をつけることをいう。とくに下位力士が将来有望であったとき、鍛える意味もあった。

もうひとつの狙いは、稽古で徹底的に叩きのめし、次の場所で、相手を怯えひるませるためであった。

千代の富士も、横綱の地力がどんなものか、若い琴錦に骨の髄まで染み込ませておくつもりだった。

もちろん、自分のためでもあった。苦手意識を克服し、負けを喫した相手だと自分で思わないようにしたい。

秋田県立体育館の館内は、千代の富士と琴錦の三番稽古を一目見ようとする観衆で、超満員にふくれ上がった。

人いきれで、息苦しいほどだ。

琴錦は、横綱が三番稽古に自分を指名してくれたことで、身もふるえるほどのよろこびを噛《か》み締めていた。

三番稽古とは、同じ相手と何番もつづけて稽古をすることである。一番ごとに相手の変わる申し合いとは、ちがう。横綱が、何番も揉んでくれる。それだけ自分の力を評価してくれたのだ。

ふたりの三番稽古は、一番、二番と進んだ。

千代の富士は、右胸で琴錦の当たりを受け、先に攻めこませた。琴錦に押させて、その後どのくらいの押しの力がついているのか、その力に対していくらの力で受ければうまくつかまえられるのか、タイミングをはかった。それから、反撃に転じる稽古をつづけた。

三番目に入った。

両者の全身を、玉のような汗が滴《したた》る。鍛え上げた筋肉が、波打つ。

千代の富士は、胸をぐいっとそらし、琴錦の方に向けて突き出した。いつでもこい、という合図だ。

琴錦は、千代の富士に、褐色の弾丸となってぶつかった。

肉と肉のぶつかり合う激しい音が、場内の緊張を高める。

千代の富士と同じ九重部屋の横綱北勝海（現・八角理事長）も、土俵下から、ふたりの稽古を真剣な眼差《まなざ》しで見守っていた。

琴錦の出足は、すさまじかった。千代の富士を、ぐいぐいと押しこんだ。

千代の富士は、左足を後ろに、右足を前にした状態で受けた。

琴錦の当たりが強く、まわしがとれない。

ついにまわしをあきらめ、押し返そうとした。

その瞬間、身体ごと前につんのめるような感じになった。本来なら、左足の踵《かかと》から出ていくべきところだ。そこで、左足のふくら脛《はぎ》が張る感じになった。

「ボキッ」

鈍い音が、千代の富士の耳に聞こえた。

肉離れである。左膝の裏側の筋が、断裂したらしい。

千代の富士は、琴錦に押されるまま、土俵を割った。

千代の富士の表情が、強張《こわば》った。痛みが、顔に出た。

付き人の峰《みね》の富士《ふじ》が、おどろいて走り寄った。

北勝海も近寄ってきて、声をかけた。

「大将、大丈夫ですか」

大将というのは、千代の富士の通称だ。

「いや、大丈夫さ」

しかし、支度《したく》部屋に入るには、峰の富士の肩を借りざるをえなかった。痛いには痛かった。が、千代の富士は、たいしたことはないと判断した。

北勝海は、怪我《けが》の治療にアイスマッサージをやっていた。自分の経験から、支度部屋で急きょ千代の富士の膝上十センチの裏側の筋を氷で冷やした。

千代の富士は、それから秋田市内の山王整形外科医院に行き、診察を受けた。内出血はなかったが、「左足大腿《だいたい》肉離れで、全治三週間」と診断された。

北勝海の判断で氷ですぐ冷やしたのが、効果的であった。

千代の富士は、巡業不参加を決めた。付き人の峰の富士と、八月二日午後四時三十分秋田空港発の全日空八七八便で、東京に引き揚げた。

午後五時三十五分に羽田空港に着くや、千代の富士は、通路から出口に向かった。情報を聞いてかけつけたNHKの記者が、質問した。

「大丈夫ですか。大腿が、切れたそうですね」

千代の富士は、あまりにおおげさで不正確な情報に、つい声を荒げた。

「大腿切って、歩けるわけないだろう!」

千代の富士は、あくまで記者たちの動きを軽く受け止めていた。ところが、翌八月三日のスポーツ紙第一面に、思わぬ記事が載っているではないか。

『ウルフ引退危機⁉　初体験肉離れ　全治三週間』

千代の富士は、その記事に眼を凝らした。

記事のラストに、表情が曇った。

『ケガに強い横綱も三十五歳という年齢的な面からあと三十七日しかない秋場所までに完治に持っていけるか？　若い横綱なら無理せず休場し、次の九州で再起ということも考えられるが、気力で頑張ってきた千代の富士だけにこの肉離れが休場＝引退への引き金になってしまう展開も考えられる』

秋場所を休場すれば、そのまま引退の可能性があるとまで書いている。

千代の富士は、秋場所を休むつもりはなかった。

〈マスコミは、どうしてもおれに休ませて引退させたいのだろうが、そうはいかないぞ……〉

たしかに、三十五歳という年齢は、力士としてはとっくに引退してもいい年齢だ。自分でも、引退はいつしてもいい、という心境にあった。

両肩の脱臼《だっきゅう》を何十度となくくりかえし、そのつど克服しては這《は》い上がってきた。肩だけでなく、全身古傷だらけだ。「怪我の百貨店」と自嘲《じちょう》したこともある。にもかかわらず、大鵬《たいほう》の三十二回に次ぐ歴代二位の幕内通算三十回優勝、相撲界では前人未到の一千勝達成、力士では初の国民栄誉賞……と数々の勲章を手中にしてきた。力士として、これ以上ないというほどの栄光に包まれている。

自分でも信じられないほどの化け方をしてきた。もう思い残すことはないほどよくやってきた、と思っている。

しかし、あからさまに引退という文字が紙面を飾ると、おもしろかろうはずがない。

〈こんちくしょう〉

逆に、闘志が湧いた。

これまでも何度も世話になってきた上野池之端《うえのいけのはた》の金井整形外科にも行き、精密検査を受けた。「左大腿屈筋の半腱様筋《はんけんようきん》部分断裂」という診断であった。半腱様筋は、大腿部のうしろにあって、主に膝を曲げる働きをする。だから、この筋に肉離れをおこすと、膝の屈伸をするときに痛む。

ハワイにいる九重親方（元・横綱北の富士、元・井筒親方）が千代の富士の怪我を知ったのは、三日後であった。

ハワイの知人と食事をしていて、知人がテレビで見て知らせてくれた。九重親方は、ハワイにいるときはテレビも新聞も見なかったので、わからなかったのである。

ハワイから、さっそく東京の部屋に電話を入れ、千代の富士の怪我の様子を訊《き》いた。

若い衆が、電話に出て伝えた。

「大したことありません」

左足の肉離れだという。靭帯《じんたい》を切ったとか、複雑骨折したとかいう大きな怪我ではない。巡業を中止して、東京へ戻り、治療に専念しているらしい。

〈おれが帰ったからといって、すぐに治るというものでもない。大丈夫だろう〉

そう判断して、九重親方は、ハワイに残った。

いっぽう、千代の富士は、金井病院に通院し、治療に専念した。マッサージをし、患部に薬をすりこみ、硬くなった筋肉を柔らかくほぐした。

八月十七日から、三重県四日市《よっかいち》市にある四日市中央病院に、治療のため入院した。

昭和五十四年三月場所七日目、東前頭四枚目の千代の富士は、右肩を脱臼した。左肩は、それまで何度となく脱臼していたが、右肩は初めての経験だった。力士生命もこれで終わりか、と自分でも覚悟したほどである。

そのとき、九重親方の紹介で、藤井惇院長とめぐりあった。

藤井院長は、千代の富士の肉体改造に取り組み、脱臼しにくい肩をつくるために、トレーニングメニューをつくり、リハビリ指導をしてくれた。千代の富士にとっては、大の恩人である。

千代の富士は、四日市中央病院では、プールの中で水中歩行をしたり、泳いだりした。温水の水流で、マッサージもした。

八月二十五日、千代の富士は、四日市から帰京した。

九月三日、新築春日野部屋の部屋開きがおこなわれることになっていた。部屋開きには、一門の横綱が土俵入りをして祝う。が、春日野一門に現役横綱がいなかった。千代の富士は、別門ながら、先代の故・春日野理事長からぜひと頼まれ、土俵入りを披露することになっていた。

が、九重親方は、前日の九月二日、記者団に発表した。

「明日、千代の富士は、土俵入りはやらない」

かわりに、北勝海が千代の富士の代理で土俵入りをつとめることになった。

このとき、千代の富士は、秋場所休場の肚《はら》を固めた。

休場は、本人の意志であった。

思いのほか、回復が長びき、稽古も満足にできていない。医学的に見れば、完治していた。しかし、相撲勘が、十二分にとりもどせていなかった。無理を押して出場するより、九州場所にそなえて、万全の体をつくっておきたかったのである。

九重親方も、千代の富士の判断にうなずいた。

〈万全でない状態で出場し、お茶を濁すような相撲をとれば、お客さんに失礼だ。出る以上は、万全で出したい。体も、疲れている。年齢も年齢だ。じっくり時間をかけて治したほうがいい〉

千代の富士は、秋場所を全休し、十一月の九州場所に賭《か》けることにした。

九州場所前に、秋巡業がある。十月五日からの埼玉県の川口市《かわぐち》を皮切りに、十月二十七日の山口県豊浦町《とようら》まで二十カ所、延べ二十二日の巡業である。

千代の富士は、最初の巡業地川口市から参加していた。

記者に怪我の治り具合を訊かれると、四股《しこ》の格好をして答えた。

「いちおう、大丈夫だ。治療は、若いもんにマッサージしてほぐしてもらっているんだ。稽古も、ぼちぼちやってるよ」

二日後、千代の富士は、記者団に宣言した。

「大津《おおつ》から、稽古をはじめるよ」

大津巡業は、十月二十五日からであった。

巡業部長の佐渡ヶ嶽親方は、千代の富士出場の可能性を記者に暗に訊ねられ、答えた。

「千代の富士はなあ、そうなあ、稽古がなあ、不十分だからなあ……」

報道関係者は、この言葉から、二場所連続休場もありうるか、と推測した。

十月十一日、千代の富士は、大垣《おおがき》市の大垣城ホールの巡業から、土俵に上がった。

またも琴錦を相手に、ぶつかり稽古であった。土俵の外から琴錦に突進させ、押させた。

六回、七回とぶつからせた。

しかし、あくまでぶつかり稽古だけにとどめた。

「千代の富士は、いつから相撲をとりはじめるのか」

そのことが、巡業中の関係者の最大の関心事であった。

千代の富士は、ひそかに体をつくっていった。準備運動、四股だけなので、傍目には、稽古をしていないように映った。

が、千代の富士には、自信があった。

〈これで十分だ〉

千代の富士にとって、相撲の稽古以外でも、四六時中が稽古であった。

階段を上り下りするときにも、若い者に背中を押させて踏ん張ってみるなど、本稽古のかわりにした。

他の力士の稽古を見ながらも、もし自分だったら、と取組を想定しながら頭の中でいっしょに相撲をとっていた。

千代の富士は、予告していた大津でも、本格的な稽古を開始しなかった。マスコミは、いよいよ休場の確信を深めた。九州場所初日まで、もう十七日しかない。

しかし、千代の富士はあわてなかった。あくまでも平然としていた。

休場明けの場所の成績は、昭和五十四年以降を例にとっても、抜群にいい。九回のうち、優勝が六回。残りの三回も、十勝以上が二回、九勝が一回である。優勝勝率は、六割六分六厘。崖っぷちに立ったときの強さは、驚くばかりだ。しかも、九州場所は、昭和五十六年から六十三年まで八連覇している。

彼の自信は、こういう実績にも裏打ちされていた。

大相撲一行は、十月二十七日午後六時二十一分着の臨時列車で、博多《はかた》に入った。

九重部屋の宿舎は、福岡市中央区今川《いまがわ》二丁目鳥飼《とりかい》八幡宮内振武館《しんぶかん》内にある。

ほとんど稽古らしい稽古をしていない千代の富士は、十月三十一日、宿舎内の土俵に上がった。北勝海とのぶつかり稽古をはじめた。

九重親方は、久しぶりに千代の富士のぶつかり稽古を見た。が、気は重かった。

〈どうも、勘が戻ってないな……〉

北勝海と千代の富士は、稽古をするときも、おたがいに決して力を抜かない。真剣にわたり合う。そのため、おたがいがおたがいの調子を知るバロメーターになっている。北勝海の感想は、掛け値なしであった。

千代の富士とぶつかり稽古をしたあと北勝海は、正直な感想をもらした。

「まだちょっと、弱いかな……」

千代の富士の当たりに、いいときのような力強さがないのだ。

十一月三日、放駒《はなれごま》部屋の西張出横綱大乃国《おおのくに》（現・芝田山親方）が、突然、九重部屋の稽古場にやってきた。

大乃国は、四場所連続して休場し、この九州場所に再起を賭けていた。

同門でもない九重部屋に大乃国が来ること自体が異例なのに、「出稽古に来た」という。

大乃国は、恥も外聞《がいぶん》もふり捨てて、千代の富士との申し合いを希望した。

千代の富士も、北勝海も、大乃国の悲愴な意気込みに驚きを隠せなかった。

千代の富士は、あまり無理をするつもりはなかった。ただ、準備運動は怠《おこた》りなかった。いつでも申し合いはできる態勢にあった。

千代の富士は、大乃国の意気込みを買い、申し合いを引き受けた。

千代の富士にとって、じつに九十三日ぶりの申し合いであった。

大乃国は、四場所の休場明けだ。決死の覚悟だ。さすがに力が入っていた。

千代の富士は、大乃国を相手に、次の日も、その次の日も、三日連続で申し合いをし汗を流した。

三日間も大乃国と申し合いのできたことを、素直によろこんだ。

〈この調子で九州場所に出場して、二桁は勝ちたい。次の両国の初場所に、なんとしてもつなげたい〉

が、千代の富士と大乃国の申し合いを見続けていた九重親方の見方は、ちがった。

千代の富士が、大乃国の体重をもてあまし気味に、ストンと腰から落ちたのだ。

〈あれだけ下半身の強いやつが、どうしたことか……〉

下半身、とくに肉離れを起こしたほうの左の腿《もも》の裏の肉が落ちていた。

力士が腰から下に落ちるときは、末期的な症状と見なさざるをえない。千代の富士独特の、パッと勝機をつかむうまさ、閃《ひらめ》きが見られない。

体全体の肌艶《はだつや》も、よくなかった。

九重親方は、考えた。

〈これは、九州場所も苦しいかもしれない。もう一場所、休ませたほうがいいか……〉

九重親方は、初日を四日後にひかえた七日、千代の富士の状態を質問する記者に険しい表情で答えた。

「初日まで、あと一週間欲しい」

取組編成会議のある十一月九日の朝を迎えた。会議までには、千代の富士が出場するかしないかを、はっきりと決めないといけない。

九重親方は、軽く汗を流した千代の富士を、部屋に呼んだ。

沈鬱《ちんうつ》な表情で、切り出した。

「おい、どうするんだ。おれが見た感じでは、まだ勘がもどっていない。出ても、大した成績は残せんかもしれんぞ。前半に何番か落としてみろ。マスコミが騒ぐぞ、引退って書くぞ……」

たしかに、マスコミの騒ぎ方は異常だった。カメラは、引退の場所になるかもしれないと予測し、一挙手一投足をおさめようとやっきになっている。親方の眼にも、はっきりといつもよりカメラの数が多いことが感じられた。

「考えてもみろ。おまえは、もうふつうの横綱じゃないんだぞ。歴史に残る天下の大横綱だ。少し調子が悪ければ、引退という形で書くぞ。だから逆に、一場所や二場所休んだって、なにもいわれないんだ。それだけの横綱だ。みんな万全の体調で出てきてほしいと思っているよ。休んだら、どうだ……」

千代の富士は、九重親方の眼をじっと見た。三十五歳と円熟味を増してきたが、眼だけは、若いころのウルフの仇名《あだな》どおり爛々《らんらん》と輝いている。

親方は、千代の富士を、昭和四十五年の入門前から見てきている。千代の富士の状態を見て、どういう相撲がとれるかは、本人以上に知っているところがある。本来なら、師匠の勧告を素直に聞き入れ、休場するのが筋である。

が、千代の富士は、九重親方の眼を射抜くような眼で見据え、きっぱりといいきった。

「大丈夫です。出ます」

初めて、師匠に逆らったのである。

引退の声に抗して

九重親方は、九重部屋の宿舎である鳥飼八幡宮内振武館からタクシーに乗った。

大相撲九州場所を二日後にひかえた平成二年十一月九日午前九時過ぎであった。午前十時から、博多区築港本町《ちっこうほんまち》にある福岡国際センターで、取組編成会議がひらかれることになっていた。

前日の夜から天候が崩れ、雨が激しく降りつづいている。福岡国際センターまで、混んでいなければ、二、三十分で行けるが、雨なので四十分はかかると見越して早めに出たのであった。

九重親方は、左大腿肉離れで秋場所を休み満足に稽古できなかった千代の富士に今場所も休場するようすすめた。が、これまで一度も逆らったことのなかった千代の富士が初めて自分に逆らった。決心の固いことを知り、出場させることに決めた。

〈前半戦、なんとかうまく切りぬけてほしい。そうすれば、十二番は勝てるだろう。問題は、前半戦だ〉

その意味では、これからひらかれる取組編成会議は重要であった。取組編成会議では、二日ずつ取組が決定される。

背広姿の九重親方は、タクシーの後部座席で腕を組み、激しい雨に濡れる窓の外に眼を放った。

〈これまで何度もの怪我をしては、奇跡としか思えない復活を見せてきた千代の富士だ。今回も、彼の不屈の精神力に賭けよう〉

九重親方は、眼を閉じ、あらためて千代の富士の相撲人生を振りかえった。

千代の富士が、これほど偉大な成績を残すとは、じつのところ信じられなかった。

昭和五十六年七月名古屋場所、東正大関であった千代の富士は、十四勝一敗で優勝した。場所後の七月二十一日、横綱に推挙された。

その夜、千代の富士を、自分の部屋に呼んで説いた。

「横綱というのは、負けたら引退しかない。勝って上にいくこともなければ、負けて下に落ちることもない。それほど大変な位置だ。おまえの体からいったら、何年も横綱をはるのは、無理かもしれない」

あの〝土俵の鬼〟といわれた故・初代若乃花でさえ、横綱に推挙されたとき、困惑した。横綱を断ろうと思ったほどだという。横綱の地位の重圧に、圧《お》し潰《つぶ》されそうになったのである。

九重親方の脳裏《のうり》には、第四十九代横綱栃《とち》ノ海《うみ》のことが思い浮かんでいた。

栃ノ海は、昭和三十九年一月場所後に、大鵬に次いで横綱となった。百七十七センチ、百十キロと、千代の富士よりもさらに小兵《こひょう》であった。小兵というハンディを克服するため、同じく小兵の師匠栃錦のすべてを手本にした。

誰よりも鋭く素早い立ち合いを、身につけた。立ち合いですばやく相手のふところに飛びこみ、前まわしを引きつけ、一気に勝負をかけた。歯切れのいい取り口が、ファンを魅了した。

が、椎間板《ついかんばん》ヘルニアと上腕筋断裂のため、四十一年九州場所を最後に引退せざるをえなかった。わずか三年、すなわち十八場所の短い横綱であった。「悲劇の横綱」といわれ、その才能を惜しまれた。

九重親方は、千代の富士の取り口を見ていて、往年の栃ノ海の姿を千代の富士に重ね合わせていた。

千代の富士は、一年六場所、九十番の相撲に全神経を集中させる。一番とて、気を抜かない。気を抜いたとたんに、一気に勝負をつけられる。体に恵まれない力士の、つらいところである。

千代の富士は、人並み以上の集中力で、これまで相手を打ち負かしてきた。だから、気力の集中がなくなった時点で、土俵生命は終わりなのだ。

九重親方とすれば、燃え尽きて燃え滓《かす》となってまでも、土俵でぶざまな相撲をとらせたくはない。花が満開に咲き乱れているそのときに、いさぎよく引かせたかった。横綱としてひと花咲かせれば、それで十分と思っていた。

九重親方は、新横綱となった千代の富士の肩を叩き、いった。

「だから、おまえは、太く短くやれ。そして、もし横綱として相応の成績が残せない場合は、スパッと辞めよう」

千代の富士は、横綱になって初めての場所で、左下腿前脛腓靭帯前距腓靭帯損傷のため三日目にして休場せざるをえなかった。

親方としても、苦しかった。

〈これは、苦労することになるな。できれば、千代の富士は、横綱にならないで大関のままでいたほうがよかったのかもしれない。そのほうが、名大関として名が残ったかもしれない〉

横綱になる前までは、発破をかける意味で「大鵬の記録を目標に、がんばれ」といってきた。大きな目標をおいて相撲をとらせるためであった。

しかし、千代の富士が横綱になってからは、発破のかけ方を変えることにした。千代の富士が昭和五十七年七月名古屋場所で通算六度目の優勝を飾ったときである。

「おまえ、おれくらいはいけるぞ。おれにもできたんだ。だから、おまえにもできる」

九重親方、すなわち、横綱北の富士は、通算十回の優勝をはたしていた。

千代の富士は、ただ首を横に振るばかりであった。

「いやあ、おれにはちょっと、そんな力はありません」

が、六十年初場所で、九重親方の記録を抜いてしまった。

千代の富士に、また新しい目標を設定した。

「おい、輪島《わじま》の記録の十四回くらいは、いけるぞ」

このときも、千代の富士は、謙遜《けんそん》した。

「いやあ、とてもとても」

九重親方は、思った。

〈こいつは、本気で、とてもとてもと思っているな〉

千代の富士は、六十一年の初場所に、十五回目の優勝をとげ、ついに輪島の記録をも抜いてしまった。

千代の富士に、さらなる発破をかけた。

「よし、二十回だ」

「いやあ」

千代の富士は、また謙遜した。が、二十回優勝もはたしてしまった。

信じられないほど化けていく千代の富士に、さらに発破をかけた。

「おい、北の湖の二十四回だって、いけるぞ」

千代の富士は、それでもなお謙遜しつづけた。

そして、いつの間にか気がついてみると、横綱になって九年もたち、北の湖の記録をも抜き、あと二回で大鵬の三十二回優勝と並ぶところまできた。

九重親方は、千代の富士本人が九州場所に出場すると決めた以上、何もいわなかった。

体のことは、千代の富士自身が一番よく知っている。出るといった以上は、自信があるのだろう。信頼するしかなかった。

しかし、不安がないではなかった。

〈できれば、初日まで、あと二週間欲しいところだ〉

九重親方は、激しい雨の中を九時四十分過ぎ、福岡国際センターに到着した。

午前十時から、相撲協会審判部室で、取組編成会議がおこなわれた。

審判部は、二名の審判部長、一名の副部長、各審判部員二十人で構成されている。

審判部長は、九重親方と、元・横綱柏戸《かしわど》の鏡山《かがみやま》親方、副部長は、元・横綱北の湖親方であった。部員は、各部屋の親方で構成されている。

千代の富士の初日の対戦相手は、西前頭四枚目の琴《こと》ヶ梅《うめ》と決まった。

九重親方は、決定の瞬間、いやな予感をおぼえた。

〈まずいの、もってきたな……〉

千代の富士は、琴ヶ梅とは、対戦成績を見るかぎり二十勝一敗と、圧倒的に有利なはずである。が、勝ちはしたものの、土俵際までもっていかれる相撲が、これまで何度もあった。

琴ヶ梅は、佐渡ヶ嶽部屋の力士である。百八十センチ、百七十八キロ、重心の低い突き、押しを得意としている。百八十三センチ、百二十五キロと軽量の千代の富士が、琴ヶ梅の突きや押しをまともに食らうと、ふっ飛ぶ破壊力を秘めている。

九重親方は、祈るしかなかった。

〈とにかく、最初の五日間くらいは、なんとか無傷でいくことだ。落としたとしても、一敗までだ。二敗すると、いまの千代の富士の体調からして、後半戦がとりにくくなる〉
いっぽう千代の富士は、九州場所に出場すると決めてからも、玄界灘《げんかいなだ》の沖合に船を出した。気分転換をはかるため、釣りに出たのだ。

千代の富士は、北海道松前郡の漁師の息子だ。海に出ると、まるでふる里に帰ったように気持ちが落ち着く。

船で沖に出るとき、千代の富士は、座らない。しばらくの間、船の舳先《へさき》に立っている。玄界灘特有の荒い波が押し寄せて来る。船が、揺れる。その揺れを、立ちつづけて体で味わう。

揺れに逆らわず、じっと立っていることで、足腰の鍛練にもなるのだ。

船を止め、釣りに入った。気分転換だからといって、ただのんべんだらりと糸を垂らしているわけではない。

千代の富士は、勝負師だ。日常の遊びでさえも、彼にとっては、すべて勝負であった。親しい記者仲間とするゴルフでさえも、内々だからといって決して力を抜かない。工夫に工夫を重ねて、なんとしても負かそうとする。

釣りも、千代の富士は、理詰めだ。釣れなかったら、仕掛けをいじくってみる。あるいは、場所を変えてもう一度挑戦する。いろんな戦法をとり、なんとか釣ってやろうという研究心が旺盛《おうせい》だ。相撲では、ときたま豪快な荒技を仕掛け、強引すぎて墓穴を掘ることがある。が、こと釣りに関しては、ひじょうに緻密《ちみつ》である。

釣り糸をたれてしばらくすると、魚が食いついてきた。にやりとした。

魚との駆け引きが、たまらないのだ。釣りは、姿の見えないものとの格闘だ。魚が食らいついた瞬間、眼では魚は見えない。あくまでも、手の感触だけだ。

その魚の食らいつきによって、どのくらいの感じで竿《さお》を引くのか、あれこれ工夫するのが好きだ。相撲の勝負と、きわめて似ている。

千代の富士は、魚を釣るときにも、勝負のポイントというものが存在する、と信じている。その勝負の勘が、遊びの中で養われていくというのが釣りの魅力であった。単純で、しかも奥が深い。

千代の富士には、食いついた感触から、どの程度の魚かわかった。

〈かなり、でかいぞ……〉

釣り上げると、大きな鯛《たい》であった。

「おお、こりゃ、いい。これは、もう優勝だ」

五十センチ近かった。

千代の富士は、戦利品を宿舎にもって帰った。生《い》け簀《す》に放った。

次の日、取材にきた記者があまりの大きさに驚いて訊いた。

「この鯛、どうしたんですか」

「おお、釣ったんだ。優勝用だよ」

千代の富士は、この時点でも、あくまで冗談のつもりで優勝を口にしていた。まさか自分が優勝するとは、思ってもみなかったのだ。


大相撲九州場所初日の十一月十一日は、前日こそ少し雨がぱらついたが、すっかり晴れあがった。気温も一三・二度と、絶好の相撲日和《びより》となった。

初日の開幕を告げる触れ太鼓が、博多の街に軽やかに響きわたった。

会場である福岡国際スポーツセンターには、早くも満員御礼の垂れ幕が下がった。四横綱がそろって場所をつとめるのは、昭和六十二年九州場所以来で、ちょうど三年ぶりのことであった。前評判もよく、満員御礼は、当然予想できた。

千代の富士は、結びを二番後にひかえ、琴ヶ梅と対戦することになっていた。

東のひかえに座った千代の富士は、全身に闘志をみなぎらせ自分の出番を待った。

琴ヶ梅は、昭和三十八年生まれで、千代の富士より八歳若い。平成元年名古屋場所、秋場所、東関脇で連続して十勝をあげた。大関最短候補とまでいわれた実力派だ。油断はできない。千代の富士にとっても、たしかにいやな相手だ。

が、初日の相手が誰になってもいい、千代の富士には、そう達観できていた。対戦相手が気になるようでは、すでに気が引けている証拠だ。そういうときには、休んだ方がいいのだ。

千代の富士は、肚をくっていた。いつ引退してもいい心構えはできていた。開き直りではない。自分で納得のいくやり方でこれまで土俵をつとめてきた。自分でもできすぎだ、と思うほどの実績を残せた。自分自身に対して、誇っていいことだ。

〈そのおれが出る、というのだ。どんな相手だって、いっこうにかまわぬ〉

千代の富士は、左大腿の肉離れをおこしてからというもの、毎日のようにスポーツマスコミに追いかけられていた。まだ引退しないのか、とばかりに書きたてられていた。

〈なぜ、おれが惨《みじ》めにちょろちょろマスコミから逃げなければいけないのか。なんのために、おれはいままでがんばってきたんだ。万が一辞める羽目に陥《おちい》ったときには、おれの方から先にきっぱりと「よし辞めた、引退だ」といって辞めてやるさ〉

そういう覚悟はできていた。

「ひがーし、千代の富士、千代の富士」

「にーし、琴ヶ梅、琴ヶ梅」

呼び出しの声に合わせ、千代の富士は、東の土俵下から勢いよく土俵に上がった。

仕切りなおしを繰り返し、いよいよ制限時間になった。千代の富士の顔が、こわばってきた。

新調したばかりの漆黒の絹のまわしの左に手をあてがい、右の手首を効かせて塩をまいた。千代の富士独特の威風あたりをはらうような、堂々とした塩まきである。

唇の端に、いきおい力が入った。

両者腰をおろし、立ち上がった。

琴ヶ梅は、低い姿勢から、千代の富士の右胸に思い切り飛び込んだ。

いつもの千代の富士なら、琴ヶ梅の右脇腹のあたりのまわしをつかみにいく。が、この日の千代の富士は、やや左に変化し、左手で左上手を取りにいった。最大の武器である左上手を、確実にとるかたちにもちこみたかったのだ。

ところが、左に変化したため、琴ヶ梅の腰骨あたりのまわしをとるかたちになってしまった。左まわしが、とれない。

千代の富士は、すかさず右に体を開いた。琴ヶ梅は、ふいを衝《つ》かれて、前にのめった。

千代の富士は、追い撃ちをかけるように、右手で琴ヶ梅の首をはたいた。体を泳がす琴ヶ梅の右まわしの腰骨あたりを、左手で思いきり突いた。

琴ヶ梅の体は一瞬宙に浮き、横転した。

千代の富士は、東の支度部屋に、さっそうと引き揚げた。

報道陣が、支度部屋に殺到した。

「横綱、おめでとうございます」

千代の富士の顔に、笑みがこぼれた。

「今場所は、いつもとちょっと違うね。緊張しているよ」

「どうしてですか」

「まわりが、そういうふうにするからさ。Xデーとかなんとか、いってさ。でも、そうはいかないよ」

「幸先《さいさき》、いいスタートですね」

「そうさ。ちょっと見てみなよ」

千代の富士は、自分の座った周囲を見まわしていった。支度部屋用の茣蓙《ござ》が、新しい。

「まわしも新調し、この茣蓙も、新調したしね。いままでの茣蓙は、ボロボロでみっともないって。若い衆が見かねて買ったばかりなんだ。これ、五年ぐらいもつんだよ。おれも、なんとかがんばって、一場所でも多く使わんと」

一座が、笑いでくだけた。

千代の富士の口は、なめらかだった。ただ取り口を説明して、感想をしゃべるだけでは、記者も書きにくい。記事もおもしろくなかろうとの判断であった。まわしと茣蓙を新調した、というのは、あくまで千代の富士のリップサービスであった。

一般に、ベテラン力士が、締めこみ、つまり本場所用のまわしを新調したときは、まだまだ辞めないという目安にもなる。千代の富士本人は、今回は、そういう意味を込めてはいなかった。あれこれ考えこんで悩んでいるなら、逆にまわしは馴染んだものを使っている。千代の富士には、まわしでも新調してみるか、という余裕があったのだ。

ただし、千代の富士は、琴ヶ梅戦に勝ってほっとはしたものの、自分らしい相撲をとってはいなかった。自分では、反省の多い相撲だった。

〈また首がつながったということか……〉

千代の富士の二日目の相手は、井筒《いづつ》部屋の西小結逆鉾《さかほこ》（現・井筒親方）であった。逆鉾は、双差《もろざ》しを得意とする技巧派力士だ。

対戦成績は、千代の富士の二十五勝六敗。千代の富士有利だが、逆鉾は差し身がいい。逆鉾の得意な左四つになるケースが多く、苦戦を強いられていた。

千代の富士の得意の右四つになれないぶん、満足のいく相撲は少なかった。

千代の富士は、作戦を立てた。

〈ともかく双差しだけは警戒し、左四つになられることにはこだわるまい。仮に左四つになったとしても、前へ前へとどんどん攻めよう〉

二日目、結び前の一番で、千代の富士は逆鉾との対戦をむかえた。

立ち合いは、千代の富士が、一歩早かった。白いエナメルで書かれた幅七十センチの仕切り線を、踏み出した。

逆鉾は、左肩で思い切り千代の富士の右肩にぶちあたってきた。

と同時に、左差しを狙ってきた。

千代の富士は、右脇を固め、逆鉾に左差しを許さなかった。

逆鉾は、千代の富士の右脇の守りを崩しにかかった。左肩で、千代の富士の右肩に二度、三度とぶち当たる。

逆鉾の体がぶち当たるたびに、千代の富士は、左手で前まわしをたぐった。が、左まわしはとれない。眼は、しっかりと逆鉾の動きを見ていた。

千代の富士は、逆鉾のぶちかましのたびに、じりじりと後退させられる。

が、千代の富士の右の脇は、固い。逆鉾の左差しを、決して許さない。

逆鉾が、しびれをきらした。頭を下げて、強引に左腕をこじ入れようとした。

逆鉾の動きが、止まった。

千代の富士も頭を下げ、左手をとっさに伸ばした。逆鉾の右まわしをとりにいった。

逆鉾は、右まわしをとられるのを嫌い、左に尻を捻《ひね》った。逆鉾の体が、少し後退した。

千代の富士は、その好機を見逃さなかった。

左腕で、逆鉾の右腕を絞り上げた。逆鉾の体は、伸びきってしまった。

逆鉾をはさみこむようにして抱え上げ、正面に向かって一気に突っ走った。

逆鉾は、いやおうなく後退する。体勢をたて直そうと、もがいた。必死に、左腕を巻きかえた。双差しになった。

が、もう後がなかった。すでに俵に足がかかっていた。勢いに乗った千代の富士は、右からもたれかかるように寄り切った。

九重親方は、千代の富士の土俵を食い入るように見ていた。

〈勝つには勝ったが、まだ、肌艶がよくない。筋肉の張りも、ない〉

千代の富士も、自分自身に対して不満であった。

〈二番とも、まだ、自分の会心の相撲はとっていない〉

底力の八連勝

千代の富士は、三日目も西前頭三枚目の板井《いたい》を寄り切って勝った。立ち合いの突きさえ止めてしまえば勝てる、と踏んでいたが、その通りになった。

この三連勝で、引退せずにすむ、とひとまず胸をなでおろした。

〈これで今場所は、まだチョン髷結《まげゆ》って相撲がとれる〉

四日目も、東前頭三枚目の花《はな》ノ国《くに》を寄り切って破った。いずれの相撲も、千代の富士の方から攻めて勝った。

五日目。千代の富士の相手は、藤島《ふじしま》部屋の西前頭二枚目貴闘力《たかとうりき》であった。

貴闘力は、激しい張り手、突っ張り、押しを得意とする。百八十一センチ、百三十六キロと、千代の富士とほとんど体格は変わらない。

貴闘力とは、初顔合わせだ。初顔合わせの相手には、かつて二回しか負けたことがない。小錦《こにしき》（現・タレントKONISHIKI）と、起利錦《きりにしき》（現・勝ノ浦親方）だ。

初顔の相手に千代の富士ほど強い力士は、めったにいない。研究熱心の成果といえよう。

横綱に対して張り手は失礼だ、という相撲界の常識がある。が、張り手が最大の武器の貴闘力のことだ。常識どおりにくるとはかぎらない。現に前日、やはり初顔合わせの横綱大乃国を張り手の連発で土俵に這わせている。

相撲も、武士道と同じだ。どういう手で攻めてこられてもいいように、万全の用意をしていた。

千代の富士は、気を引き締めて貴闘力と向かい合った。

立ち合い、貴闘力は、頭から当たってきた。

案の定、左手で張り手をかましてきた。右頰に、貴闘力の張り手が容赦《ようしゃ》なく飛んできた。それも二発もきた。

千代の富士は、右が差せない。

貴闘力が、双差しを狙って攻めかかってきた。相手のペースで運ばれ、押され気味になった。

千代の富士は、左へ変わりながら左足を俵につけた。

とっさに、左手で貴闘力を思いきり突き落とした。

二日目の逆鉾にも、突き落としで勝っていた。千代の富士は、すっかり気分をよくした。

〈こういう逆転技で勝つのは、まだおれの底力が残っている証拠だ〉

これで、五連勝。東前頭筆頭で四連勝をつづけていた安芸ノ島《あきのしま》（現・高田川親方）は、この日、大乃国に敗れ、一敗になった。幕内での全勝は、はやくも千代の富士、北勝海、琴錦のわずか三人となった。

千代の富士は、この夜、博多の盛り場中洲《なかす》に、飲みに出かけた。二日目の天皇即位の礼の夜以外は、毎夜中洲にくり出していた。

力士としては高齢で、体力も新大関になった全盛期の七〇％くらいに衰《おとろ》えている。ふつうの親方なら、少し酒を控えるようにアドバイスするところだ。

ところが、九重親方は、千代の富士が毎夜のように外へ飲みに出かける姿を見て、心強く思っていた。

〈出て飲めるってことは、元気な証拠なんだ。やつは、内臓だけは、奇跡的に丈夫だ。だからこそ、毎夜飲んでも綱が張っていけるんだろう。勝負で神経が人並み以上に張りつめ

ている千代の富士のことだ。気のおけない連中と明るく飲んで、神経を休めているのだろう〉

部屋の若い力士が場所中に毎晩飲みに出かけると、九重親方も、さすがにたしなめる。が、千代の富士の場合、部屋でじっとしていたりすると、どこか体調が悪いのか、とかえって心配になる。

六日目は、春日野部屋の東小結栃乃和歌（現・春日野親方）戦だ。千代の富士は、栃乃和歌に対し、これまで十三勝無敗の対戦成績を誇っている。が、ここ数場所は、栃乃和歌の前さばき、攻めがよく、しばしば二本差されて万歳の格好になっている。

立ち合い、栃乃和歌は、頭から思い切り踏み込んできた。千代の富士の踏み込みは、甘かった。

栃乃和歌の突進を、胸板でまともに受けてしまった。押し込まれそうな予感がした。が、栃乃和歌の頭が下がっている。すかさず栃乃和歌の首に右手をまわし、巻き込むように左に変化した。

栃乃和歌は、前にのめった。土俵上を、二歩、三歩と摺足《すりあし》で泳いだ。が、右足を踏み込んで、残った。千代の富士の構える右方向に、すぐに向き直った。

千代の富士は、次の瞬間、栃乃和歌の胸に飛び込んだ。左肘で、栃乃和歌の右腕を下から押し上げた。

千代の富士は、頭を下げ、ここぞとばかりに左手で栃乃和歌の特徴のある銀鼠《ぎんねず》のまわしをとりに出た。

栃乃和歌は、俵に足をかけながらも、千代の富士のまわしをとりにきた左手を下からおっつけ、応戦した。

千代の富士の左手が、ようやく栃乃和歌の右前まわしにかかった。

栃乃和歌が、その左手を下からおっつけ、やや押し戻してきた。

栃乃和歌は、右前まわしも奪った。

千代の富士は、まわしを引きつけられ、寄り戻された。土俵中央まで盛り返された。が、負けてはいなかった。栃乃和歌の肩越しに、右上手をとった。

ただし、一枚まわしで伸びたままだ。が、四本の指は、しっかり通っている。

おたがいに、左四つとなった。どちらにとっても不得手な体勢である。

栃乃和歌は、果敢に攻めたててきた。

右手で、千代の富士のまわしをひきつける。ぐいぐいと寄り立ててくる。

千代の富士は、土俵南側へじりじりと後退させられた。投げを打つようにして懸命に耐えながら、右へ右へと回りこんだ。

栃乃和歌は、土俵から足を離し、飛びあがりながら攻め、赤房下まで追いこんできた。

千代の富士は、追いつめられながらも、栃乃和歌の右腕を左肘で懸命に封じ、引きつけさせない。

栃乃和歌の左肩につけていた顎《あご》を、右肩につけ直した。

すかさず、左から栃乃和歌のまわしを引きつけて寄り返した。

土俵中央からやや東寄りのあたりで、組みあったまま、一瞬静止した。

千代の富士は、冷やりとした。

〈ここで一気に出られたら、負けるぞ〉

相撲には、流れというものがある。いまここで万全の体勢の栃乃和歌に出られると、いかに踏ん張っても勝てない。勝機は、確実に栃乃和歌にあった。

攻めている栃乃和歌も苦しいだろうが、守っている千代の富士は、もっと苦しい。万全のかたちの栃乃和歌は、いくら苦しくとも、ここで出なくてはいけない。そうしないかぎり、道は拓《ひら》けない。

が、どうしたことか、栃乃和歌は、それ以上攻めてこない。千代の富士の圧力に押されてしまっているのか。

千代の富士は、栃乃和歌のひと休みした一瞬のすきを、見逃さなかった。

左腰を、引いた。栃乃和歌の右上手が、切れた。まわしに、親指がかかっていなかったのである。

一気に、千代の富士有利の体勢となった。勝機は、栃乃和歌からたちまち千代の富士に移った。

千代の富士は、引きつける機を狙った。

栃乃和歌が、先に動いた。腹を突き出し、土俵南側に強引に寄ってきた。

強引すぎた寄りのため、重心が浮いた。

千代の富士は、その機を逃さない。狙っていた右上手を、ついに引きつけた。

しかし、容易には攻めきれなかった。

がっぷり左四つになったまま、おたがいに押し合う。ジリジリと蟹《かに》の横這いのようなかたちで南側に動いた。

千代の富士は、右上手をさらに強く引きつけるや栃乃和歌を、土俵際に追いつめた。

栃乃和歌の両足が、俵にかかった。

すかさず、攻めたてた。自分の全体重を、まるで跳び上がるようにして、栃乃和歌に預けた。

栃乃和歌は、たまりかねて土俵を割った。

取組後、千代の富士の記者会見がおこなわれた。

完全に、自分の負け相撲だった。栃乃和歌は、ふだんの稽古のときに攻めの稽古をしていない。だから、ここぞという勝機をとらえ、勝ちに結びつけられなかったのだ。栃乃和歌の勝負への執着のなさに千代の富士は苛立《いらだ》ちながらいった。

「相手も、あそこで、出てこなくちゃ。こっちは、やりようがないのに。あれはわしの負け相撲っていうんだ。厳しく書いといて」

千代の富士は、七日目も、井筒部屋の東関脇寺尾《てらお》（現・錣山《しころやま》親方）を寄り切って勝った。休場ということは頭から消え、自然に相撲がとれるようになっていた。

この日、全勝をつづけていた北勝海、琴錦が敗れ、千代の富士が単独トップに立った。

場所前、千代の富士は、まさか優勝は狙えまい、と下馬評にもあがっていなかった。

千代の富士は、あくまでも自分が脇役でしかないことを冷静に分析していた。

「前半戦で、先行馬群についていければ、後半で、大外をゆっくりまわって、他の馬がバテたら追いこめるんじゃないか」

ところが、脇役どころか、いつのまにか、先行馬を射程圏内にとらえた。ついには、先頭に躍り出てしまった。

旭富士（現・伊勢《いせ》ヶ濱《はま》親方）、琴錦ら優勝圏内にいた力士は、「千代の富士が来た」というだけで、大きなプレッシャーを感じてしまった。千代の富士は、自分の相撲を淡々ととっているのに、勝手にライバルたちが冷や汗を流し、くずれていってくれる。これも千代の富士の地力が醸《かも》し出す不気味さであった。

九重親方は、千代の富士の体調が、みるみるよくなっていくのに驚いた。場所前や、場所入り直後の肌艶の沈みぐあいが、嘘のようであった。

一番ごとに、千代の富士の体は、白星によって生気を吹きこまれたように輝いていった。筋肉さえも、弾けるようだ。

千代の富士は、この夜も、勝利の美酒を味わいに夜の中洲の行きつけの料亭にくりこんだ。

この夜の酒の相手は、NHKの相撲アナウンサー向坂松彦《さきさかまつひこ》であった。

向坂アナは、昭和三十一年にNHKに入局し、昭和三十七年三月の大阪場所から大相撲の実況中継を担当しているベテランである。東京・小石川《こいしかわ》の生まれ、江戸っ子特有の歯切れのいい語り口で多くの相撲ファンを魅了してきた。

向坂は、千代の富士にしんみりと語りかけた。

「横綱、わたし、今年の九州場所で最後なんですよ。千秋楽に仲間がパーティーを開いてくれるんですが、花束をもってきてくださいな」

平成二年十二月三日で定年を迎える向坂は、この九州場所を最後に、長い間の大相撲実況中継の幕を閉じる。

千代の富士も、感慨深い面持《おもも》ちだ。

いつもは一晩で一本平気で空ける好物のヘネシーを生《き》でくいっと干して、向坂にいった。

「もしかすると、それはおれの引退の花束かもね」

向坂は、千代の富士を励ました。

「横綱、情けないことといわないで、優勝して花束をもってきてくださいよ。お願いですよ」

千代の富士は、瞬間、大きな賭けを前にした厳しい勝負師の顔になった。が、すぐに笑みを浮かべた。

「どうかな、優勝は……」

「約束しましたよ、いいですね」

「がんばってみよう」

中日八日目の千代の富士の対戦相手は、藤島部屋の東前頭筆頭の安芸ノ島であった。この一番は、九州場所の優勝のゆくえを占う最初のハイライトともいえた。

安芸ノ島は、六勝一敗と絶好調であった。前半戦で、旭富士、北勝海の二横綱、大関の霧島《きりしま》（現・陸奥《みちのく》親方）をやぶり、上位キラーの名をほしいままにしている。

千代の富士自身も、安芸ノ島を六勝四敗と苦手としている。

安芸ノ島戦を前にして、NHK元相撲担当アナで、アナウンス室専門委員の杉山邦博《すぎやまくにひろ》が千代の富士にインタビューをした。

「これまでの展開については……」

「まったく、予想外だね。どういう展開になるか、考えてもいなかった。自分のことばかり考えていたからね」

「優勝に関しては……」

「まだまだです」

九重親方も、杉山に答えた。

「気力が、一番心配だ。しかし、気力は充実してきている。なんとか十勝すれば、かわってくるかもしれない」

九重親方は、千代の富士のもっとも警戒すべき相手は安芸ノ島とみていた。むしろ、横綱、大関戦よりも重要だ。安芸ノ島に勝てば、予想していた十二勝はあげられる。十二勝なら、千代の富士としては不本意だろうが、横綱の星としては面目《めんぼく》をたもてる。来場所にもつなげられる。

いよいよ、千代の富士、安芸ノ島の対戦となった。

安芸ノ島の仕切りの眼は、どこを見ているのか何を考えているのかわからない。刀で切り裂いた切り口のように、細い不気味な眼だ。その眼は、上位キラーといわれるだけの、迫力を秘めている。

千代の富士は、安芸ノ島と睨《にら》みあうと、赤房下に下がり、塩をつかんだ。

安芸ノ島は、攻撃型ではなく、相手の出方を見て技を仕掛けるという型の力士だ。武器は、引きつけの強さと、右の強烈なしぼりだ。

これまで千代の富士が安芸ノ島に負けた相撲は、いつも千代の富士が強引に出ていった。安芸ノ島がそれを待っている。計ったように土俵際で逆転されるケースがほとんどであった。

安芸ノ島は、相撲が長びけば長びくほど力を発揮する。相手をじらしてじらして、相手ががまんできなくなって攻めてきたところを狙う。

それでいて、安芸ノ島は、相撲の勝ち味の遅さにつけこまれて一気に突き放され、上体を起こされ押しこまれる力士にはめっぽう弱い。いわゆる相撲をとらせてくれない、というタイプに弱い。たとえば北勝海、霧島が苦手だ。

研究熱心な千代の富士は、安芸ノ島が、その苦手を克服すべく、この年の前半から自分の相撲の型を変革しようとしているのを見逃さなかった。待っているのではなく、立ち合いを鋭くし、積極的に前に出る相撲を身につけようとしている。

そこが、じつは千代の富士のつけ目であった。千代の富士は、安芸ノ島の相撲の型が変わるのを待っていたのだ。

いままで通り、待ちの相撲の安芸ノ島では、千代の富士は苦戦する。安芸ノ島が、先に技を仕掛けるようにもっていければ理想だ。

いよいよ、制限時間いっぱいとなった。

勢いよく塩を撒《ま》き終わった千代の富士は、仕切りに向かった。

さがりをかき上げ、膝を曲げた。気合を入れ、安芸ノ島を睨んだ。

仕切り線に拳を伸ばし、ぐっと腰を落とした。

超満員に膨れ上がった観衆が、声をかぎりに叫ぶ。

「千代の富士！　頼むぞ」

「安芸ノ島！　勝って、一気に優勝だぞ！」

立ち上がった。

立ち合いは、五分だ。

千代の富士は、安芸ノ島に先に、左手で右の前みつを浅くとられた。千代の富士のお株を奪う早技であった。

千代の富士も、すかさず、右手で安芸ノ島の左の前まわしをとった。が、浅すぎた。

安芸ノ島の左肘で押さえられ、殺されてしまっていた。安芸ノ島の引きつけが、あまりにも強烈なのだ。千代の富士としては、苦しいかたちとなった。

安芸ノ島は、左四つが得意だ。千代の富士の右四つとは、喧嘩《けんか》四つである。

それでも、千代の富士の型に合わせ、右四つで組んできた。不敵とも思える自信のあられであった。

千代の富士は、百三十キロと自分よりも十キロも重い安芸ノ島に両まわしを取られては、分《ぶ》が悪い。両まわしをとらせないために、右肩を前に出し、右半身の体勢になって安芸ノ島に向かい合った。

安芸ノ島が先に攻めたててきた。千代の富士の右胸のあたりに頭をつけ、背中を丸めながら一気に寄ってきた。

千代の富士は、安芸ノ島の体を捻った。右手は、がっちりと安芸ノ島の下手まわしを摑《つか》んでいた。

左手の肘で安芸ノ島の胸を押し、体を起こした。双差しを狙った。

安芸ノ島に摑まれている上手まわしを、腰を捻り、切りにかかった。

安芸ノ島は、すかさず重い腰を生かし寄ってきた。

千代の富士は、自分の腰を左右に捻り、安芸ノ島の勢いを散らした。

安芸ノ島の左上手が、ついに切れた。

安芸ノ島の左胸に、頭をつけた。千代の富士得意の右四つである。

右四つなので、定石どおり左足を前に出した。

が、横綱が平幕相手に頭をつけるのはよほどのことだ。

千代の富士が頭をつけることは、めったになかった。頭をつけて相撲をとると、重心が前にのめってしまいそうなので、あまり好きな体勢ではなかった。

土俵下の審判席にいる九重親方は、千代の富士の勝ちへの執念を見た思いがした。
〈あの鼻っ柱の強い千代の富士が、頭をつけている。なりふりかまわず勝ちにいってい
る〉
が、千代の富士は、決して強引に攻めているのではなかった。じりっ、じりっと右へ右
へとまわりこんだ。
安芸ノ島には、あくまでまわしを与えない。
千代の富士は、右下手まわしを引きつけた。安芸ノ島の体が、一瞬起きた。
安芸ノ島も、千代の富士の右肘を抱え上げた。千代の富士の体を起こしにかかったので
ある。
千代の富士は、安芸ノ島の左胸につけていた頭を、右肩のあたりにつけ直した。
前に踏み出している左足を、右足にかえた。右四つでは、逆足であった。
〈なにをするのだろう……〉
審判席の九重親方は千代の富士が次に何を仕掛けるのか、息を殺して見守った。
千代の富士の両足の間隔も、狭くなった。
と、千代の富士は、右足を安芸ノ島の両足の間に踏み込んだ。
ひとまず右から下手出し投げ気味に安芸ノ島の体を崩し、それから果敢に横から攻め、
勝負を決しようと考えたのであった。

安芸ノ島は、攻めようにも千代の富士の右腰に壁のように遮《さえぎ》られ動きがとれない。千代の富士は、右下手まわしを強く引きつけたまま、踏み込んだ右のふくら脛で、安芸ノ島の左足のすねを思いきりはね上げた。

千代の富士の右腰に、安芸ノ島の前のめりになった体が、一瞬巻きついてきた。安芸ノ島の左半身が、まったく無防備になった。

千代の富士は、右腕に渾身の力をこめ、下手投げを打った。

ふいをつかれた安芸ノ島は、思わず「あッ」という声を上げそうになった。てっきり千代の富士は、左上手投げで崩してくるにちがいないと身構えていたのだ。その虚をつくような、大胆な右下手投げであった。

安芸ノ島は、つんのめり、土俵に手をついた。

千代の富士も、意外であった。まさかこの下手投げで相手をしとめられるとは思ってもいなかった。しかし、もののみごとに決まったのである。

安芸ノ島は、口惜《くや》しさとともに、相撲の奥深さに魅せられたように一礼して土俵を下りた。

安芸ノ島の頭には、ふだんから「千代の富士の左上手投げは警戒」と呪文のようにこびりついていた。千代の富士の左上手投げに対し、それほどおそれを抱いていたからこそ、かえって右下手投げの意外性が効いたのである。

安芸ノ島は、支度部屋で報道陣に答えて短くいった。

「ふつうの相手なら、くわないのに……」

いっぽう、千代の富士は、会心の笑みを浮かべて報道陣に語った。

「いやぁ、いい稽古をしてきたよ。三重、四重、五重、いや八重丸だ。出来すぎだよ。実力は、紙一重《かみひとえ》だからね。もっとも警戒する相手を倒して、気をよくしているのは確かだね」

「一気に、優勝ですね」

「いやぁ、優勝なんてまだまだ……」

千代の富士は謙遜したが、賜盃《しはい》への確かな手ごたえを感じとっていた。

千代の富士は、この夜も勝利の美酒を味わいに中洲へくりこんだ。

北の湖に並んだ

八連勝と、幕内でただひとり全勝をつづける千代の富士の九日目の対戦相手は、西前頭筆頭恵那櫻《えなざくら》であった。

千代の富士は、前日、東前頭筆頭の安芸ノ島にいい勝ち方をし、乗りに乗っていた。

立ち合い一気に左前みつをとり、鋭い出足で右をはさみつけ、まっすぐに出、わずか二秒二で寄り切った。いわゆる電車道であった。

あまりの強さに、福岡国際センターは、一瞬静まりかえったほどである。

平成二年九州場所で、ついに幕内通算八百勝の大台に乗った。北の湖のもつ記録まで、あと四勝である。

支度部屋で、千代の富士は、汗もかかない顔でいいはなった。

「今日の相撲は、ばっちりだった。久しぶりだね、あんな相撲は」

記者団が、乗せようとして訊いた。

「幕内通算勝ち星一千勝もいけるんではないですか」

「おいおい、杖ついて土俵に上がるのか。そこまでやったら、孫と顔が合うよ」

千代の富士は、ジョークで応じる余裕すら見せた。

二子山理事長（当時。元・初代若乃花）は、記者の質問を受け、千代の富士の強さに、ただ驚嘆《きようたん》するばかりであった。

「場所前、調整が遅れているといわれておっても、どこかでひそかに稽古しとったんでしょう。これまでの相撲は、横綱と他の者との土俵の経験の差でしょうね。本場所の一番、一番が、二十番ほどの稽古になっている」

十日目は、いよいよ、因縁の西関脇琴錦との対戦だ。

名古屋場所の八日目、千代の富士は、琴錦に屈辱的な形で一方的に押し出された。その琴錦に二度と負けないため、秋場所前の巡業で、琴錦を名指しで土俵に引っぱり上げ、三番稽古をした。その最中、左足太腿の裏を肉離れし、秋場所を休場せざるをえない羽目に陥った。

琴錦は、場所前の予想でも、優勝を狙う力士が一様に気合をいれてかからねばならない相手と見られていた。琴錦を倒した者が、優勝戦線で一歩リードする、とまでいわれていた。

スピードのある激しい突き押しの型から、北勝海二世ともいわれている。とくに、二発目の体当たりが強烈である。この二の矢をまともに受けると、千代の富士もさすがに吹っ飛ぶ。三十一歳の全盛期のときなら軽く受けとめられたが、三十五歳のいまは正直苦しい。

千代の富士は、気を引き締めていた。

〈先々場所にひきつづいて、今度もまた前に出られて一気に押しこまれるような真似だけはしないぞ〉

千代の富士は、秋場所前の巡業で琴錦と三番稽古をしたとき、相手の出方は呑《の》みこんでいた。

千代の富士は、百八十三センチ、百二十六キロ、琴錦は、百七十七センチ、百三十四キロである。体の差がほとんどない。琴錦の突き押しをかわし、まわしをとり、捕まえてしまえば、どうにでも料理できる自信はあった。

押し相撲の力士は、相手に相撲の型をおぼえられるともろい。あくまでも自分のペースにもちこめないと弱い。とくに、琴錦の弱点は、一の矢のとき眼をつぶってしまう癖のあることだ。

だから二の矢を放つ前に、一の矢でぶつかってきたとき、琴錦の右の前まわしをすばやく左手でとり、捕まえてしまえばいい。

自信のある左腕でまわしをしっかり捕まえさえすれば、琴錦は、動けないはずだ。

千代の富士、琴錦戦の取組前に、NHK向こう正面のゲスト大鳴戸《おおなると》親方が解説した。

「立ち合いに当たって突き放す、千代の富士が下がってはたいたところを出る。それしか、琴錦に勝ち目はないんじゃないかなあ。あとは、二本差すかね」

千代の富士は、おのれにいいきかせていた。

〈去年の五月場所で入幕し急に伸びてきた新鋭に、長いこと横綱を張ってきたわしが、負けるわけがない〉

制限時間いっぱいになった。

琴錦は、西の白房下で塩を右手にもち、土俵に向かって千代の富士の出を待った。額《ひたい》の汗を、手首で拭《ぬぐ》った。緊張している。緊張を鎮めるために、軽くふうっと息をついた。汗が、どっと流れ出た。

琴錦は、作戦を決めていた。

〈思いきりぶちあたり、双差しを狙っていく。横綱は、前の名古屋で、おれの突きと押しで負けている。きっとおれの突きと押しに、どう攻めようかと考えているはずだ。それなら、裏をかくだけだ〉

千代の富士は、ゆっくりと塩をまき、土俵仕切り線に向かった。

闘志を内に秘め、仕切りに入った。

静かに、琴錦の眼を見た。

行司式守伊之助《しきもりいのすけ》の軍配が、返った。

立ち上がった。

千代の富士の胸板めがけ、琴錦が、頭から激しくぶち当たってきた。

当たるやいなや、左肘で千代の富士の胸を突き上げた。がむしゃらにかちあげる。

が、立ち合いを有利にもちこむことを考えていた千代の富士は、鋭く突っ込んでいた。

相手に当たり負けしないような立ち合いの踏み込みであった。琴錦のかちあげに、びくとも動かない。

琴錦は、二の矢を出すことができない。

千代の富士は、右腕を琴錦の左脇にするりと差し入れた。

左手で、琴錦の淡青《たんせい》の右上手まわしを奪うや、引きつけた。

琴錦にまばたきする間すら与えず、一気に寄った。

左へ左へと琴錦を、まるで走るように寄りたてた。

右手では、琴錦を抱え込んでいる。万全の体勢だ。

琴錦は、爪先立ちで後退する。千代の富士は、土俵際まで追いつめた。琴錦の左の爪先が、俵にかかる。

琴錦は、どのように追いつめられてもなお暴れまわる執拗《しつよう》さをもつ。

千代の富士は、さらに慎重を期した。浅く取っていた左上手まわしを、後ろの結び目近くまで深く握りなおした。

琴錦の左脇に、右の二の腕を強引に差し込んだ。その勢いで、琴錦の左腕は真上に万歳をする格好になった。

千代の富士は、今度は右へ右へと寄りたてた。

琴錦の腰が浮き立つ。いまにも倒れんばかりである。

後ろに倒れないように、俵についた左足一本で懸命に踏ん張る。右足は、もうすでに宙に浮いてしまっている。

千代の富士は、すかさず左から上手投げを打った。琴錦の重心を崩しにかかった。

琴錦は、後ろに倒れないように必死で重心を前に移そうとしていた。上手投げと同時に、前のめりになり、自ら倒れるようにもんどりうち、肩をしたたかに打った。

九重親方は、予想外の展開にほくそ笑んだ。

〈これは、優勝を狙えるぞ……〉

十一日目の千代の富士の対戦相手は、小錦であった。

小錦は、突き放しが得意だ。突き放しをなんとかかいくぐり、自分なりにまわしを取り、横から攻めれば勝利に繋《つな》がる、と考えていた。

千代の富士は、狙いどおりの相撲をとり、小錦の巨体を下手投げで仰向《あおむ》けに転がした。

十一連勝だ。

十二日目も、東前頭二枚目の巨砲《おおづつ》を、上手投げで難なく倒した。

この十二連勝で、場所前の不安が一掃《いっそう》された。

〈その気になれば、なんでもできるもんだ〉

なにしろ、守りではなく、攻めの相撲で勝ちつづけているのだ。すべてがいい方向にまわっていた。稽古不足も、本番で解消できていた。

千代の富士の取り口を、国技館のテレビで見ていた九重親方は、顔をほころばせた。

〈おいおい、優勝どころか、こりゃ、全勝する気じゃないか。ここまできたら、千代の富士のもんだ。競り合う者もいないし……〉

追ってくる旭富士には、二番差をつけていた。

十三日目は、東大関の霧島であった。千代の富士は、なんとか頑張れば優勝できる、という気になっていた。しかし、これからは、大関、横綱戦だ。せっかく下位にとりこぼしなくきたのだから、これまで以上にいい相撲をとって勝ちたかった。

霧島には、この年の春場所、一千勝のかかった一番で、もののみごとに吊り出しで敗れていた。霧島は、ここ一年で急速に地力をつけてきた。千代の富士が、関脇、大関と一気に駆け上がってきた勢いと同じ勢いで、いま上位を狙い、上昇しようとしていた。

この一番は、ともに筋肉質であり、体力も、相撲の取り口も似ている。ただ、霧島は、百八十七センチ、百二十八キロ、千代の富士より身長が四センチ高い。角界一、二を争う怪力からくり出す吊りには、絶対の自信をもっている。二百キロを超えているときの横綱大乃国を、うっちゃったこともある。

霧島は左四つが得意で、千代の富士とは喧嘩四つだ。いやな相手だ。

この一番は、どちらが先にまわしをとるかで勝負が決まる、といってもいい。まわしをとり胸を合わせると、霧島はかならず吊ってくる。霧島の吊りをかわすには、思いきり引きつけて吊らせないようにするしかない。霧島は、自分が横綱を狙う最短距離にいることを自覚している。横綱になるためには、千代の富士を倒すしかないのだ。

立ち合いは、激しく肩でぶつかり合った。

霧島が、左手で素早く千代の富士の右の上手まわしを奪った。

千代の富士は、すかさず双差しを狙った。左手で、霧島の紫の下手まわしをとった。

左手でひきつけながら、霧島の固く締めた左脇を、右肘でこじ開けにかかった。右手首を返すようにして、右腕を強引にねじ込もうとした。

千代の富士の強引な性格が、つい出てしまった。攻め急ぎ、雑な攻めになってしまった。

霧島が、強烈に引きつけた。千代の富士の腰が、浮いてしまった。

霧島は、千代の富士の右差しを嫌い、体を引き、右に回り込んだ。

とっさに左上手まわしを離し、まきかえ、下手に取りなおした。

千代の富士の右肩のあたりに、頭をつけてきた。霧島の得意の左四つだ。

怪力の霧島に、千代の富士不得手の左四つになられては、きわめて不利だ。しかも千代の富士は、右上手がとれない。

千代の富士の体が、棒立ちとなってしまった。

千代の富士は、霧島の左の差し手を右腕で抱え上げ、体を起こしにかかったが、起こせない。

千代の富士の左上手まわしにかかった霧島の右手は、指が五本とも深く食いこんでいる。左腕も、肩まで千代の富士の右脇に奥深く差し込み、まわしの結び目のあたりをつかんでいる。千代の富士の右腕は、まったく封じられてしまった。

霧島は、あきらかに吊る機をうかがっている。

千代の富士は歯を喰いしばり、左下手一本で霧島を引きつけた。強引に寄った。

霧島は、じりじりと下がりながら、右から上手を引きつけ、右にまわり体をいれかえようとした。

千代の富士の腰が、一瞬反《そ》り返り、崩れかかった。が、霧島の左手を絞り、なんとか残した。

苦しかった。が、ここで休んではならぬ。相手の霧島も、苦しいのだ。千代の富士は、最後に残った力をふりしぼり、もう一度強引に寄りたてた。

霧島は、二歩、三歩と下がる。右足で、踏ん張った。渾身の力で、千代の富士を引き上げた。

千代の富士の体が、土俵から浮いてしまった。千代の富士は、足をばたつかせ、懸命に抵抗した。

霧島の体が、弓なりに反り返る。

霧島は、千代の富士を吊り上げた。

霧島の浅黒い顔が、真っ赤に染まった。霧島は、吊り上げたまま、横向きで左に二歩、三歩と走る。土俵際まで、一気に運んだ。

霧島は、千代の富士の体を横に放り投げるように吊り出してしまった。

千代の富士は、またもや霧島に吊り出しで敗れた。まるで平成二年春場所に吊り出されて敗れたときのビデオテープのようであった。

取組後のインタビューで、千代の富士は、この場所はじめて、取り口を悔やんだ。

「双差しのとき、前へ出ればよかった」

相手十分の型である左四つになって、胸が合ったのが敗因だ。やはり左四つだと、右四つに比べ力は半減する。

〈負け相撲は、自分なりに研究の課題がいくつもある……〉

あと二番だ。千代の富士一敗。二敗の旭富士と、まだ星ひとつ差がある。

十四日目は、その旭富士との直接対決であった。旭富士とは、二十九勝六敗の対戦成績である。

旭富士は、序盤で安芸ノ島、琴錦に手痛い二敗を喫した。が、後半快進撃を見せ、十一勝二敗で、千代の富士を追っていた。

千代の富士は、この取組で、なんとしても優勝を決めたかった。いっぽう旭富士は、優勝を阻止し、明日に期待を賭けたかった。

いよいよ、十四日目がやってきた。決戦の日を迎え、博多の街は、空も青々と晴れ上がっていた。

立ち合いがすべてだといっていた旭富士は、鋭い立ち合いを見せた。千代の富士の顎のあたりに、旭富士の頭がぶち当たった。千代の富士は、思わず顔をゆがめた。

旭富士の左手が、千代の富士の右上手まわしにかかった。

千代の富士も、すぐ右を差しにいった。

旭富士が、その右手を嫌う。千代の富士の右脇に外側から左手を押し当て、左の腕と脇で千代の富士の右手を挟み、絞り上げ、おっつけた。完全に千代の富士の右腕を殺した。

両者、おたがいの肩に頭をつけあった。

千代の富士は、それでも右手を旭富士の左脇にこじ入れようとした。

旭富士は、千代の富士の右肘を抱え直し、執拗におっつけて拒《こば》んだ。

千代の富士は、どうしても右手を差し込めない。が、もう一度右手を強引に差し込みにいき、ようやく右手首まで入れた。

さらに差しこもうとして、右手首をこじ入れ、相手の脇をひらかせにかかった。

旭富士は、なんとしても千代の富士に右差しを許してはならない。千代の富士の右肘を絞りあげるようにしておっつけた。千代の富士は、左の上手まわしもとれない。

旭富士の頭が、やや下がった。その瞬間、千代の富士は、左手で思い切り旭富士の右腕を引いた。が、まともすぎた。

旭富士は、背中を丸め足運びうまく、千代の富士の胸に飛び込んだ。

千代の富士は、左に回り込んだ。旭富士は、逆にぐいぐいと攻めたててきた。

旭富士の右手が、千代の富士の左脇に差しこまれた。

千代の富士は、土俵際に追い詰められた。かろうじて左へ左へとまわりこむだけだ。左足が、ついに俵に届いた。もう後がない。

土俵下審判席の九重親方は、さすがに肝を冷やした。

〈やられた……〉

左に回った勢いで、千代の富士は、一瞬前に泳いでしまった。が、とっさに左足を踏み出し、踏ん張った。

九重親方は、安堵《あんど》した。

〈左まわしだ。左さえとれば、勝つ。左をとったら、千代の富士に勝てる相手はいない〉

ふたたび、両者は相手の肩に頭をつけあった。

おたがいに右手は差しているが、どちらも、まわしには手が届かない。

千代の富士は、左から旭富士の右の差し手を絞った。

土俵を背にした旭富士が、たまらず右の差し手を引き抜いた。旭富士は、なんとか逆襲しようと千代の富士の右脇に左の掌《てのひら》をあてがい、右手で千代の富士の左肩を押さえながら、押し戻した。

旭富士の脇が、甘くなった。千代の富士は、一瞬のそのすきを逃さない。頭を低く下げた。

左手を旭富士の右脇に滑りこませた。双差しとなり、旭富士の顎のすぐ下に頭をつけた。

　旭富士も、左手をまわしにかけた。

　が、千代の富士は、それも許さなかった。腰を落とし、左にひねった。旭富士の上手まわしは、一瞬にして切れた。

　旭富士は、千代の富士の両腕を抱え込み棒立ちになった。苦しげな表情を浮かべながら、なお耐えている。

　千代の富士は、頭をつけたまま、慎重に間を置いた。

　旭富士が、千代の富士の肩ごしから、左手を伸ばし、左上手まわしをとりかかった。が、千代の富士は、腰を振った。旭富士の左手から、自分の腰を遠ざけた。

　旭富士が、二度、三度と左上手を取りにきた。千代の富士は、三度目、すかさず右手で一気に旭富士の右まわしを引きつけた。

　旭富士は、あわてた。右上手を取りにきた。が、千代の富士は、腰を引き、まわしをとらせない。

　旭富士が、激しく息を吐いた。旭富士の体から、一瞬力が抜けた。

　千代の富士は、ここぞとばかりに引きつけた。

　旭富士は、腰が浮き、棒立ちとなった。千代の富士は、吊り上げる感じで寄った。

　旭富士の体が、ふわりと浮き上がった。

千代の富士は、白房下まで一気に突っ走った。

まるで放り出すように、寄り切った。

三十一回目の優勝が決まった瞬間であった。北の湖の持つ幕内通算八百四勝にも並んだ。自分でも会心の相撲だった。

花道を引きあげる千代の富士の眼は、赤く潤《うる》んでいた。千代の富士は、勝負のとき、力が入りすぎ眼が充血する。が、今回はいつにも増して充血がひどかった。引退か、とまで騒がれた中での優勝で、感慨もひとしおだったのである。

九重親方も、ホッと胸をなでおろした。

〈これで、当分引退を騒がれずにすむな。それにしても、毎日いっしょに生活しているけど、どこからあんなに力がわき出てくるのか、おれにもわからない……〉

九重親方は、つぎつぎに訪れる報道陣に、胸を張って答えた。

「この調子なら、来年の九州場所も、髷《まげ》をつけているよ」

千秋楽の日、ひとしきり祝宴が終わったあと、千代の富士は、親方とともにタクシーで博多の街へ向かった。

午後十時少し前に、九重親方と千代の富士は、中央区大名《だいみよう》にある割烹料理屋「稚加榮《ちかえ》」に入った。「稚加榮」は各部屋の境をとりはずし、大きな宴会場にはや変わりしていた。

そこで、今場所の実況中継を最後に定年となるＮＨＫの向坂松彦アナの慰労会がおこなわれていた。

会場では、十四日目、優勝を決めた千代の富士対旭富士戦をＮＨＫラジオで中継する向坂アナの声がテープで流れている。

生け簀には、生きのいい玄界灘の旬の魚が泳いでいる。テーブルには、その魚の刺し身の大漁盛りが並べられていた。

千代の富士は、宴のまん中をぬうようにして、向坂に近づいた。純白の胡蝶蘭《こちょうらん》を中央にあしらった花束を差し出した。

「優勝して、花束をもらってきました。向坂さん、約束守りましたよ……」

第三章　幼少の日

先祖に大関が

昭和三十年五月二十七日から、津軽《つがる》海峡は荒れ狂った。

二十八日には、北海道最南端にある松前郡福島町は、激しい風雨に襲われた。三十日には、町内の吉岡《よしおか》川と福島川が氾濫《はんらん》し、百十戸もの家々が床下浸水の被害を受けた。函館《はこだて》から下る松前線は、線路の埋没《まいぼつ》で不通になった。あちこちで、土砂崩れや道路の決壊があいついだ。

三十一日からようやく天候は回復し、六月一日の朝は、青空がのぞくまでになった。

福島町塩釜《しおがま》の漁師秋元松夫は、ようやく嵐がおさまったというのに、この日朝から落ち着かなかった。

庭に出て、薪割りの斧を高くふりあげ、真一文字にふりおろした。

谷あいに、乾いた音がこだまする。

額《ひたい》にふき出る汗をぬぐおうともせず、次の薪をひろいあげた。

午後の一時すぎであった。松夫の母親のふさが、母屋から転がるように走りでてきた。

「生まれたぞ！　男だ！」

松夫は薪を割る手を止め、さけんだ。

「元気か」

「赤ん坊も喜美江さんも、元気だよ」

松夫は、ふさの後から母屋に入った。

部屋には、妻の喜美江が横になっていた。赤ん坊は、産婆の三国ミセに抱かれていた。

松夫は、三国のそばにいき、赤ん坊の顔をのぞきこんだ。

三国は、赤ん坊の顔が松夫によく見えるように体を傾けていった。

「一貫目ちょっと、だろうね」

一貫は、いまでいうと三千七百五十グラムになる。平均より八百グラム近くも重い、丸々と太った赤ん坊だった。

松夫は、三国に不安気な表情で訊《き》いた。

「丈夫そうか……」

松夫は、太平洋戦争が始まると、広島県福山《ふくやま》の「あかつき部隊」に入隊した。

昭和二十年七月末、部隊は輸送船に乗り、広島の宇品《うじな》港から山口県の下松《くだまつ》に向かった。その途中、瀬戸《せと》内海に浮かぶ祝島《いわいしま》のそばで敵機に襲われ、船を轟沈《ごうちん》された。松夫は海に飛び込み、必死で祝島に泳ぎ着いた。

八月五日、広島市内に移送された。広島に原爆が落ちたのは、その翌日であった。そのとき、松夫は、爆心地から四キロ離れた宇品の連隊支所にいた。激しい閃光《せんこう》に、目が眩《くら》んだ。松夫は、爆風を体に受けながら、近くの防空壕《ぼうくうごう》の中に飛び込んだのであった。

生まれてきた子どもに、万が一、原爆の影響が出てはいないかと、心配でたまらず訊いたのであった。

三国は、眼鏡がずり下がるほどに大きくうなずきながらいいきった。

「この子は、元気に育つよ。さっきの元気な産声《うぶごえ》が、聞こえねがったスか」

松夫は、三国の言葉を心強く思った。

三国は、さらに言葉をつづけた。

「なにせこの子は、今回の嵐を巻き起こして生まれてきた子だ。竜のような、たくましい男になるよ」

松夫と喜美江にとって長男であるその子は、貢《みつぐ》と名付けられた。松夫の長兄の金夫がつけた。金夫は、子どものときから体が弱かった。そのため姓名判断を勉強したことがある。貢という名前は、姓名判断によると、強い運を持ち丈夫に育つ名前であった。

福島町は、人口一万四千人足らずの町であった。津軽海峡をはさみ、対岸に津軽半島の竜飛崎《たつぴさき》をのぞむ。後年、青函《せいかん》海底トンネルの北海道側の工事基地となる町である。

秋元家のある塩釜は、福島町の中心部から歩いて十五分ほどの海辺にある小さな集落であった。海岸沿いまで山々が迫り、山と山の谷間を、幅五メートルほどの釜谷《かまや》川が海に注ぐ。その釜谷川に沿って、四十戸足らずの家々が密集している。どの家も、漁業にたずさわっていた。秋元家も、塩釜で代々暮らしてきた漁師の家であった。

貢の世話は、松夫の母のふさの役目であった。喜美江は、朝の仕事が終わると、近所の西村水産という加工所につとめていた。松夫も喜美江も、仕事が忙しく、子どもの世話をしている暇はなかった。

松夫と喜美江が働いている間、貢は、ふたつ年上の姉の佐登子とともに家から二百メートルほど離れた浜に出て遊んだ。

貢の体は、小学校に入るころには、同じ年頃の子どもよりひとまわり大きくなっていた。二年生からは、ごはんを三杯ずつ食べるようになった。

ある日、西村水産の西村三之烝社長の妻の慶子が、喜美江に訊いた。

「貢は、なして、年下の子どもとしか遊ばねんだべ」

喜美江は、笑いながらいった。

「西村さん、それは違うのさ。おんなじ年の子どもと遊んでても、貢の体が大きいから、そう見えるのさ」

貢は、小学校一年生の学芸会では、体の大きさを買われて、こぶとり爺さんの劇で、青鬼の役につけられた。

悪役だから、貢は素直によろこべなかった。が、同級生の吉田隆悦がいった。

「貢君は、体がでけぇから、金棒を持って立ってるだけで青鬼にそっくりだべ」

貢は、学校から帰るとかばんを放り出し、浜に出て遊んだ。

近所の藤沢正や山登佐一は、貢と年齢がいっしょの遊び仲間であった。

岩場を四、五メートル潜ると、大きな石や岩の陰にアワビがへばりついている。

「おーい、アワビとりするべ」

貢や藤沢や山登は、競い合うようにして海に潜った。

貢は、三人の中でも、アワビをとるのが特に上手かった。ふたりより長い時間潜ることができた。

アワビをうまくとるには、一瞬にしてアワビと岩の間に金属の手カギを差しこまなければいけない。ぐずぐずしていると、アワビは岩に張りついてしまう。大人の力をもってしても、なかなかはがせないほどの力で張りついてしまうのだ。

貢の素早い手の動きと手先の器用さは、父親ゆずりであった。

松夫は、大正十四年（一九二五年）一月一日、塩釜に生まれた。

松夫の父親の清治《せいじ》は、いくつもの船で船長《ふなおさ》をつとめた。身長は、百六十センチ足らずであったが、六十歳を過ぎても八十キロもあるイカリをひとりで抱きあげるほどの力持ちであった。

松夫も、父親の清治に似て小柄の方であった。身長は百六十五センチ。骨格は細く、色白の顔は細面《ほそおもて》で鼻筋が通っていた。漁師というよりは、芸術家風の風貌であった。子どものころは、色が青白いので、兄弟から「アオ」と呼ばれた。日に焼けても、すぐに色がさめてしまう体質だった。

昭和十三年に福島尋常高等小学校を卒業すると、地元の漁業組合の事務見習いに入った。両親が、華奢《きやしや》な体の松夫には、漁師はむかないと判断したからであった。

松夫は、学校時代から絵を描くのが得意であった。水彩で、静物画や美人画をよく描いた。似顔絵をたのまれると、クロウトはだしの絵を描いた。

地元の郵便局で為替や経理受け付けをしていた金谷キクエは、松夫少年が使いにくるたびに、かわいらしさのあまり、つい菓子をもたせてやった。

するとそのたびに、松夫は、お礼に花や鳥の絵を描いてもってきた。

札幌《さつぽろ》にいた叔母は、絵の好きな松夫に看板屋の仕事を世話しようとしたことさえあった。

が、結局は、漁師になった。絵は好きだったが、絵の道にすすむことなど考えつかなかった。子どものころから、いずれは父親のように漁師になるものだと思っていた。

松夫は、戦争が終わるや、故郷の塩釜にもどった。

塩釜で生きていくには、ふたたび漁師にもどるしかなかった。

松夫は、色白で華奢であったが、筋肉は鍛えられ、内に秘めた心意気は荒かった。

「板子一枚下は地獄」「漁師の言葉は短く、荒い」などといわれる。

仲間に、

「波がきたから、危ないぞ！」

などと声をかけてる猶予《ゆうよ》はない。

「波来た！　危ね！」

とさけぶ。

イカの群れが来たときも同じだ。

「イカ来たぞ！」

のひとことだ。ぼやぼやしていると、イカの群れはどこかへ逃げてしまう。

松夫もまた、口数の少ない、負けん気の強い男だった。

昭和三十年当時、塩釜には、七、八人の船主がいた。船主が持つ十トンほどの発動機船に、二十人ほどの漁師、いわゆる乗り子が乗った。

船は、たいてい夕方四時ごろに港を出た。

貢も、夏休み、遊び仲間の藤沢正とともに、父親の乗る船に乗り、父親の雄々しい姿を見せつけられたことがあった。

乗り子たちは、漁場に着くまでにまず腹ごしらえをする。漁場に着くと、集魚灯を点け、イカが浮上してくるのを待つ。

まだ機械化されていないころである。乗り子は、イカが集まってくると、「てんびん」とか「山手」とよばれる漁具で、イカを釣りあげた。

「てんびん」は、直径四ミリ、長さ五十センチほどの太い針金の両端から、テグスが下がっている。その形がちょうど天秤のようなので「てんびん」と呼ばれる。テグスの先には、イカばりのついた擬餌鉤《ぎじばり》がついている。

イカは、生きた餌にしか食いつかない。イカ釣りは、その習性を利用する。

乗り子は、てんびんを糸でつるし、海におろす。てんびんを微妙に動かし、擬餌鉤をさも生きているようにあやつり、イカを海面に誘導しながら釣りあげるのだ。

イカの群れが海面に浮上してくると、今度は「はねご」を使う。はねごは、はご板のような板の先から、昆虫の触覚のように二本の弾力のある竹竿がのびている。竹竿の先からはテグスが下がり、テグスの先には、やはり擬餌鉤がついている。漁師は右手と左手にはねごを持ち、つごう四本の竹竿でイカを釣りあげる。イカ釣り船の乗り子の座る位置は、高さ九十センチほどの板で約一メートル五十センチ四方に、ひとりひとり四角く囲まれている。

そのため自分の釣った数は、漁が終わったときに自分の枠の中に落ちているイカの数を数えればわかる。船がどこまで沖に出たかによって若干違うが、たいてい釣った数の三割が船主、残りの七割が乗り子のものになった。釣れば釣るほど、漁師の収入が増えた。

乗り子の座る位置は、漁のたびごとに順番に移動した。場所によって、集魚灯の光のかげんが違う。釣りやすい位置もある。そのため、みな平等の条件になるようにするためであった。

松夫は、腕のいい漁師であった。

座る位置を一巡したころ、釣りあげる量をくらべると、船で二番より下に落ちることはなかった。

松夫は、いっしょに船に乗りこんだ貢にいった。

「いつも、こんちくしょう、人に負けてなるか、と思ってやらねばな。わかったか」

人に負けないために、工夫と研究もした。てんびんのあやつり方。イカを釣り鉤からはずすやり方。擬餌鉤の形や色。はねごのさばき方。誰も、コツや自分の技を他人に教えない。松夫は、自分より多く釣る人間がいれば、そのやり方をじっくり見て盗んだ。

イカ釣りは、体格や体力にめぐまれた者が多く釣れるというものではなかった。力より、技の漁であった。技、スピード、器用さ、集中力の差で、釣る量に大きな差がついた。下手な漁師は、はねごのテグスを、すぐからませてしまう。イカを鉤からはずすにも、時間がかかる。腕のいい漁師と下手な漁師の釣りあげる数には、三倍もの開きが出た。

貢は、父親のこのような研究熱心さをまのあたりにし、知らず知らずのうちに受け継いでいった。

貢は、ビー玉遊びやメンコ遊びも強かった。遊び仲間の藤沢は、貢にいつもカモにされた。

藤沢の本家の家で、百人一首をしたこともあった。

貢は、人より先にとられると、歯ぎしりして悔しがった。

藤沢は、貢の顔を見ながら感心した。

〈貢の負けん気は、たいしたもんだ〉

松夫と喜美江は、貢に細かい躾《しつけ》はしなかった。

松夫は、母親のふさに「火つけと泥棒だけはするな」といわれて育った。つまり、人に迷惑をかけることだけはしてくれるな、ということである。

松夫と喜美江は、貢にも、同じことしかいわなかった。あとは、のびのびと育てた。

が、兄弟喧嘩やいたずらをしたときは、松夫は、容赦《ようしゃ》なく拳で貢の頭をたたいた。

貢に仕事を手伝わせたときに、ぼやぼやしているときも、つい手が出てしまった。口よりも手が早かった。

松夫は、それは漁師の特性だと思っていた。漁師は何事においても、いちいち言葉で細かく説明しないのだ。

喜美江は、父親にしかられている貢をけっして庇《かば》わなかった。

悪いことをして怒られているのに、それを庇ったら、子どもは悪いことといいことの区別がつかなくなる。あいまいになってしまう。何事も白と黒がはっきりわかるように、という考えからであった。

昭和四十一年四月、貢は、福島小学校の五年生に進級した。

五年生は、松、竹、梅、桜の四クラスがあった。

貢の竹クラスの担任の先生は、青木敏彦であった。

クラスの半分近くは、漁業にたずさわっている家の子だった。

青木は、大学を出て二年目の若さであった。一年目は、福島町の中でも山に囲まれた千《せん》軒《げん》小学校にいた。千軒小学校には、漁師の子はいなかった。

青木は、福島小学校に来てしばらくたつうちに、漁師の子、公務員や会社員の子、商店の子、農家の子と、それぞれに特徴があることに気づいた。

漁師の子は、とくに素朴《そぼく》で、かつ活力があった。商店の子や会社員の子にくらべると、無口でおとなしかった。が、かといって、農家の子のようにおっとりしているわけでもない。

運動でも勉強でも、瞬時に力を集中して出す活力があった。

青木の目にうつる貢は、まさに典型的な漁師の子であった。教室では、無口でおとなしかった。訊かれたことに対して、必要最小限のことしかいわなかった。それでいて、きらきらした目からすさまじい活力が感じられた。

青木は、貢を見ながら確信していた。

〈この子は、将来たくましい漁師になるだろうな……〉

福島町は、北海道の中では、比較的あたたかい地域であった。が、一晩に大人の膝あたりまで雪が積もることもあった。一冬で二メートル近くの根雪が積もる地域もあった。

貢は、冬になると、裏山でスキーやソリ遊びに夢中になった。

しかし、夏でも冬でも、相撲をとることはなかった。

母親の喜美江は、大正十四年四月二十四日、塩釜に生まれた。

身長は、百五十五センチ。骨太の、がっしりした体をしていた。

喜美江の祖父の大村幸吉は、町内の草相撲の横綱であった。

喜美江の父の嘉衛門も、幸吉に似て背が高かった。晩年、病気で入院したときに、病院のベッドから足がはみ出したほどである。

喜美江は、子どものころから運動神経がよく、足も速かった。小学生時代、松夫は、運動会のたびに喜美江の走る姿を見てその速さにおどろいていた。

喜美江の祖父が町内の草相撲の横綱なら、貢も相撲をとっていいはずであった。が、家の中で、相撲の話題が出ることさえなかった。というより、あえて相撲の話をみんな避けていたのである。

じつは、秋元家は、相撲とは因縁が深すぎたのである。

松夫の母親のふさも、女性としては骨太の大きな体をしていた。

ふさの母親のフデは、青森の津軽の出身であった。フデの弟に、津川藤太郎《つがわとうたろう》という剛力の男がいた。藤太郎は、嶽《たけ》の浦《うら》という四股《しこ》名を持つ津軽藩のお抱え力士であった。

藤太郎は、嘉永二年（一八四九年）六月四日、青森県南津軽郡五郷《ごごう》村（現・青森市）に生まれた。

身長は六尺近く、体重は二十五貫あまりの相撲取りであった。いまの世ならば、身長約百八十センチ、体重約九十四キロとなり、小兵《こひょう》の相撲取りということになる。が、当時にすれば大男であった。

藤太郎は、青年のころから、剛力ぶりを発揮し、周囲の人々をおどろかせた。

ある日、藤太郎はひとりで米俵二俵を馬の背につけ、青森まで米を売りに出ることになった。が、馬が痩《や》せ馬だった。鞍《くら》に米俵をくりつけようとすると、馬は左右の重さのバランスを崩しふらついて倒れそうになってしまった。ふつうなら、ふたりの男が左右から同時に鞍に俵をくくりつけるところである。

藤太郎は、考えたあげく、馬の背中から鞍をはずした。その鞍に米俵をくくりつけた。鞍の右に六十キロの米を一俵、左に一俵。鞍は、鞍そのものの重さをふくめると百三十キロを超えた。

藤太郎は、その鞍を軽々と持ちあげると、そっと馬の背にかぶせるように置いた。馬の腹帯を、ぐっと締めてしまった。

馬は、今度は左右の重さのバランスがとれていたので倒れはしなかった。

藤太郎は、五郷村から青森までの七里（約二十八キロ）の道のりを、馬を休ませ休ませ進んだ。馬を休ませるたびに、百三十キロの鞍を、何度も上げ下ろしした。

相撲取りになってからも、剛力ぶりを存分に発揮した。張り手は、相手の首も折れんばかりの威力があった。

上手をとれば、相手の体をまわしごともちあげ、土俵の上でさんざん振り回したあげく投げ飛ばした。

あまりの剛力ぶりに、ついに張り手と上手を禁じ手にさせられてしまったほどである。

花相撲、いまでいうアトラクションでは、米俵七俵を自分の体に荒縄でくくりつけさせた。そのまま土俵のまわりをゆっくり三回りした。

土俵のまわりを回り終えた嶽の浦は、やがて土俵中央に仁王立ちとなった。

観客からは、驚嘆《きようたん》の声があがった。

嶽の浦は、両拳を天に突き上げて胸を張り、色白の体を真っ赤にさせて力んだ。その瞬間、荒縄がブチブチッと音をたててちぎれ飛んだ。七俵の米俵は、嶽の浦の足元に無残に転がり落ちた。

観客は、あまりのすさまじい光景に声も出なかった。

「馬二頭より強い相撲取り」と評判になった。

嶽の浦は、「中央相撲」の大関でもあった。中央相撲とは、関東以西の江戸相撲に対して東北でつくられた相撲組織である。中央相撲では、大関が最高位であった。

嶽の浦は、岩手県岩手郡でおこなわれた江戸相撲との対抗戦のとき、相手側に毒を盛られ、非業《ひごう》の死を遂げた。明治十七年（一八八四年）五月五日、三十六歳の若さであった。

ふさは、息子の松夫に嶽の浦の話をすることはなかった。ふさは、相撲が嫌いでたまらなかったのである。

ふさの姉の子どもが、「すわり相撲」の最中、首の骨を折り、亡くなったせいでもある。すわり相撲とは、膝をまげて座り、たがいに向かい合い、相手と組み合ったり押し合ったりして、相手を転ばす相撲であった。東北や北海道などで雪に閉ざされた時期に、家の中でおこなわれた遊び相撲であった。

ふさは、松夫に繰り返しいっていたのである。

「相撲だけは、どんなことになっても、やったらわがねぞ。子どもが生まれても、絶対に相撲だけはやらすなよ」

町から横綱千代の山

貢は、小学校五年生になると、毎日のように家の仕事を手伝わされた。

父親の松夫は、夕方四時過ぎからイカ漁のため十トンの発動機船に乗り、出漁する。夜通しの漁を終えて帰ってくるのは、翌日の朝日がのぼりかけるころであった。

発動機船は、浜辺近くの海の底が浅いため、沖で停泊せざるをえない。

貢は、朝早く起き、小さな磯舟に乗りこんだ。舟をこぎ、父親をむかえに沖まで出た。

津軽海峡は、潮の流れがすさまじく速い。本州と北海道との間に橋を架ける計画があったが、潮の流れが速すぎるため実現できず、ついに青函海底トンネルがつくられることになるほどである。

貢は、両手で二本の櫂《かい》を力強くひき、流れに逆らいながら沖に突き進んだ。

発動機船までたどり着くと、父親から網袋をいくつもわたされた。

その中には、イカがぎっしりつまっている。三十キロから四十キロの重さがあった。

貢は、磯舟の上に立ち、足をふんばり、舟のバランスをとりながら網袋を受けとった。

渾身の力で網袋を摑み、海に落とさないように注意深く磯舟に積みこんだ。

貢は、ふたたび磯舟をこぎ、浜辺に向かった。

腕力、強靱《きょうじん》な手首、握力、足腰のバネ……。貢の体は、父親の仕事の手伝いをとおし、自然のうちに鍛えられていった。

浜辺には、母親の喜美江が立って待っていた。

イカを磯舟からおろすと、すぐに浜辺でイカを洗い、腹を裂いた。

そのイカを、浜辺に組まれた「なや」に干す。「なや」とは、障子戸の骨組みを大きくしたような木のやぐらである。

夜になると、なやからイカをはずし、若い杉の木でつくった長さ六尺の棹《さお》にイカを移した。

杉棹は、家や小屋の中に運びこまれ、天井にわたされる。そのため松夫の家には、生臭いイカの匂いがしみついた。

急に雨が降りはじめると、さらにたいへんだった。喜美江は、貢にさけんだ。

「手伝ってけろ。そら急げ！」

イカは、雨に濡らすと腐ってしまう。

貢と喜美江は、片手に二本、両手で四本の杉棹をつかむ。

子どもの電車ごっこのようなかたちになりながら、砂浜を走った。

岸を駆け上がり、家までの二百メートルほどの坂道を必死になって走った。まだ乾いていないイカがぶらさがった杉棹は、一本二十キロ近くの重さがある。

ふたりは、家と浜の間を何回も往復した。

すべての杉棹を運び終えると、貢も喜美江もさすがにヘトヘトになった。

喜美江は、手拭いで汗をふきふき貢にいった。

「ゆるくないねぇ」

「ゆるい」というのは、「楽」という意味の方言である。

イカをスルメにし、製品として出荷するまでには、さらにいくつもの手間がかかった。昼も夜もなく働かなければならなかった。

貢の体は、母親の仕事を手伝いながらも鍛えられていった。

当時、福島町の漁師は、三月から五月半ばまでは、ホッケをとった。

その後は、イカ釣り漁にいそしんだ。イカ釣り漁は、雪がふきすさぶ十二月までつづく。九月、十月、十一月の三カ月が最盛期であった。一年間の収入は、このイカ漁に頼っていた。

ホッケやイカ漁の間に、昆布やウニやアワビもとった。

漁師の家では、体の動くものは、小さな子どもから老人まで、それぞれの体力にあう仕事をわりあてられた。

貢は、父や母の汗して働く姿を、いつも間近でみていた。

正月を過ぎると、松夫は、貢に裏山の木の伐《き》り出しを手伝わせた。

ふたりは、膝まで沈む雪に足をとられながら、山に分け入った。

木を伐り倒すと、湿って重くなった木をソリに積みこんだ。

ソリにロープを結びつけると、急坂の山道を里までゆっくりすべりおろしてくる。少しでも気をゆるめると命を失うこともある、危険な作業であった。

作業中、松夫は、容赦なく貢を怒鳴った。

「貢、ボヤボヤするなよ！」

貢の体は、さらに鍛えられていった。

福島小学校の体育館の入り口の頭上には、第四十一代横綱千代の山の優勝額が飾ってあった。

小学校に入学した子どもたちは、この優勝額に描かれた等身大の絵をみて、町の先輩に千代の山がいたことを知る。

千代の山、本名杉村昌治は、大正十五年六月二日、この町で生まれた。男六人女一人の四男であった。

父親の米松は、漁師であった。

千代の山は、小学校五年生のときから急に背が大きくなった。

町には、合う既製服がなかった。母のカヤは、千代の山のために自分で服を縫った。靴は、函館の靴屋に特別注文した。小学校五年生のときに、身長がすでに百七十五センチもあった。

千代の山は、昭和十四年三月、福島尋常高等小学校を卒業するや、漁師になった。父親といっしょに舟に乗り、イカ釣り漁にはげんだ。

正月を過ぎると、薪の伐り出しに山に入った。三月になり、一年分の燃料の用意ができると、北海道北西部の日本海に面した留萌《るもい》まで、道南の福島町からはるばる出稼ぎにいった。福島に帰ってくるのは、イカ漁が本格化する六月末であった。

当時、留萌には、毎年ニシンの大群がおしよせていた。ニシン景気の町には、東北や北海道の各地から、つぎつぎと漁師たちが集まってきた。

ニシン場では、毎日のように力くらべがおこなわれた。漁師たちは、内地に肥料として送るニシンかすを入れた俵をかつぎ、おのれの力を自慢しあった。俵の重さは、一俵七十キロ近くもあった。

小学校を卒業したばかりの千代の山も、力くらべに参加した。

右肩に一俵、左肩に一俵、ヒョイとかつぎあげてしまった。

まわりの大人たちから、喝采《かっさい》がおきた。

「坊主、おめぇは、将来たいしたものになるぞ」

福島小学校の体育館の入り口の上は中二階になっていて、千代の山の優勝額の下まで上がることができた。

ある日、貢は、同級生の安田勉や対馬幸雄にさそわれて優勝額の下まであがった。

優勝額に描かれた千代の山は、左手に太刀《たち》を持ち、仁王のように三人を見下ろしていた。

安田が、感心した。

「すげえなぁ。怪物みてんでねぇか」

対馬もいった。

「これだば、喧嘩しても、負けねがったべな」

安田は、小学校二年のときから、近所に住む大人に相撲を仕込まれていた。草相撲にも何度も参加していて、相撲には詳しかった。

安田は、千代の山の絵を指差しふたりに教えた。

「ほれ、あの手見ろ。でっけぇべ。あの手で、突っ張りをしたんだからなぁ。一発で、相手は、吹っ飛んでしまったとよ。千代の山の突っ張りは、すげぇんだぞ」

貢だけが、何もいわなかった。千代の山の名前は知っていたが、相撲にはまったく関心がなかったのである。突っ張りがどういう技かも、イメージできなかった。

対馬は、両足のズックを脱いで手に持つと、背伸びをしながら千代の山の足と較《くら》べた。

「おらの足、ふたつならべても、まだ足りねえなぁ」

対馬は、ズックを履きながら、貢にすすめた。

「おめぇも、体がでけぇから、相撲取りになればいいんでねが」

貢は、ムッとした。

「おめぇらこそ、体がでけぇもの、相撲取りになればいいべ。おれは、相撲なんか、いやだよ」

昭和四十二年夏、福島町月崎《つきさき》にある月崎神社で子ども会対抗の相撲大会がおこなわれた。

貢は、相撲がきらいであった。が、体が大きかったため、相撲大会があると代表選手に選ばれるようになった。

それぞれの子ども会には、小学校の先生が、指導責任者としてついた。

貢の担任の青木敏彦は、貢が所属している塩釜子ども会の指導責任者であった。

各チームは、一年から六年までの代表で六人から構成された。一年生は一年生、二年生は二年生というように同じ学年同士で対戦し、勝ち星の多いチームが勝ちであった。

一回戦で、塩釜子ども会は、新栄《しんえい》地区の子ども会と対戦した。六年生同士の対戦になった。地域によって、六年生の少ない地域もある。塩釜子ども会には、六年生の男の子は貢しかいなかった。

貢の対戦相手は、見るからに弱々しい小柄な選手だった。

青木は、相手が怪我でもしたらいけないと思い、土俵にあがる前に貢を呼んで釘をさした。

「貢、組んだらまわしをとり、相手の体を持ち上げて土俵の外に出してやれ。投げるなよ。相手は、弱いんだから」

貢は、うなずいた。

「はい。わかりました」

行司役の世話人に呼び出され、貢と相手は土俵にあがった。

貢の真っ黒に日焼けした体と対照的に、相手の体は青白い。あばら骨も、浮きでている。試合をやる前から、勝負の結果はだれにも見えた。

行司役が、ふたりに声をかけた。

「待ったなし、構えて」

貢と相手は、蹲踞《そんきょ》の姿勢から腰を浮かし、仕切り線に両手をついた。

「はっけよい!」

威勢のいい声がかかった。

貢は、立ち上がった。相手は、目をつぶったまま貢の体に飛びこんできた。

貢は、土俵中央で相手の体を受けとめた。貢の体は、びくともしない。

青木は、貢の立ち合いに、余裕の姿を感じた。

〈よし、そうだ、貢。あとは、まわしをつかんで相手の体を持ち上げろ〉

青木がそう思った瞬間、なんと貢は左手で相手のまわしをつかむや、土俵中央に相手を力まかせに叩きつけてしまった。

青木は、思わずさけんでしまった。

「貢！　あぶないじゃないか！」

が、貢の耳には、青木の言葉がきこえないようであった。貢の頰《ほお》には、赤味がさしていた。

青木は、貢の放心したような顔をみながら思った。

〈ははぁ、貢は、相手の突進を受けた瞬間に、頭の中が真っ白になったにちがいない。頭では、やってはいけないとわかっていても、生来のきかん気が噴出してしまったんだ〉

昭和四十三年三月、貢は、福島小学校を卒業した。

彼は、六年竹組の卒業文集「たけのこ」に、文章と詩をよせた。

自己紹介のコーナーには、次のように書いた。

『ぼくは貢。きょうみは一円玉を集めること。今では八十枚ぐらいたまっている。又、ビー玉を千五十個もためていばってる。ぼくのあだ名は、「アキランズ」。どういうことでできたのかは、判らないが、自分のあだ名をいわれると、すぐばかにした友だちをたたいてしまうくせがあります。でも、今度からは、あだ名をいってもあまりおこらないようにしたいと思う。

将来の希望は、父のあとをついで漁師になるか、何か自分の力にあった仕事をしたいと思っている』

六年間の思い出のコーナーには、次のように書いた。

『ぼくは五年生になる時、担任の先生を楽しみにしていた。その担任の先生は青木先生だった。六年になって、一学期の本をまくってみるとてもむずかしくて、ぼくは自信をなくしてしまった。

でも先生や友達と勉強しているのが楽しかった。そして二学期には、学級対こうの、すもう大会があった。ぼくたちの組は、みごと優勝した。まだまだ楽しかったことはあるが、これでやめておこう』

自由題のコーナーには、ふたつの詩をよせた。いつも不思議に思っていることについて書いた。

『**お金**

お金は　なぜねうちがあるか

ぼくは不思議に思う

あの丸いものに

どんなねうちがあるか
ぼくは　知りたい
お金をもらうと
みんな喜ぶ
又　みんな　お金のために働く
どうしてだろう』

『**レンズ**
レンズは　おもしろい
レンズで　いろいろなことをした。
レンズを　遠くはなしてみる
レンズにうつる物は
さかさまに　見える
又　反対に　近づけて
みると　大きくみえる。
黒い紙に　レンズをとおした日光を
あてると　その紙はこげてしまう。
レンズは不思議だなあ』

文集の最後の寄せ書きには、ひとこと大きく書いた。

『海に生きる男』

昭和四十三年四月、貢は、福島中学に進んだ。

彼は、夏休みを終えるとバスケット部に入った。みんなより遅れて入部したのは、家の仕事が気がかりだったせいである。

バスケット部の顧問は、体育教師の鳥塚貞男だった。

鳥塚は、貢の位置を、センターにした。センターは守りのときに、ゴールポストの下で敵に囲まれての密集プレーや、ボードに当たってはね返ってくるボールの奪い合いがある。人にぶち当たられても動じることなく、相手にボールを奪われないパワーが必要なポストである。

鳥塚は、ふだんは寡黙《かもく》でおとなしい貢が、プレーの最中にときおりすさまじい負けん気を見せるのに気づいた。

相手にボールを奪いとられたときは、とくに目がつり上がった。

〈おっ、貢が、この野郎と思ってるぞ〉

鳥塚には、カッカしている貢の心が見えるようだった。取られたら取り返すという貢の気持ちが剝《む》き出しになり、プレーにも、すぐにあらわれた。無理矢理ボールを取り返しに行き、ファウルをとられることが多かった。

鳥塚が、授業をとおしておどろいたのが、貢の水泳の能力だった。貢は、二十五メートルのプールに飛びこむと、潜ったままで向こう岸に手をつく、さらにひと呼吸もせずにスタート地点の五メートル手前までもどってきて、初めて顔を出した。四十五メートルも潜ったままで泳いだことになる。

さらに鳥塚がおどろいたのは、貢の泳法だった。ふつうなら、水の中を潜って泳ぐときは平泳ぎになるものだ。が、彼は、水の中を抜き手で泳いでしまった。まるで水中を黒い魚雷が走るようであった。

〈いったい、やつの腕の力は、どうなってるんだ。筋肉がよほど強くなければ、あんな泳ぎができるはずがない〉

貢の二年C組の担任は、中村寛であった。前年十二月に中途採用された新卒教師であった。中村は、生徒たちにすぐ溶けこみ、兄貴のように慕《した》われた。

クラスでは、あだ名をつけるのがはやっていた。中村は、理科の時間にカエルの解剖の話をしたときから、「カエル」というあだ名をつけられてしまった。

「ベコ」とあだ名をつけられた女教師もいた。怒って興奮してくると、牛のように口の端に唾が溜まってくるからであった。

貢は「ゴリ」と呼ばれるようになった。ゴリラのように体格ががっちりしているところから、つけられたあだ名である。

ある日、中村は、教室で生徒たちと腕相撲をした。中村は、身長こそ百六十五センチと大きくはなかったが、腕っぷしには自信があった。

中村は、教卓の上で、腕まくりをして貢をむかえた。

貢も学生服を脱ぎ、ワイシャツ姿になって腕をまくった。

中村は、貢の二の腕を見ておどろいてしまった。

〈おい、おい、おい。貢の腕は、まるで角材じゃないか。角材の上に皮がかぶさっているようなもんだ。木で貢の腕を殴りつけたら、木のほうが折れてしまいそうだ〉

が、中村も、勝負をやめるわけにはいかなかった。

「よし、貢、かかってこい！」

ふたりは、がっちりと手を握りあった。

中村は、一気に勝負に出るつもりで、渾身の力をこめた。が、貢の腕は動じない。

「ウッ！」

中村は、顔を真っ赤にして、体重をかけながら腕に力をこめた。やはり、貢の腕はびくともしない。

そのうち、貢が挑発した。

「先生、ほら、力入れれ。先生、ほら、頑張ってんのが」

中村は、悔しくてたまらなかった。が、どうしようもない。

貢は、

「いいのが、先生。いぐど」

というや、力をぐっとこめた。中村の腕は、まるで赤ん坊の腕のように一瞬にして教卓の上に倒されてしまった。

中村は、悔しさのあまり、すずしい顔をしている貢にいった。

「腕相撲では負けたけどな、相撲だば先生も負けねぞ。ちょっと後ろにいこう」

生徒たちは、おもしろそうにふたりのまわりに集まってきた。

体が小さくて「空豆」というあだ名の坂口稔が、中村に忠告した。

「先生、やめだ方がいいんでないか」

「何をいうか。ちょっと黙って見てろ。ただしな、投げわざはなしだぞ。押しだけだぞ」

中村は、内心、まともに戦っては勝ち目はないと思っていた。投げられたら、生徒たちの手前かっこ悪い。しかし、それでも勝算はあった。

〈押し相撲なら勝てるはずだ。貢のベルトを両手でつかんで、貢の胸に頭をつけて前に進んでいけば、押しきれる。おれには、子どものころによく相撲をとった経験があるんだ〉

中村は、教室の後ろ中央に行き、廊下側を背にして立った。貢は、窓側を背にして立った。

中村が、声をかけた。

「さあ、来い！」

ふたりは、ぶつかりあうように組み合った。

中村は、計算どおりに貢の胸に頭をつけて相手のベルトをつかんだ。

〈しめた！〉

中村は、一気に前に出ようとした。

が、逆に、ブルドーザーにでも押されるように、グッグッと自分の体のほうが後退していくではないか。

中村の踵が、廊下側の壁にとどいた。

〈よし、ここから反撃だ〉

中村は、壁を蹴って踏ん張った。しかし、それも無駄だった。ついに背中を壁に押しつけられてしまった。

中村は、さすがに貢に降参せざるをえなかった。

貢は、照れながら、自分の席にもどっていった。

最初のスカウト

貢は、突然激しい腹痛に襲われた。昭和四十四年二月に入ってまもない夜のことであった。

幼いときから中学一年のこの日まで病気をすることのなかった健康優良児の彼にとって、初めてのことである。

体をえびのように曲げて、痛みをこらえようとした。

しかし、体中から脂汗がにじみ出てくる。吐き気もする。

人一倍我慢強い彼も、さすがにこらえきれず、母親の喜美江に訴えた。

「お母ちゃん、腹が痛くてたまらん」

貢は、町内の岡本病院にただちに担ぎこまれた。

岡本寿一院長は、診察するなりいった。

「急性の虫垂炎《ちゅうすいえん》だ。すぐに手術に入る」

岡本院長は、貢の体に麻酔がきいたころを見はからって手術にとりかかった。

虫垂炎の手術は、腹部にメスを入れたあと、腹直筋、いわゆる腹筋を脇に寄せて隙間をつくる。次にその隙間からメスを入れて腹膜を切り、さらに腹腔《ふくこう》に達する手術である。

岡本院長は、右下腹部にメスを入れ、次に腹直筋を脇に寄せようとして、おどろいた。

〈なんだ、この筋肉は！〉

麻酔を打ったのにもかかわらず、貢の腹直筋は弛緩《しかん》していない。硬いままなのだ。

〈これは、体の大きさを考えれば、麻酔の量が足りなかったかなぁ〉

岡本院長は、貢の硬い腹直筋に妨《さまた》げられながら手術をすすめねばならなかった。

そのうち、岡本は納得した。

〈ははぁ、これは麻酔の量だけの問題ではない。腹直筋が、鍛えに鍛えられ、発達しすぎているからなんだ〉

岡本院長は、いつもなら虫垂炎の手術など、ものの十五分ほどでかたづけてしまう。そのため、麻酔の量もそれに合わせて打ってある。が、貢の手術は、予定の時間をはるかに超えてしまった。

〈麻酔の効き目は、とうに薄れている。相当な痛みがあるはずだ〉

そう思いながら手術台の上の貢の表情をうかがった。

貢の眉根の間には、縦皺《たてじわ》が一本できていたが、どの程度の痛みがあるかまでは読みとれなかった。

結局、手術は、四十分もかかってしまった。

岡本院長は、最後までうめき声ひとつあげなかった貢に感心した。

〈この子は、とても我慢強い。気持ちの強い子だ〉

手術をとおして、貢の体の大きさ、筋肉の素晴らしさ、たくましい精神力を強く印象づけられてしまった。

岡本院長に、ひとつの考えが浮かんだ。

〈貢君は、相撲取りに向いているんじゃないだろうか。この子だったら、まちがいなく、いい相撲取りになれる〉

岡本院長は、福島町出身の第四十一代横綱千代の山と福島尋常高等小学校で同級生だった。

岡本が級長で、千代の山が副級長のときもあり、幼いときからの親友であった。

千代の山は、昭和三十四年一月に引退し九重親方を襲名してからも、北海道巡業の帰りに福島町に立ち寄るたびに、岡本といっしょに酒をくみかわした。

九重親方は、岡本と顔を合わせるたびに頼んだ。

「素質のある少年がいたら、紹介してくれ」

岡本は、貢の手術をとおして、九重親方の頼みを思い出したのであった。

九重親方は、昭和四十二年一月、出羽海《でわのうみ》部屋を破門されるというかたちで独立して九重部屋をかまえていた。

そこにいたるまでには、複雑なドラマがあった。

昭和三十五年十一月二十八日、元横綱常《つね》ノ花《はな》の第七代出羽海親方が急死した。

出羽海部屋では、さっそく後継者を誰にするかの協議に入った。

その結果、十二月二十日、元幕内出羽《でわ》ノ花《はな》の武蔵川《むさしがわ》親方が八代目を継いだ。

格からいえば、元横綱千代の山が、八代目となるのが筋であった。まして、先代出羽海は、「八代目は、千代の山にする」という約束までしていた、という。

昭和三十二年、衆院文教委員会で、相撲界の古い因習が批判された。

当時、理事長だった七代目出羽海親方は、そのことを苦に割腹し、自殺未遂を起こした。

そのときに、遺書が三通あり、一通は、「千代の山を八代目にする」という内容のものだった、という説が流れたのである。

が、投票の結果、武蔵川親方が八代目に決まった。

八代目出羽海親方は、就任早々一門の年寄の前で訊ねた。

「出羽海一門だけが分家独立を認めないのも、どうかと考えている。この際、独立したいものは、申し出てくれ」

が、全員いままでどおり分家などせず一致団結していこうという結論に達し、出羽海親方に申し入れた。

九重親方も、その方針に賛成した。

九重親方は、安心していたのだ。

「いずれは、自分の方に親方の座がまわってくる」

少なくとも、九重親方本人はじめ九重後援者は、そう信じていた。

九重は、まだこのとき三十四歳であった。まだ遅くはない。五、六年後に部屋を継ぐことができればいい。その間は、帝王学を学んでおけばいい、というくらいの軽い気持ちでいた。

ところが、二年五カ月後の昭和三十八年四月、出羽海部屋の大関佐田の山《さだやま》（のち出羽海親方、境川親方）が、八代目の長女恵津子と結婚した。

そればかりか、佐田の山は、婿養子に入り、出羽海親方の息子となった。

この時点で、九重親方は、将来の設計に暗雲がたれこめるのを感じた。

九重親方には、ほとんど権力欲というものはなかった。欲がない分だけ、人から愛された。

実際、黙っていれば、次の親方は、自分に巡ってくる。九重親方は、安心していた。安心があったから、何がなんでも若い者のめんどうを見て自分の傘下《さんか》につけようというほどの企みもなかった。

やがて、四十年初場所後、出羽海部屋に横綱佐田の山が誕生した。

九重親方は、四十一年の夏、不運にも胸部疾患で五カ月の入院生活を余儀なくされた。

無念でたまらなかった。おのれの病身を呪いたかった。

九重親方の入院中、出羽海部屋は、新しいビルを両国に建設中であった。ビルは、九月に落成した。

同時に、ビルの名義が、佐田の山になった。

この時点で、九重親方は、はっきりと感じとった。

〈わしの出羽海就任の可能性は、これで消えた〉

九重親方は、出羽海の座は、すっぱりあきらめた。

が、意地があった。

「自分の手で、弟子を発掘し、わしの栄光の座につづくような強い力士を育ててみたい」

独立するには、部屋という基盤が必要だった。

さいわい、自分が発掘してきた北の富士は、このとき大関にまで出世していた。自分の眼に、狂いはなかったのだ。

九重親方が横綱千代の山時代に発掘した若い者は、北の富士以外にも何人かいた。

幕内の禊鳳《みそぎどり》、十両の松前山《まつまえやま》、千代《ちよ》の海《うみ》、若狭山《わかさやま》（のち関脇北瀬海《きたせうみ》）、三段目の見崎山《みさきやま》、松前洋《まつまえなだ》、序二段の千代《ちよ》の花《はな》、斉藤《さいとう》（のち幕内千代桜《ちよざくら》）、木元《きもと》、などであった。

九重親方は、決心した。

〈もし、北の富士がうん、といえば、出羽海部屋を飛び出そう〉

相撲部屋の中で、唯一、出羽海部屋は、当時一門の年寄親方には分家独立を認めなかった。横綱常陸山《ひたちやま》であった五代目出羽海の遺言である。

常陸山は、現役時代から弟子を集め、その弟子の中から、大錦《おおにしき》、栃木山《とちぎやま》、常ノ花という三横綱を育成した。出羽海一門で番付の片側のほとんどを占めるというほどの隆盛をきわめた。

常陸山は、出羽海部屋の結束を固めるために、あえて分家独立を認めなかったのだ。

九重親方は、その鉄の掟を破ろうというのだ。反発は、当然すさまじいものがあろう。まして、部屋の米びつである弟子をごっそり引き連れていこうというのだ。何をいわれるか、わかったものではなかった。

行動は、慎重を要した。

昭和四十二年初場所は、一月十五日から始まった。

九重独立の噂は、どこからか洩《も》れ、はやくも場所中に流れはじめた。

六日目の一月二十日には、出羽海部屋の秀の山《ひでやま》親方の耳に入った。

秀の山親方は、出羽海親方と相談し、九重親方に思いとどまるよう説得した。

九重親方は、答えた。

「北の富士以下を、わたしの弟子と認めてほしい。そうすれば、時期は延ばす」

九重親方の決心は、あくまでも堅かった。

この独立劇は、ついに、一月三十日、東京新聞の朝刊にすっぱぬかれた。千秋楽の翌日であった。

『九重親方（元横綱千代の山）が大関北の富士、幕内禊鳳らを連れて、出羽海部屋を出て独立する』

記者団が、両国にある出羽海部屋に殺到した。四十一年九月に出来上がったばかりの鉄筋四階建てのまあたらしい建物だ。

一階の稽古場の上がり座敷が、報道陣で埋まった。

部屋の三階大広間では、一門の親方衆、関取が集まって協議した。

二時間ほど協議した結果、結論は翌日にもちこされた。

一月三十一日、ふたたび九重独立問題が協議された。

九重親方は、出羽海親方に、部屋の独立を申し入れた。

申し入れた後、部屋を出て、車で去った。

九重親方の申し入れを受け、午後四時まで協議された。

午後四時すぎ、九重親方が、ふたたび出羽海部屋の三階大広間に入った。階段を大股で上がった。

百人ほどの報道陣も大広間の中に入り、成りゆきを見守っている。

大きな座卓を前にして、出羽海親方が正面にどっかと腰をおろしている。出羽海の左側に元横綱栃錦の春日野親方、右には、元関脇笠置山《かさぎやま》の秀の山親方がいる。春日野の隣から順に不知火《しらぬい》、出来山《できやま》、松ヶ根《まつがね》、境川《さかいがわ》、藤島、田子の浦《たごのうら》、峰崎《みねざき》、阿武松《おうのまつ》……ら各年寄がならんだ。

出羽海親方ひとり羽織袴姿であるが、他は背広姿である。元力士だけあり、みな筋骨たくましい。

そこへ茶色の背広を着た九重親方が進み出た。

出羽海親方の前へ、座卓をはさんで向かい合い、胡座《あぐら》をかいて座った。本来なら正座をするところである。が、現役時代に傷めた右膝の故障のため、正座ができなかった。

出羽海親方が、口を開いた。

「一門の年寄と協議した結果、意見がまとまった。特例として、独立を認める」

九重親方が、左膝の痛みをこらえ正座し直した。ただし、右膝の裏に二つ折りにした座ぶとんをはさんだ。

出羽海親方は、懐から紙きれを出した。

紙には、九重から、連れていきたいと申し入れがあった力士の名が書かれてあった。

紙きれを座卓の上に置き、いった。

「この者たちを連れていくことも、認める。ただし、今後は、いっさい出羽海、春日野の一門としてはあつかわない。稽古にも来てはならん」

「はい」

九重親方は、丁重に頭を下げた。

出羽海親方が、重々しく申し渡した。

「これからは、協会のために一生懸命やれよ」

「わかりました。お世話になりました。ご寛大な措置に、感謝します」

この時点で、九重親方以下十一人の出羽海部屋からの独立が承認された。

九重親方は、部屋を興隆させるためにも、なんとか素質のある少年を見つけださねばならなかった。

岡本院長は、回診中、ベッドの横で貢にさりげなく切り出した。

「どうだ、相撲取りになってみないか」

貢は、「ふふふ」と笑っただけであった。

岡本は、思った。

〈まだ貢君は、中学一年生だ。いまのところはこのくらいでいいだろう。本格的に口説くのは、九重親方に直接見てもらってからだ〉

貢は、中学に入ってから、その運動能力をいかんなく発揮しはじめた。

昭和四十四年五月、校内陸上競技大会の二年男子走り高跳びと三段跳びの種目に出場した。

走り高跳びでは一メートル四十二センチ、三段跳びで九メートル六十センチを跳び、両種目一位の成績をおさめた。

体育教師の岡本篤二は、貢の若駒のように跳躍する姿を見ながら、足腰のバネの強さを見抜いた。

〈めちゃくちゃなフォームで跳んでいるが、素質はたいへんなものだ。きちんとした指導者のもとで鍛練すれば、全国でもトップクラスの選手になれるだろう〉

岡本は、福島中学で相撲部の顧問もしていた。

もっとも相撲部といっても、大会のたびに校内から素質のあるものを集めて構成する急造のクラブであった。そのため本格的な指導はできなかった。が、それでもいい成績をおさめていた。

昭和四十四年七月、岡本篤二率いる福島中学は、北海道の南西部地方、いわゆる渡島《おしま》管内の中学校相撲大会に出場することになった。

岡本は、貢を学校代表選手のメンバーにピックアップした。

岡本は、体育の時間、生徒たちに相撲の型やまわしの着け方を教えることがあった。が、貢は、熱心でなかった。

〈貢は、あまり相撲が好きではないな〉

岡本は、貢の気持ちがわかっていたが、貢の足腰の強さと、体の大きさはどうしようもなく魅力であった。

〈いまの時点なら、貢より相撲の強い生徒がいる。しかし、将来的に化けるのは貢だ。これを機会に、相撲を好きになってくれればいい〉

六人のメンバーの中で、二年生は貢と安田勉のふたりだけであった。

貢は、バスケット部の練習を休み、相撲部の練習に参加した。

岡本は、貢と何回か胸を合わせた。貢は、土俵際まで押しこまれてからがしぶとかった。やすやすと土俵を割ることはなかった。

岡本は、確信した。

〈おれのにらんだとおりだ。貢の強靭な足腰は、並じゃない〉

岡本は、大会前に、同じ福島町の山間部にある千軒中学の相撲部に練習試合を申し込んだ。

千軒中学の体育教師細野亭とは、渡島管内の相撲指導者仲間であった。

細野は、四十三年夏に、当時千軒中学三年生だった教え子の高津隆世（のち不動山《ふどうやま》）を、九重部屋に送りこんでいた。

千軒中学でおこなわれた練習で、細野も、貢と胸を合わせた。

やはり、貢の足腰の強さにおどろいた。

さらに唸ったのは、胸を合わせたときの筋肉の感触であった。

〈硬さのなかに、柔軟な強さがある。これは、ちょっと物がちがうぞ〉

細野には、貢の筋肉がとても質のいいものに感じられた。鍛えれば鍛えるだけ発達していく良質なものに思えた。

岡本と細野は、この日の練習試合の審判長として若狭龍太郎を招いていた。

若狭は、横綱千代の山を見いだし出羽海部屋に入門させた人物として、渡島管内に名前が知れわたっていた。

若狭は、明治四十年四月二十四日、北海道檜山《ひやま》郡上ノ国《かみのくに》町字中須田《あざなかすだ》に生まれた。札幌師範学校時代は、相撲部の主将をつとめ、全国大会で初めて北海道に優勝旗を持ち帰った。

身長は一メートル六十三センチと小柄であったが、骨太で筋肉質のずんぐりとした体形であった。火の玉のように相手にぶつかったあと、スピードと技で相手を翻弄する相撲をとった。

若狭が、千代の山こと杉村昌治を知ったのは、福島尋常高等小学校の教師時代であった。

福島大神宮境内でおこなわれた青年相撲大会で、杉村の相撲を見、惚れこんでしまった。

杉村は、昭和十四年三月に福島尋常高等小学校を卒業したあと家業の漁業を継いでいた。

若狭の下宿から学校に行く途中に、杉村の家があった。若狭は、学校の行き帰りに杉村宅に寄っては、両親ばかりでなく兄の勇までも説得にかかった。

母親のカヤは昌治を東京にやることに猛反対した。

昌治自身も、乗り気でなかった。

しかし、最後には、若狭の執拗《しつよう》な説得に母親も本人も折れた。

杉村は、昭和十六年七月に上京し、若狭の知人のいた出羽海部屋に入門した。

若狭は、その後も、渡島管内を歩いては素質のある若者を次々と相撲界に送りこんだ。

また、渡島管内の相撲関係者からは、若狭のもとに次々と情報が寄せられた。

九重親方が出羽海部屋を独立するときに引き連れた力士のほとんどは、若狭が九重に紹介した若者であった。

この日、福島中学と千軒中学の練習試合が終わったあと、千軒中学の職員室に若狭、岡本、細野の三人が集まった。

若狭が、お茶を飲みながら、岡本と細野にいった。

「あの秋元という少年は、まだちょっと体が細いが、なかなかいいものを持っているな」

細野が、はずんだ声を出した。

「先生も、そう思いますか」

「足腰のバネが、とくにいいねぇ」

岡本も、自慢した。

「秋元は、うちの中学でもスポーツ万能で通っているんですよ。陸上でも、水泳でもハイレベルの記録を持っている。まだまだ記録を伸ばしていくでしょう」

若狭は、岡本の言葉に眼を輝かした。

「ほほぉ、それは興味のある話だ」

細野が、若狭に訊いた。

「先生が見いだした禊鳳も、たしか中学時代は陸上で活躍してましたね」

岡本が、補足するようにいった。

「やはり先生が見いだした松前山にしても、北瀬海にしても、体は大きくない」

最高位は、松前山が東前頭九枚目、北瀬海（元・君《きみ》ヶ濱《はま》親方）が関脇、禊鳳が東前頭二枚目までいっていた。

若狭が、ふたりに応じた。

「そうなんだ。わしは、最初からアンコ型じゃない人間の方がいいと思っている。まずは足腰のバネだと思っている。それがスピードや技にかならず生きてくると思っている」

しばらく貢の話題がつづいたあとで、若狭が岡本に頼んだ。

「今後、秋元が相撲をとるときがあったら、わしに知らせてくれないか。しばらく様子を見て、判断したいんだが……」

スカウトを拒否

昭和四十四年初夏の津軽海峡の荒れる夜であった。

秋元貢は、父親の松夫といっしょに、近くの藤沢の本家に風呂をもらいにいった。

当時塩釜では、風呂のあるのは本家筋の家々や船主の家々だけであった。分家の家々は、それぞれ自分の本家などに風呂をもらいにいくのである。藤沢の本家の主人兼行は、久徳丸という船を持つ船主であった。松夫は、久徳丸の乗り子であった。

貢が、父親と夜の団欒《だんらん》を過ごすことができるのは、この夜のように海が時化《しけ》て、父親のイカ漁が休みのときだけであった。

藤沢の本家には、ちょうど貢の遊び仲間の藤沢正が弟の正雄を連れて風呂をもらいに来ていた。

貢は、正雄を見つけると、うれしそうな表情でいった。

「正雄、いっしょにこい。おれが、風呂さ入れてやるから」

貢は、幼いときから年下の子どもの面倒見がよかった。

正は、思った。

〈また貢の子ども好きが、はじまったぞ〉

正は、貢と正雄が風呂からあがるまで、本家の居間で待つことになった。

正に、貢の父親が話しかけてきた。

「正君も、たくましくなったなぁ」

正が、照れながら答えた。

「なんも、貢のガラコ（体格）にはかなわねっス」

松夫は、微笑みながらいった。

「オラいの貢は、中学生用の学生服だば間にあわなぐなったよ。高校生の服買ってきて、ボタンだけ中学校のものに付け替えてんだ」

「ンだべ。そうだねば、貢に合う服はねえべな」

貢の身長は、すでに一メートル七十センチを超えていた。正より、頭ひとつぶん大きくなっていた。

ふたりが話をしているところに、風呂場のほうから悲鳴が聞こえてきた。

正雄の声だった。

「痛でぇ。痛でぇじゃ。やめでけろ」

正は、何事がおきたかと、風呂場に駆けつけた。ガラス戸越しに声をかけた。

「正雄、どうした」

「兄ちゃん、貢あんちゃんの力ばあんまり強くて、オラの背中の皮ば剝けてしまったじゃ」

貢の、笑い声が聞こえる。

「おめぇが、背中流してけろっていうから、こすってやったんだべ。逃げるな、こっち来て座れ」

正は笑いながら、貢にさけんだ。

「おめぇの力だば、よっぽど加減しねえと、正雄の体の肉が全部とれてガイコツになってしまうべ」

貢が、真面目な声で応じた。

「ウんだば、ガイコツにして『イカなや』に干すべ。正雄、ここさ来い」

藤沢は、貢と正雄のはしゃぐ声をききながら、思った。

〈貢には弟がいねぇから、小さい子がかわいくてたまらねんだべなぁ〉

この年の八月末、福島中学で校内水泳大会がおこなわれた。

水泳は、陸上とともに貢がもっとも得意とするスポーツである。

貢は、二年男子二百メートル平泳ぎに出場した。

同級生の坂口稔は、貢の出番になると、級友たちをかきわけてプールサイドの一番前に座った。

坂口には、貢の優勝は、わかりきっていた。貢の記録に興味があったのである。

〈ゴリのやつ、何かきで泳ぐか、数えてみるべ〉

号砲一発、貢が、プールに飛びこんだ。

貢は、水の上に浮き出ると、顔を出したまま、すました顔で泳ぎはじめた。

坂口の後ろで、誰かがささやいた。

「ゴリのやつ、余裕だな」

坂口は、貢の泳ぎを眼で追ったまま、その声に応えた。

「違うよ。ゴリは、みんなが見てる前で一生懸命やるのが照れくさいんだべ。テレ屋なんだよ」

貢は、二十五メートルでターンをした。

坂口が、叫んだ。

「二十五メートルを十六かきで泳いだぞ。おれの半分の数だ」

体育教師の鳥塚貞男も、貢の泳ぎに注目していた。

〈貢は、相変わらずだなぁ。まったくもって、自己流の泳ぎだ〉

貢は、上半身の力だけで泳いでいた。全身をバランスよく使った泳ぎではなかった。

とくに足首の使い方が、目茶苦茶だった。正しい泳ぎ方なら、水を蹴るときに、足が「カエル足」にならなければならない。つまり、脛《すね》から足の指先までのラインが、足首のところで九十度に折れ曲がり、カエルの足のように足首が反りかえらなければいけない。ところが、貢の足首は、伸びたままだ。足の指先から、足の甲と足首を経た脛までのラインが一直線の百八十度になっている。足の甲で水を蹴る「あおり足」の形である。あおり足だと、水を十分に蹴れないため、推進力が出ないのだ。

鳥塚は、貢の泳ぎを見ながら思った。

〈やつは、でたらめなフォームなのにすごい記録を出してしまう。基礎体力がすぐれている証拠だ。きちんとした指導者と施設のもとで練習すれば、日本のトップスイマーにだってなれる〉

貢の記録は、三分三十五秒五の校内新記録であった。

水から上がった貢は、遊び仲間の藤沢正を見つけた。

彼のそばに行き、座った。

藤沢は、貢にバスタオルを渡しながらいった。

「おめぇ、新記録らしいぞ。相変わらず、すげぇやつだなぁ」

貢が、自信満々の表情でいった。

「今年は、遊び半分よ。来年は、今日の記録をやぶってみせるから、楽しみにしてろ」

昭和四十四年九月中旬、福島町にある福島大神宮で「例大祭」と呼ばれる秋祭りがおこなわれた。

その祭りの行事の一環として、境内の土俵で福島中学のクラス対抗相撲大会がおこなわれることになった。

かつて福島町出身の千代の山が横綱として活躍していたころは、町内のあちこちの神社で祭りがおこなわれるたびに、地元の青年が数多く参加し、相撲大会がおこなわれたが、このころは、相撲熱も当時に較《くら》べると冷めていた。

そのため、あちこちの神社は、祭りのたびごとに地元の中学校や小学校に協力をもとめ、子ども相撲大会をひらいた。

この日も、神社側の要請に福島中学が応じたのであった。

貢の二年C組は、強かった。決勝まで難なく進み、二年A組と対戦することになった。

貢のクラス担任の中村寛は、先鋒に鳴海秀雄、次鋒に上田稔、中堅に吉田隆悦、副将に安田勉、大将に貢という布陣を組んだ。

試合は、五人の代表がそれぞれ一番だけ相撲をとり、先に三勝したチームが勝ちというルールであった。

中村は、作戦をたてていた。

〈うちのクラスで一番強いのは、安田だ。その安田を四番目に配し、次に強い鳴海を一番目に持ってくる。敵のメンバーを見ると、鳴海と安田でまず二勝が計算できる。それにプラスして、次鋒か中堅のどちらかが勝ってくれれば、安田で決まりだ。大将戦まで持ちこまれたら、こちらが不利だ。安田で終わるようにしなければならない〉

中村は、貢の力の強さは認めていたが、相撲は強いと思っていなかった。なにしろ、貢は、相撲をほとんど知らない。どうしても腰高になった。貢とちがいふだんから相撲をとっている生徒に、貢がかなうわけはないと読んだ。貢を大将にしたのは、体の大きさが大将らしいという理由にすぎなかった。

試合は、中村の読みどおりに進んだ。

C組の二勝一敗で、副将同士の勝負になった。

中村は、ほくそ笑んだ。

〈よし、おれの計算どおりだ。安田の勝ちで、優勝だ〉

ところが、番狂わせがおこった。

期待の安田が、相手の副将佐藤修一に敗れてしまったのだ。

安田が、がっかりした顔で土俵下にもどってきた。

中村は、安田を励ました。

「しようがない。元気を出せ。時の運だべ」

中村は、そういいながらも、心の中は無念さでいっぱいだった。

〈これで、オラたちの組は優勝を逃してしまった〉

しかし、土俵を囲んだ観客たちは、二勝二敗でむかえた大将戦に、沸きかえっていた。

福島大神宮は、津軽海峡を見下ろす高台にある。高台には、山が隣接していた。その山の土手には、町の大人や老人たちが陣取り、土俵を見おろしていた。土俵のまわりにも観客がずらりと並んでいる。かつてに較べると相撲熱こそ冷めていたが、相撲は、やはり祭りの花形であった。いつのまにか町じゅうから相撲好きな人たちが集まってきたのである。その数は、生徒たちと合わせて三百人を超していた。

その中に、審判長として招かれていた若狭龍太郎の姿もあった。

この日、貢が相撲をとると聞きつけ、あえて審判長を引き受けていたのだ。

貢は、歓声に送られて土俵の上に立った。

A組の大将は、鳴海秀敏であった。身長は貢と同じくらいだったが、貢より胸板が厚く、肩幅も広かった。しかも、学校一の相撲巧者として知られていた。

「秀敏！　負けるなよ！」

「貢、頑張れ！」

土俵下から、応援の声がかかった。

貢と鳴海は、土俵の上で睨み合った。

蹲踞の姿勢をとると、行司役の先生のかけ声で、立ち上がった。

素早かったのは、やはり鳴海であった。

棒立ちした貢に組みつくと、一瞬の間に貢の両まわしをつかんだ。

貢の胸に頭をつけ、一気に土俵際に押しこんだ。

〈あっ、もう駄目だ！〉

中村と安田は、思わず顔を見合わせてしまった。

A組の陣地からは、大歓声がおきた。

ところが、貢は、強靭な足腰で鳴海の強烈な押しをこらえた。貢の色黒の顔が、真っ赤に染まっている。

鳴海は、懸命の力をこめて貢を押し出そうとする。

が、貢は、なおもこらえた。

土俵のまわりからも土手の観客席からも、大きな拍手が沸き起こった。

貢は、それに呼応するように、反撃に出た。

貢の胸に頭をつけた鳴海の強烈な押しをこらえながら、相手の背中におおいかぶさった。

そのまま自分の両手を鳴海の腹の下にまわし、絞りあげた。

中村は、思わず歯を噛み締めた。

〈なにをやる気だ……〉

貢は、その体勢のまま、なんと大根でも引き抜くように鳴海の体を持ち上げた。鳴海は、宙に浮いた両足を、バタバタさせる。

貢は、逆さになった鳴海の体を、自分の頭ごしに真後ろに投げてしまった。

「おおッ！」

「なんだ、あれは！」

大歓声と驚きの声が、同時に沸き起こった。

当時、テレビのプロレス中継で、英国の正当派レスラー、ビル・ロビンソンが人気を博していた。貢の技は、ロビンソンの決め技、人間風車そっくりであった。

投げられた鳴海は、いったい何が起きたのか理解できない顔でしばらくキョトンとしていた。

中村は、貢の怪力に、おどろきを通りこし呆れかえってしまった。

〈まったく、なんてやつだ……〉

貢の将来性を見抜こうと必死で見ていた審判長の若狭龍太郎は、ひそかにほくそ笑んでいた。

昭和四十五年四月、貢は、福島中学の三年生に進級した。

貢の運動能力は、体の成長とともにますます発達していった。

五月二十日の校内陸上競技大会では、三段跳びで十一メートル、走り高跳びで一メートル五十二を跳び、どちらも一位となった。

六月二十四日に松前町神明《しんめい》グラウンドでおこなわれた松前郡下中体連陸上大会では、三段跳びで十二メートル十八、走り高跳びで一メートル六十二を跳び、どちらも大会新記録で一位になった。

さらに七月二日から、函館市千代台《ちよがだい》陸上競技場でおこなわれた渡島管内中体連陸上大会では、三段跳びで十二メートル五十八を跳び一位、走り高跳びでは一メートル六十一を跳び二位の成績をおさめた。

貢は、自分の成績が載った記事を新聞から切り取り、アルバムに貼った。

その記事を見るたびに、おのれを鼓舞《こぶ》した。

〈高校に行ったら、本格的に陸上をやるぞ……〉

四十五年七月末、あと数日で福島中学も夏休みに入ろうという日の昼休みの時間であった。

貢の担任の中村寛は、校長の渡辺栄太郎に呼ばれた。

校長室に入ると、白いカバーのかかったソファに、渡辺校長と初老の男性が向かい合って談笑していた。

その男性は六十代ぐらいに見えたが、白い半袖のワイシャツから見える二の腕の筋肉は、四十代のそれのように逞《たくま》しかった。額には深い皺が刻まれていたが、陽に焼けた顔と皮膚の艶《つや》は、精力家であることを感じさせた。

渡辺校長が、中村にその男性を紹介した。

「こちらは、かつて本校にもおられたことのある若狭龍太郎先生です。中村先生もお聞きになったことがあると思いますが、横綱の千代の山を見いだした先生なんですよ。千代の山は、今は九重親方として横綱北の富士などを抱えている」

若狭は、中村に頭を下げた。

〈ははぁ、この方が、相撲取りになれそうな若者をスカウトして歩いているという若狭先生か〉

中村も、頭を下げた。

渡辺校長が、言葉をつづけた。

「じつは今日、若狭先生は、中村先生のクラスの秋元貢君に会いたいといって来られてるんだが、ちょっと秋元君を呼んできてくれないだろうか」

「わかりました」

中村はそう答え校長室を出ると、足早に二階にある三年C組の教室に向かった。

中村の気持ちは、高鳴った。

〈とうとう来たぞ。いやいや、これはおもしろいことになったぞ……〉

貢が相撲取りになるかどうかは別にして、貢の才能に惚れこんだ人が現れたというのは、中村にとってうれしいことだった。

中村は、教室にいた貢を見つけると、声をかけた。

「貢、ちょっと先生といっしょに来てくれ。校長室に、お客さんだ」

中村は、廊下を歩きながら、貢に事情を説明した。

貢は、何もいわずに中村について歩いた。

校長室にふたりが入ると、渡辺校長が、貢に座るように勧めた。

貢は、若狭に向かい合うように座った。そのわずかの間に、若狭は貢の足の先から上半身に視線を走らせた。

若狭は、人なつっこい笑顔を浮かべながら切り出した。

「わしは若狭というもんだが、今日は、きみに相撲取りにならないかと勧めに来たんだ。去年の秋の福島神社での相撲は、なかなかみごとじゃったのぉ」

貢は、畏《かしこ》まったまま若狭の話をきいているばかりである。

若狭は、身振り手振りで、貢に話しかけた。

「いやいや、わしは、あんな技を見たのは生まれて初めてじゃ。わしも、畑でゴボウを抜くときに、あんなふうにしたことがあったのぉ。ありゃ、なんという決まり手なんだべなぁ」

若狭は、自分の家の中にいるときは、およそ笑顔など見せない男であった。が、外では

「まるで『江差《えさし》の繁次郎《しげじろう》』みたいだ」といわれて親しまれた男であった。「江差の繁次郎」とは、北海道の江差地方の民話に出てくる頓智《とんち》に長《た》けたユーモラスな男のことであった。

若狭の口調に、貢も少し表情を和《やわ》らげた。

ひとしきり話をしたあとで、若狭が貢にいった。

「すまんが、ちょっと貢君の手を見せてくれんかね」

貢は、いわれるままに手を差し出した。

若狭は、その手を見ていった。

「いい手だ。こういう大きい手は、いい。どうだ、ついでに、靴下を脱いで足も見せてくれんかね」

貢は、バスケットシューズを脱ぎ、靴下も脱いだ。若狭との間にあるテーブルの横に、足を伸ばした。

若狭は体を寄せて、テーブルの下をのぞくようにして貢の足を見た。

「足も、大きいな。これは、いい。これは、いいぞ」

そばにいた渡辺校長が、若狭に訊いた。

「若狭先生、手や足の大きさも、何か関係があるんですか」

中村も、同じ疑問を持った。

若狭が説明した。

「ええ、手や足の大きい子は、大きな体になるんですよ」

渡辺校長が、うなずいた。

「ほほぉ、そういうもんですか」

貢は、靴下を履き、バスケットシューズを履き直している。

中村は、貢の表情をうかがった。

〈貢は、素直に大人たちのいうことに応じているが、内心は、おれのことを馬鹿にするな、と思っているだろうなぁ〉

貢は、ふだんから何事においても体の大きさに結びつけられて、自分の意思に反したことをさせられていた。

体が大きいという理由で、好きでもない相撲の選手に選ばれてしまう。運動会の棒倒しでは、かならず土台の役。騎馬戦では、馬の役。そういうときの表情から中村は、貢の気持ちを読み取っていた。

〈自分の体が大きいことに対して、抵抗感を持っているようだな〉

若狭は、目をつけた若者が見込みがあるかどうかを見分けるために、自分なりのいくつかのポイントを持っていた。

身体が大きいだけではいけない。足腰が強く、バネがなければいけない。ゆえに陸上競技などで活躍している者がいい。バネがある証拠だ。

くわえて、腰つきに幅と厚みがなければいけない。骨格ががっしりしている証拠だ。しかも臀部《でんぶ》の筋肉が、いい競走馬の臀部が桃にたとえられるように、発達して丸みがなければいけない。

若狭は、貢が陸上競技で活躍していることは福島中学の体育教師岡本篤二から聞かされていた。

貢が校長室に入ってきたときに、腰つきも確認していた。

それらの条件については、合格点をつけていた。

若狭は、貢がバスケットシューズの紐を結び終えると、もう一度貢にいった。

「どうかね貢君、相撲取りになってみないか。相撲はきらいかね」

貢は、やっと口を開きぶっきらぼうに答えた。

「オラ、好きじゃねぇだ」

大関までと太鼓判

若狭は、貢の返事に動揺の色は見せなかった。これまで何人も素質ある若者をスカウトしてきた。どのように拒否されても、最後には、かならず口説き落としてきた。

若狭は、あくまでにこやかな笑みをたやさずいった。

「そうか、そうか。それは仕方がないなぁ。でも、お父さんやお母さんに、今日はこういうことがあったということだけは、伝えておいてくれないかね」

貢は、若狭との話が終わると校長室を出た。

校長室や職員室というのは、どうも落ち着かない。ひとつ大きな深呼吸をした。

〈何か説教でもくらうのかと思ったら、相撲の話か。相撲なんて、オレ、ぜんぜんやる気ないよ。陸上だったら、ともかく……〉

担任の中村寛は、そのまま校長室に残った。スカウトの現場に立ち会うなど初めての経験である。好奇心と興味を持って、ふたりのやりとりを聴いた。

〈相撲なら、ウチの中学の中には貢よりもっとうまい生徒がいる。専門家の見る眼は、さすがにちがうなぁ〉

が、感心してばかりもいられなかった。教え子の将来にかかわる、大事な問題だ。中村は、若狭に疑問をぶつけた。

「横綱千代の山を見いだした先生の眼から見て、あの子には、素質があるんでしょうか」

若狭は、自信に満ちた口調で答えた。

「うん、あの子はいいぞぉ。見込みがある」

教え子をほめられるのは、うれしいことである。中村は、思わず身を乗り出し訊いた。

「それで、もし相撲の世界に入ったら、あの子は、どのくらいまでいくもんでしょうか」

「大関までは、いくだろうな」

「大関ですか」

「そうだ。それは、まず間違いない」

中村は、大関と聞いて、さすがにおどろいた。

〈貢は、ただ体が大きいというだけじゃない。骨格にしても、足腰のバネにしても、筋力にしても、並じゃないからなぁ〉

数日後、若狭は、貢の父親の松夫に連絡をとった。訪問したい旨を伝えた。

貢は、学校から帰るや父親に訊かれた。

「学校で、若狭先生と会ったのか」

「うん」

貢は、数日前、学校で若狭に口説かれたことを父親にも母親にも話していなかったのである。もともと相撲など興味がない。話す必要などないと思っていた。

松夫が、つづけて訊いた。

「で、なんて、しゃべったんだ」

「オレ、相撲取りになんかならね、といった」

「そうか、わかった」

松夫は、貢の返事に安心した。

若狭が秋元家を訪ねたのは、その翌日の午後であった。秋元家では、両親そろって若狭を迎えた。

六畳二間に二畳の小部屋の小さな平屋である。その入り口に近い六畳間に通した。

若狭は、両親に貢の素質を熱心に説いた。そのあと、単刀直入に切り出した。

「貢君を、九重部屋に入れて相撲取りにしてみる気はなかろうか。九重部屋はできてまもない部屋だが、すでに北の富士という横綱がおる。親方もこの町の出身だ。部屋には、北海道出身者もたくさんおる」

松夫の腹は、最初から決まっていた。まず、自分の考えから述べた。

「わたしは、息子を漁師にしたいとか会社員にしたいとか、そういう具体的な望みは持っておりません。あくまで、息子の将来は、息子に決めさせるつもりです」

若狭は、松夫の言葉にうなずいた。

松夫は、つづけた。

「わたしは、この福島町で生まれ、この福島町で育った一介の漁師です。相撲の世界のことなど、何もわかりません。しかし、そんなわたしでも、相撲の世界が生やさしい世界でないことだけは見当がつく。親としては、息子には、平凡な人生を送ってもらえれば、それでいいと思っておるんです」

若狭は、松夫の言葉を聞きながら、夫のそばにひかえている母親の喜美江の表情をうかがった。

喜美江は、松夫より一歩下がった位置に座り、下を向いたまま無言で夫の言葉を聞いている。

松夫は、丁重に結論を述べた。

「わたしどもには、ひとり息子を相撲取りにする気など毛頭ありません。ありがたいお話ですが、息子も相撲取りになる気はないといっております。今日は、こんなところまで足を運んでいただきながら申し訳ないが、この話は、なかったことにしていただけませんか」

松夫は、話し終えると妻とともに頭を下げた。

若狭は、ふたりが頭を上げると、ふたりの眼を交互に見つめながら話しかけた。

「おふたりのお気持ちは、よくわかります。そう思うのは、もっともなことです。しかし、わたしは長い教師生活の経験から、思っていることがあるんです。わたしは、人間には誰しも、人に負けない才能がひとつは与えられていると思っている。われわれ大人は、子どもたちのそういう才能を見つけてあげなければいけない。そして、誉めて自信をつけさせ、とことんその才能を生かす道を進ませてあげなければならないと思うのです」

若狭は、道南のいくつかの中学で校長をつとめた。その間、どんなささいなことでも、他人より優れたことをした生徒がいると、朝礼のときにその生徒の名前を挙げて誉めあげることを欠かさなかった。

「日本一の掃除の名人だ」

「日本一元気なあいさつのできる子だ」

生徒がそのひとことをきっかけに自信をつけ、大きく成長していくのが若狭の楽しみであった。

若狭は、自分の信念を語り終えると、表情を和らげ松夫にいった。

「いやいや、今日はお時間をとらせて申し訳ないことをいたしました。そろそろイカ釣り船が出る時間でしょう。今日は、失礼しましょう」

若狭には、この日、両親の説得よりも別の目的があった。あっさりひきあげることにした。

松夫と喜美江は、玄関まで若狭を送りに出た。

若狭は、

「秋元さん、とにかくもう一度、考え直してみてくれませんか」

そういい残し、海岸沿いをうねるように走る道に出る細い坂道を下った。

松夫も喜美江も、これで貢の相撲界入りの話は終わったと思った。

が、若狭の気持ちは、違っていた。この日、秋元家を訪れたことで、ますます貢に惚れこんでいた。

〈あの父親と母親の子なら、まちがいない〉

若狭は、眼をつけた若者をスカウトするかどうかの最終決断をする前に、かならず両親の人柄と家庭環境を調べた。

厳しい相撲の世界では、肉体的な素質だけでは勝ちあがっていくことができない。負けん気やハングリー精神や忍耐というものがなければいけない。そういう強い精神力がある子どもかどうかは、両親や家庭環境を見れば判断できた。

若狭がこの日、強引にスカウトの話をすすめなかったのはそのためである。

スカウトの話をするよりも、両親の考え方や人柄をみきわめることが目的だったのである。甘やかされて育った子や裕福な家の子と感じたときは、スカウトしなかった。

若狭は、歩きながら、父親の毅然《きぜん》とした姿を思い浮かべた。話しぶり、話の内容、物事の考え方。しっかりした父親だということがわかった。

男の子は、母親の気質や体格を受け継ぐことが多い。若狭は、母親の喜美江の姿も思い浮かべた。

秋元家は、質素な暮らしぶりであった。が、きちんと片づけられ掃除のいきとどいた部屋から、母親の真面目な性格や働きものぶりが、うかがい知れた。

しかも、母親は、女性としては大柄の体格であった。表情や顔つきからは、並のつらさには負けない気丈さが感じられた。

若狭は、完全に貢に惚れこんでしまった。

〈かならず、あの子をスカウトしてみせる〉

若狭は、檜山郡上ノ国町の自宅に帰ると、すぐに九重部屋の九重親方（元・横綱千代の山）に連絡をとった。貢の存在を知らせた。

この当時、若狭は、場所がはじまるとひんぱんに九重親方に電話を入れた。若狭がスカウトした力士たちの取り口についてのアドバイスであった。ひと月の電話代が四万円を超えることもたびたびだった。息子の秀山や妻のヒナは、電話局から請求書が届くたびにおどろいた。

若狭の電話に、九重親方は息せき切って答えた。

「先生の太鼓判なら、まちがいありません。それは楽しみです。ちょうど今年の北海道巡業で福島町に行きますから、わたしが口説き落としてみましょう」

八月二十日。九重親方は、自分の生まれ故郷でもある北海道松前郡福島町に入った。

九重親方は、「先発」とよばれる地方巡業の先乗りをしていた。力士一行よりひと足先に巡業地に乗り込み、土俵をつくったり宿割りなどをするのである。

先発の後ろに続く力士一行は、八月六日に北海道入りするや、道内を一周し、八月二十三日に福島町入りすることになっていた。

九重親方は、滝川《たきがわ》市で先発の仕事を終え、ひと足先に福島入りしたのであった。そして、さっそく塩釜の秋元家をたずねた。貢の両親は、九重親方の突然の訪問に恐縮した。

松夫は、九重親方の誘いに対しても若狭と同じように断った。

しかし九重親方は、あきらめなかった。その翌日の夕方も、ふたたび塩釜にやってきた。福島尋常高等小学校時代の同級生である岡本病院院長岡本寿一といっしょであった。

松夫は、ちょうどイカ釣り船に乗るために、家の前の坂道を下りていく途中でふたりに出くわした。

松夫は、ふたりにわびた。

「これから沖に出るところだから、ちょっと時間はとれないです」

九重親方と岡本は、仕方なく坂道を下りきったところにある知人の西村三之烝の家に入った。

西村は、貢の母親がつとめる水産加工会社の社長でもあった。

西村は、自宅に帰っていた貢の母親に連絡をとった。

「九重の親方が、いまウチさ寄ってるんだ。貢君が学校から帰ったら、ちょこっと顔さ出してくれるようにしゃべってけねが。親方が、一度貢君のことを見てみてぇってしゃべってんだ」

貢は学校から帰ると、西村家に顔を出した。

〈どのくらいの大男か、本物の千代の山を、ちょこっと見てくるか〉

小学校にも中学校にも九重親方が千代の山時代の優勝額が飾ってある。顔は知っていたが、実際に会うのは初めてである。相撲取りになる気はなかったが、千代の山への興味と好奇心から、会うことにしたのである。

貢は、おそるおそる西村家の玄関のガラス戸を開けた。三和土《たたき》の上にきちんとそろえて脱いである九重親方の黒い革靴が、いきなり眼に飛び込んできた。

〈ひぇー！　なんてでっけぇ靴だ。猫が入ったら、まるまる隠れてしまうんでねぇか〉

給食の時間に出るコッペパンを、さらに膨らませたような靴だ。となりにある靴の二倍は、ゆうにある。

貢は、上がり口のガラス戸も、おそるおそる開けた。

「おっ、貢、来たか」

最初に貢に気づいたのは、西村であった。

つづいて九重親方と岡本が同時に、うれしそうな声をあげた。

「おおぅ、よく来たよく来た。さぁさ、上がれ上がれ」

三人は、すでにスルメを肴《さかな》に酒盛りを始めていた。みな上機嫌であった。

貢は、おずおずと部屋に上がった。

岡本が、九重親方に貢を紹介した。

「これが貢君だ。どうだ、なかなかいい体格をしてるだろう」

九重親方が、眼を細めた。

「おお。寿一ちゃんのいったとおりだ。なかなか立派な体格だ」

西村が、いつもの早口でいった。

「家の前に置いてあるドラム缶を、ひとりでかつぎあげるくれぇの力持ちだ。なあ、貢」

貢は、上がり口に腰をおろしながら、目尻に深い笑い皺を浮かべている千代の山を見た。

優勝額の中の千代の山は、左手に太刀を持ち、見るものを仁王のように見下ろしていた。

が、眼の前の千代の山は、優勝額の絵のイメージとまったく違っている。

弁当箱のような大きな長方形の顔の真ん中に、ちょこんと幅の広い鼻がついている。

〈ずいぶん、やさしそうな人だなぁ〉

畏まっている貢に、九重親方が、手招きした。

「そんなとこに座らんで、もうちょっと、こっちに来ないか。握手でも、しようじゃないか」

貢は、バスケットシューズを脱ぐと、膝をついたまま両手をつかって前に進み出た。

九重親方が、手をさしのべてきた。貢は、握手をしようとした。

〈ウヒャー、手もでっけぇーや〉

九重親方の手の幅が広すぎて、自分の手の指を曲げて相手の手を握ることができない。

九重親方は、きょとんとする貢に笑いながらいった。

「きみの手は、なかなか大きいぞ。ふつうの人なら、わしの手に全部かくれてしまう。どれ、手の大きさを較べてみようか」

貢は九重親方にいわれるままに、親方の前に自分の手を広げてみせた。

その手に、九重親方が手を重ねた。

九重親方の手は、貢の手より指先の第一関節分大きかった。

九重親方は、さらにいった。

「足も較べてみよう」

貢の足は、親方に較べると、やはり長さも幅も数センチ小さかった。

が、九重親方は、愉快そうにいった。

「いやいや、中学三年生にしては、手も大きいし足も大きい。まだまだ大きくなる体だ。これなら、立派な相撲取りになれるはずだ」

貢は、その言葉に、「相撲取りになる気はない」と咄嗟《とっさ》にいおうとした。が、岡本がさえぎった。

「どうだ、九重親方についていって、相撲取りにならないか」

九重親方も、追いうちをかけるようにいった。

「どうだ、わしといっしょに飛行機に乗って東京へ行かんか。飛行機だぞ」

貢は、誘いをことわるタイミングを逸した。

が、九重親方とて、両親の許可を得ずに連れていくわけにはいかない。貢への説得は、ほどほどで終わった。

貢は、九重親方の誘いに、何も返答せず西村家を出た。

が、貢の頭の中では、九重親方の言葉が呪文のように何度も繰り返し浮かんだ。

〈飛行機に乗って、東京へ行かんか……〉

当時、函館・東京間の航空料金は一万九千四百四十円であった。この年三月に労働省が発表した男子新規大卒者の初任給は、三万六千七百円。田舎の村長クラスでも、なかなか飛行機には乗れない時代であった。

貢は、大のプラモデル好きでもあった。飛行機や戦車のプラモデルを買ってきては、夜中の三時ごろまでプラモデル作りに熱中した。

〈飛行機、飛行機、飛行機……。本物の飛行機に、せめて一回ぐらいは乗ってみてぇなぁ〉

九重親方の勧誘は、執拗であった。

秋元家には、翌日また九重親方から連絡が入った。秋元家には電話がなかったので、西村家への電話で松夫に会いたいと伝えてきた。

松夫は、学校から帰った貢をつかまえていった。

「西村さんの家に、これから九重親方がみえる。おまえも、いっしょに来い」

もう息子も十五歳だ。自分のことは自分で決められる年齢である。松夫は、貢の口から断りの返事をさせるつもりであった。

貢は、父親のあとについて、家の前の坂道を下りた。

貢の頭には、また九重親方の言葉が浮かんできた。

「飛行機に乗って、東京へ行かんか……」

西村家に入ると、すでに九重親方が待っていた。岡本病院の岡本院長もいっしょであった。

松夫と貢は、座卓をはさんで、九重親方と向かい合った。

この日の九重親方は、いつもの表情とはちがった。眼がらんらんと輝き、まるで横綱時代に相手を睨みつけたときのような迫力がみなぎっていた。

「おとうさん、わたしは、貢君にすっかり惚れこんでしまった。どうしても、東京へ連れていきたい。貢君には、それだけの素質がある。わたしは、貢君なら大関にできる自信がある。横綱は、運、不運があるから、これはなれるかどうかわからない。しかし、大関だったら、努力すればなれる」

松夫は、九重親方の説得に答えた。

「ありがとうございます。しかし、うちの女房も親戚も、みなこのお話には反対です。なんとかあきらめていただけませんか」

松夫の母親のふさが、とくにこの話に猛反対していた。

「ひとり息子が大怪我でもしたら、どうするつもりだ」

が、九重親方は、一歩も引き下がらなかった。

「いやいや、わたしのときも、誰ひとり賛成するものはおりませんでした。若狭先生の勧めを断っていたら、わたしもこの町で漁師のまま一生を終わっただろう。だが、今になってみれば、わたしの選んだ道は、まちがっていなかったと思う。自分の素質というのは、なかなか自分ではわからないものなのです。人生なんて、そういうものではありませんか。おとうさんも、貢君の素質に気づいてやってくださらんか」

九重親方は、そこまでいうと、一口冷たい麦茶を口にふくんだ。大きな喉仏が上下した。

九重親方は、喉を潤《うるお》したあとでまた説得をつづけた。

「最近は、イカもとれなくなっているそうだ。この先、この町の漁業だって、どう変わっていくかわからない。船から下り、青函海底トンネルの工事の仕事で、生活をなりたたせている人たちもいるという。が、この工事だっていずれは終わるときがくる。息子さんの平凡な人生を願う親心は、わたしにもよくわかる。だが、町も変わる。漁業も変わる。この町にいても、世の中の変化は怒濤《どとう》のように押し寄せてくるのです」

九重部屋入門

松夫と九重親方のやりとりは、一時間近くもつづいた。

秋元貢をなんとしても九重部屋に入門させたい九重親方は、巨体を前に乗り出し、松夫に迫った。

「相撲の世界は、たしかに甘くない。怪我をすることもあるし、命がけでやらなければ上にはあがれん。だが、それは松夫さんの仕事もおなじではないか。わしも漁師のせがれ、漁師の仕事が命がけであるということは、よく知っておるつもりだ。板子一枚下は地獄、とはよくいったもんだ」

貢は、父親のそばで、じっとそのやりとりを聞いていた。

九重親方は、胡座の足を組みかえると、現役時代に故障で何度も泣かされつづけた右膝に右手を置いた。手でゆっくりと膝頭をさすると、ふたたび説得をつづけた。

「どうでしょうか、お父さん。貢君は、いま中学三年生だ。とりあえず中学を卒業するまでという約束で、わたしに預けてみてくれないだろうか。それで見込みがないとみたら、わたしも、きっぱり貢君のことはあきらめる。見込みがあったら、そのときにもう一度、お父さんにお願いに来る。こういう話ならどうだろう」

「うむ……」

わずかの沈黙があった。

九重親方の幼馴染みである岡本病院の岡本寿一院長が、もう一押しとばかりに発言した。

「秋元さん、そういう話だったら、何もそこまで頑《かたく》なにならなくてもいいじゃないか。中学卒業まで、あとわずか半年だ。貢君だって、その方がいい人生経験になる」

松夫は、息子を相撲取りにする気はなかった。が、息子の人生は息子のものである。そこまでいってくれるなら、最後の結論は、息子の判断にまかせることにした。

「貢、おまえどうする。こうやって何度も足を運んでもらって、みなさんに迷惑をかけるばかりだ。行くなら行く、行かねんだら行かね。はっきりしろ」

貢は、少しの間、下を向いたまま考えた。

西村宅のすぐ目の前には、津軽海峡が広がっている。

開け放たれた窓から、潮騒《しおさい》の音に混じって、浜で遊ぶ子どもたちの何やら叫ぶ声が流れこんでくる。

〈東京かぁ。中学を卒業するまでなら、東京に行ってもいいなぁ。飛行機にだって、乗せてくれるというし……〉

貢は、決心した。父親に向かって答えた。

「おれ、東京に行ってみる」

大相撲北海道巡業の一行が福島町にやって来たのは、貢の東京行きが決まった翌日の八月二十三日午後のことであった。

会場の福島大神宮の入り口には、色とりどりの幟《のぼり》がたなびいた。

この日、福島町にある吉岡《よしおか》地区には、横綱北の富士、大関清國《きよくに》（のち伊勢《いせ》ヶ濱《はま》親方）ら五人の関取りがあらわれた。

吉岡から青函海底トンネルの調査坑道が海の底に向かって掘られていた。

北の富士らは、安全ヘルメットをかぶり、汗をふきふき調査坑道に入った。

青函海底トンネルの工事の安全を祈願して、水平坑道の壁に朱肉を塗った手で大きな手形を押した。トンネルの中に歓声が沸き起こった。

小さな町は、どこもかしこも、相撲人気で沸きに沸いた。

貢の家のある塩釜には、「角界のプリンス」として人気急上昇中の貴ノ花《たかはな》（のち鳴戸親方から藤島親方、二子山親方）がやってきた。

貴ノ花は、巡業前の七月場所、東前頭七枚目で十一勝四敗の成績をあげた。きたる八月三十一日の九月場所新番付発表では、新小結に昇進する。二十歳の若武者であった。

貴ノ花は、西村三之烝宅に泊まることになった。

小さな町では、旅館の数も限られている。力士たちは、町の人々の家に分宿するのである。

その夜、力士の宿泊した家々では、近所の人たちが集まり歓迎会が開かれた。

西村宅にも、近所の人たちが、とれたてのアワビやウニやイカを持って集まった。

松夫は、西村宅に貴ノ花が泊まっていることを知ると、貢と貢の姉の佐登子を連れてあいさつに顔を出した。

部屋は違っても、同じ相撲の世界。いつか息子が世話になるだろうと考えたのである。

貢は、父親の後から西村宅にあがった。

居間と座敷の間の障子が取り払われていた。そのふた間つづきの部屋の奥に、貴ノ花が床の間を背にして座っていた。威風堂々たるものであった。

両隣には、付け人を従えている。下山《しもやま》（のち若三杉《わかみすぎ》改め横綱若乃花《わかのはな》、間垣《まがき》親方）と女川《おながわ》であった。

貢の眼にも、貴ノ花の体から華やかな若々しさと自信がただよっているのがわかった。

貢は、現役の力士を目の前で見るのは、生まれて初めてであった。思わず、小さく叫んだ。

「かっこいいなぁ……」

松夫は、頃合を見計らって、貴ノ花に、話しかけた。

「うちの息子も、縁あって相撲の世界に入ることになりました。部屋は違いますが、よろしくお願いいします」

貴ノ花は、人なつっこい笑顔で、松夫の隣の貢に話しかけてきた。

「身長は、いくつだ」

「百七十七センチです」

「ほう、体重は」

「六十八キロです」

「そうか、体重が少し足りないかな。で、部屋は、どこだい？」

「九重部屋です」

「九重さんのとこか。あそこの部屋は、いいぞ。明るくて、いい部屋だ。頑張れよ」

「はい。ありがとうございます」

西村三之烝の妻慶子は、居間から貢と貴ノ花のやりとりを見ていた。

慶子のそばには、早くから手伝いに来てくれていた貢の母親喜美江がいた。

慶子は、喜美江に話しかけた。

「ほんとに、貢ちゃん、東京にやってしまうの」

喜美江は、寂しそうな表情で答えた。

「本人が行きたいというもんだから、しようがねぇ」

「心配じゃ、ねえか？」

「なんも、しようがねぇ」

そこに貢がやってきて座った。と、同時に、喜美江が席を立ち台所の奥のほうへいなくなった。

慶子は、喜美江の気持ちをおもんぱかった。

〈貢ちゃんと別れるのが、つらくてたまらないんだべなぁ〉

貢は、心がはやっていた。貴ノ花に励まされたことが、うれしくてたまらない。顔を紅潮させて、慶子にいった。

「おばちゃん、やっぱり貴ノ花はかっこいいなぁ」

慶子は、確かめるように訊いた。

「貢ちゃん、ほんとに、東京へ行くのか」

「うん。でも、行ったって、すぐ帰ってくるから」

「すぐ帰ってくるのか？」

「中学校卒業するまでだから。あっという間だ」

慶子には、一度入門したら、貢の思っているとおりにならなくなるだろうという予感があった。

〈やっぱり、体は大きくても、まだまだ子どもだなぁ〉

福島巡業が終わった八月二十五日、貢は、東京に発《た》つことになった。

福島町は、朝から霧雨のような細かい雨が降りつづいていた。

貢は、七時過ぎに家を出た。学生ズボンに長袖の白いワイシャツ。荷物は、ボクシングのサンドバッグの型をした肩掛けバッグひとつ。バッグの中身は下着と学生服の上着だけであった。あとは何もいらない、と九重親方にいわれた。

母親の喜美江は、「体に気をつけろよ」と一言だけいい、貢の出発より一足先に勤め先の水産加工会社に出かけた。本当は、見送りたくてたまらなかった。が、息子の顔を見ると、未練心がわいてたまらない。「行かないでくれ」と、口から言葉が出そうである。それではいけない、と自分にいいきかせたのであった。

貢と父親の松夫と姉の佐登子は、知人の車に乗り、九重親方と待ち合わせの岡本病院へ向かった。

貢も松夫も佐登子も、口を閉じたままであった。

道は、津軽海峡に沿ってうねるようにつづく。助手席に座った松夫は、左手に広がる津軽海峡を見た。晴れた日には、はるか先の海と空のつなぎ目に津軽半島の先端がかすかに見える。が、この日は波も荒く、紺青《こんじょう》の海は、より濃さを増し、黒みがかって見えた。

息子とは、中学校を卒業するまでの別れということになっている。それでも、この日の津軽海峡は、息子の前途の波乱を予測しているようで、不安な気持ちがわきおこって仕方がなかった。

岡本病院前で貢を降ろすと、佐登子は、そのまま車に乗り、福島商業高校に向かった。松夫は、病院の前から自宅に帰った。松夫と佐登子の気持ちは、喜美江と同じであった。

貢は、岡本宅のお手伝いさんに近くの矢野旅館に行くようにいわれた。矢野旅館の前で待っていると、黒いベンツが停まった。

助手席から、声がかかった。

「秋元君か？　行くぞ」

貢に声をかけたのは、千代の海（岡部茂夫）であった。貢と同じ福島町出身の力士である。

貢は、あわてて後部座席に飛び乗った。隣には、大きな体の力士が乗っている。

ベンツは矢野旅館の前から、角をひとつ曲がり、ゆっくりと国道に出た。函館方面に進路をとると、すぐに橋にさしかかった。吉田《よしだ》橋である。

橋のそばには、貢のクラスメートが集まっていた。

「おっ、貢だ。ゴリが乗ってるぞ！」

「貢ー！　頑張れよー！」

「ゴリ、手紙、よこせよー」

みな手をふってくれる。泣いている女の子もいた。

貢のとなりの力士が、運転手にいった。

「稲さん、ちょっと、ゆっくり走ってやってよ」

千代の海が、冗談めかしていった。

「いまさら、車から降りるんじゃないぞ」

車の中に、笑いがおこった。

貢は、寂しさをこらえていた。東京行きを楽しみにしていたのに、いざ出発となると心細さでいっぱいであった。

車は、千軒峠を越え快調に走る。

しばらくすると、貢の隣の力士が話しかけてきた。

「おまえ、おれのこと知ってるか？」

貢は、相撲に興味を持ったことがなかった。相撲取りの名前など知らない。正直に答えた。

「いえ、知りません」

「え？　おれのこと、知らないの。テレビで見たことない？」

「……」

「おい、稲さん、おれのこと知らないんだってよ。おれも、もう駄目だな」

そういいながら、力士は、腰をずるずるっと前にすべらせ、ずっこけてみせた。

車の中に、ふたたび笑いがわき起こった。

〈陽気で、明るい人だなぁ……〉

沈んでいた貢の気持ちが、やっと明るくなった。

千代の海が、後ろをふりむきながらいった。

「あのな、となりは、横綱の北の富士関だ」

「はぁ」

車のハンドルを握っていた稲さんこと、稲葉マネジャーがいった。

「横綱といっても、まだわからんかな？」

「はぁ」

貢の返事に、北の富士は、ふたたびとぼけた声をあげた。

「やっぱり、おれは、もう駄目だワ」

このとき、横綱北の富士は、七月場所で五回目の優勝を遂げたばかりであった。この年初場所後、玉乃島《たまのしま》（のち玉《たま》の海《うみ》）とともに横綱に同時昇進し、北玉時代への兆しをみせつつあった。

貢が乗る予定の飛行機は、函館十時十五分発、全日空八六四便であった。

機種は、フレンドシップF二七。四十席のプロペラ便であった。

フレンドシップ機は、天候不良のため、三時間近くも遅れてようやく函館を飛びたった。

貢は、生まれて初めて飛行機に乗ったことがうれしくてたまらなかった。羽田《はねだ》まで、眼を輝かせて窓の下をながめつづけた。

楽しさに、将来の不安などわきあがりもしなかった。

貢は、函館を飛びたって二時間十分後、羽田に降り立った。

その瞬間、湿気をふくんだような、ムッとする空気に眉をひそめた。

〈なんて暑いところだ……〉

しかも、空気には嫌な匂いが混じっている。

〈おれの町の空気とは、全然ちがう。なんか嫌なところに連れてこられた感じだ〉

写真やテレビには、匂いがない。予想もしていなかった、東京への第一印象であった。

貢は、タクシーに乗って、浅草《あさくさ》三丁目の九重部屋に向かった。

タクシーの中から見る東京は、まるで外国に来たようであった。が、貢は、東京の風景がめずらしくても、キョロキョロしなかった。田舎者に見られるのが恥ずかしかった。ぐっと顎を引いてじっと前ばかりを見ていた。

九重部屋は、新築の六階建てのビルであった。

九重親方は、一階にいた若い衆を集めて貢を紹介した。

「これ、秋元だから、みんな教えてやってくれ」

そのあとで貢は、若い衆の頭格《かしら》である同郷の幕下千代の海の紹介で先輩力士にあいさつしてまわった。

千代の海は、十両北瀬海より一年早い三十八年春の初土俵であり、部屋では横綱北の富士に次ぐ年長者であった。

貢は、兄弟子たちの体の大きさにおどろいた。福島中学時代は、クラスで一番体が大きかった。が、部屋では、下から数えたほうが早いほど体が小さかった。身長は、先輩力士に比べて、それほど見劣りしなかったが、体が細かった。

四年先輩で、やはり北海道出身の幕下北輝《きたひかり》（のち千代桜）は、貢の体を見て思った。

〈ちょっと、線が細い。太れるかどうかだな……〉

貢の同期は、貢の他にふたりいた。

北海道出身の酒井義信（のち力《ちから》の富士《ふじ》）と愛知県出身の小沢吉高（のち北登《きたのぼり》）であった。

酒井は、二十六年三月二十四日生まれの十九歳。小沢は、三十一年八月十一日生まれの十四歳であった。

貢と小沢は、台東区《たいとう》の浅草橋駅《あさくさばし》そばにある福井《ふくい》中学の三年と二年に編入した。

ふたりは、まだ中学生ということで、平日の朝は練習が免除された。

貢は、福島中学の恩師中村寛先生に一日の生活ぶりを手紙に書いた。

『まず朝は、六時ごろにおきて七時ごろまで部屋のそうじです。それが終わると七時二十分ごろです。そして学校へ行く用意をして七時四十分ごろ部屋を出て、バスや都電などに乗って十五分くらいで学校に着くんですよ。そして学校が始まるのが八時二十分です。そして終わるのが三時三十分ごろです。そして部屋に帰って四時になると部屋の掃除です。そして今度はゴハンの用意。(これは三人ぐらいずつの班をつくってやっています)。そしてゴハンを食べるのは七時ごろです。そして食べ終わるのが八時十分ぐらいです。そして後かたづけをし、終わると何もすることがないんですよ。(十時まで。十時になると電気を消すんですよ)。それで今、手紙を書いているわけです』

まだまだ中学生のふたりは、客扱いであった。朝食も、女将《おかみ》さんがつくってくれた。他の力士たちは、朝食がない。激しい練習の前に食べてしまうと、稽古ができなくなるからである。

が、日曜日は、朝の五時前から起きて他の力士たちと同じように稽古に励んだ。最初は四股とてっぽうと股割りを、とことんやらされた。基本中の基本であり、かつもっとも重要な訓練である。

九重親方が、みずからやってみせた。

「いいか、四股だって、簡単なもんじゃないんだぞ。一人前になるのに三年かかるといわれるほど難しいものなんだ。地下にいる邪悪なものを踏みつぶす意味もあるんだ」

貢は、何度も何度も四股を踏まされた。四股を踏むことによって、バランスを養い、筋肉を強化し、かつ柔軟性を養う。重心の確出と体重の移動法も知ることができる。体の中心がふらつくようでは、いい四股は踏めない。

「こら、ふらふらするんじゃない！」

「足をおろすときは、踵からおろすんじゃないぞ。爪先を、土にめりこますような感じで勢いよくおろすんだ」

「顎を引け、顎を」

一分もすると、もう汗が噴き出してくる。

てっぽうも、きつい。てっぽう柱の一メートルほど手前で、中腰でかまえる。

右手で突くときは、右足を出す。左手で突くときは、左足を出す。肘を曲げて突き、上体の重心をかけて押し返すのだ。

九重親方が、アドバイスした。

「いいか、これはな、相手がぶつかってくるのをしっかりと受けとめるためにやるんだ。相手の衝撃で自分の体勢が崩されたら、いけない。これをやると、相手の衝撃を受けても負けない、強い足腰ができるんだ」

簡単そうにみえるが、最初は、なかなかうまくできない。

「もっと、脇をかためろ！　腰を割って、もっと体重を乗せろ！」

貢の苦手は、股割りであった。

股割りは、股関節や体を柔軟にし、かつ筋肉を鍛えるための基本体操である。足を開脚して、座る。膝を伸ばしたまま、上半身を左右、前屈と倒す。上半身を押す人、右脚を押さえる人、左脚を押さえる人と、三人がかりで、拷問《ごうもん》のように押される。

「いててっ！」

容赦ない。

九月八日、いよいよ新弟子検査がおこなわれることになった。

十八歳以下は、身長百七十センチ以上、体重七十キロ以上。十八歳を超える者は、身長百七十三センチ以上、体重七十五キロ以上が合格基準であった。

ゆうゆうと合格基準に達していたのは、小沢だけであった。

貢と酒井のふたりは、検査の数日前から、胃が破裂するほど飯を食べさせられた。

酒井は、五月に上京し、七月の新弟子検査で一度落ちていた。暑さに負けて食欲が落ち、練習をつづけているうちに体重が落ちてしまったのである。

貢は、体重が合格基準に三キロ足りなかった。

当日の朝、千代の海が、おじやをつくってくれた。

貢は、おじやを丼で六杯食った。死ぬ思いであった。

酒井は、夏バテをしていた。三杯目をかき込んだところで、気持ちが悪くなった。食べたものが、胃の奥から逆流してきた。あわてて口を両手で塞ぎ、トイレに駆け込んだ。

貢と小沢は、酒井を置いて、蔵前《くらまえ》の国技館の検査場に先に行くことになった……。

ふたりは、蔵前国技館そばの相撲協会診療所にタクシーを乗りつけた。

タクシーを降りると、すぐそばを流れる隅田《すみだ》川のどぶ臭いにおいが鼻をついた。

貢は、あわてて鼻と口を両手で塞いだ。部屋を出る前に、丼で六杯ものおじやを無理やり胃袋に流しこんでいる。そのおじやが、逆流しそうであった。

一階の検査場に入った。部屋の両端に身長計測器と体重計が置いてあった。そのそばには、係の親方衆が立っている。

四十人近くの少年たちが部屋ごとにかたまり、心細そうな面持ちで自分の計測の番を待っている。

貢と小沢は、みんなと同じように浴衣《ゆかた》を脱ぎ、パンツ姿になった。

「秋元、ほら、あれ。あれを見てみろよ」

貢は、小沢に脇腹をつつかれた。

小沢の見ている方向に目を走らせた。痩《や》せた少年が、部屋の隅にいた。青い顔をして、一升瓶を何度も口にあてて何かを飲んでいる。

貢は、満腹で張りさけそうな自分の腹を思わず右手でさすった。

「水を、ラッパ飲みしてるんだ。体重が足りないんだよ」

測定が始まった。やがて貢も番号を呼ばれ、身長、体重と測定を受けた。

貢は、身長は、百七十七・五センチと軽く合格基準を上回った。

問題は、体重であった。合格基準の七十キロに、三キロも足りなかった。が、おじやを食ったおかげで、部屋で秤《はかり》に乗ったときは、わずかながら七十キロを超えていたはずだ。

〈あれから、体重が減っていなければいいが……〉

貢は、おそるおそる体重計に乗った。

針が70の数字の上を細かく上下に揺れると、やがて止まった。

係の親方が、いった。

「七十一キロ。合格！」

貢は、体重計から体をはずませて飛び降りた。

〈よし、合格だ！　やったぞ！　おじやサマサマだ〉

そのころ九重部屋では、貢や小沢といっしょに新弟子検査を受ける予定の酒井がうなだれていた。

部屋の体重計に乗っても、合格基準の体重を超えない。そのため、ひとりだけ部屋に取り残されたのである。

酒井は、子どものころから相撲取りになりたくてたまらなかった。両親も、大賛成してくれた。貢の場合と、まったく逆であった。

酒井は、覚悟していた。

〈おれは、もう十九歳だ。この検査に落ちたら、相撲取りになる夢はあきらめよう〉

酒井は、合格をなかばあきらめながら、それでもおじやを無理やり少しずつ胃の中に流しこんだ。

意気消沈《いきしょうちん》する酒井を励ましたのは、部屋の頭格である千代の海であった。

「どうせ、落ちてもともとじゃないか。まだ間に合うかもしれん。検査場に行ってみろ」

酒井は、蔵前の相撲協会診療所にタクシーを急がせた。

診療所に着くと、酒井は、検査場に飛びこんだ。

十九歳の酒井は、身長百七十三センチ以上、体重七十五キロ以上が合格基準であった。

身長計測係は、鏡山親方（元・横綱柏戸）であった。

酒井は、実際の身長は百六十九センチしかなかった。精いっぱい、背伸びをした。

鏡山親方が、声を張りあげた。

「百七十三センチ。合格！」

九重親方と鏡山親方は、親しかった。前もって「ウチの部屋で身長が足りないのがいくから」と目こぼしを頼んでいたのである。

酒井は、次に体重の計測を受けた。部屋を出るときに量《はか》った数字は、七十四キロであった。合格基準に、一キロ足りない。

酒井は、祈るような気持ちで秤の前に立った。

〈一キロぐらいだから、見逃してくれたらありがたい〉

体重計測係は、出羽海部屋の、ある親方であった。親方は、検査表を見ると薄笑いを浮かべながらいった。

「ほう、九重さんのところか。じゃあ、秤に乗って」

九重部屋は、出羽海部屋から破門のかたちで独立した部屋である。九重親方も、身長のときのように目こぼしを頼むわけにはいかない。

酒井は、おそるおそる秤に乗った。

針が止まったのを見ると、出羽海部屋の親方が、いきなり酒井の股間をパンツの上からギュッと握った。

酒井は、おどろいた。

〈い、い、いったい、なんだ?〉

止まっていた秤の針が、ふたたび揺れた。出羽海部屋の親方は、ふたたび秤の針の揺れが止まると、数字盤に顔を近づけていった。

「こりゃ、ちょっと足りんじゃないか」

かつて体重計測のときに、パンツの下に鉛《なまり》を隠していたものがいた。出羽海部屋の親方は、小柄な酒井の体を見て、何か誤魔化《ごまか》しをしているのではないかと疑ったのである。

酒井は、出羽海部屋の親方の言葉を聞き、あきらめて秤を降りようとした。と、そこに助け船が入った。春日野部屋の若者頭、津軽海《つがるうみ》であった。

「おい、あんちゃん、いい体してるじゃないか。ちょっとそこの流しで水を飲んできなよ」

酒井は、検査場を出て洗面所に走った。コップで水を八杯も飲んだ。死ぬ思いであった。

検査場にもどり、ふたたび秤に乗った。針は、七十五キロをわずかに超えて止まった。

部屋に帰ると、三人は、真っ先に三階の九重親方の部屋に行き、合格の報告をした。

九重親方は、三人を前にしていった。

「これで、おまえたちも、晴れて相撲取りの仲間入りだ。やっとスタート地点に立ったということだ。あとは、精進のつみ重ねだぞ。死んでも強くなりたい、死んでも上に上がりたい、そう思うやつしか、強くなれんし上にも上がれん。何事も三年先に実を結ぶと思って、稽古にはげむように」

番付登場

貢たちが新弟子検査に合格した夜、十時の消灯前に、一階の土俵脇にある上がり座敷で新弟子や序二段クラスが集まり話の輪ができた。

貢より一年先輩で北海道出身の大法海《たいほううみ》（高津隆世。のち不動山）が、三人の合格をよろこんだ。

「おれは、検査では苦労しなかったけど、秋元と酒井は大変だったんだなぁ」

やはり一年先輩で愛知県出身の鯱《しやち》の富士《ふじ》（服部敬太郎。のち富士晃《ふじひかり》）が、つづいた。

「おれも苦労しなかったけど、おれのときは一升瓶を二本も持って会場に来てたやつがおったもんな」

そこへ、二階の幕下や三段目クラスの大部屋から貢より三年先輩で北海道出身の千軒《せんげん》（福井信春。のち千代晃《ちよひかり》）と彗鳳《すいほう》（東孝志）が降りてきて、話に加わった。ふたりは、四十二年一月にできた九重部屋の一期生でもあった。

話題が新弟子検査についてと知ると、千軒が、自分の思い出を語った。

「おれは、七十五キロなきゃだめだったんだ。ところが、七十キロしかなかった。検査の日は、朝から豆腐を五丁も六丁も食わされたよ。豆腐は、飽きないからっていうんだ。

で、部屋を出るときは、おれも一升瓶に水を入れて持っていったよ。会場に行ったら、これまた、おれと同じような細いのがいるんだよな。その細いのが、ホースから水が噴きでるように、口からビューッと食ったものを吐き出しちゃったんだ。会場は、もう大騒ぎ。それ見たら、おれもあやうく吐きそうになったよ」

千軒の話に、貢は、腹をかかえて笑った。

千軒は、とぼけた表情でさらに話をつづけた。

「それでな、体重を量る係が、ウチの親方だったんだ。おれは、部屋を出るときは七十三キロしかなかった。二キロ足りなかった。で、おれが秤に乗ったらよ、親方が『どら、どら』といって、おれの腕をグッと摑んで下に押し下げるんだよな。それで『はい、七十九キロ～』ってなもんよ。そばにいた別の親方が、感心していたよ。『ははぁ、細くても、背が高いと体重があるもんだな』って」

みんなは、千軒の話に笑い転げた。

貢は、笑いがおさまると、千軒と彗鳳に訊いた。

「体重はなんとかなりそうですけど、身長は、急には伸びませんよね。背の低い人は、どうするんですか？」

彗鳳が、答えた。

「うん、背の低い人は大変だ。体重より、むずかしい。でも、方法があるんだ」

「え? 方法があるんですか」

今度は、千軒が答えた。

「ああ。まず、頭のてっぺんを、まな板とか風呂の上がり板で、パカーンとぶん殴る。でっかい、瘤《こぶ》をつくるんだ」

貢は、反射的に、右手で自分の頭をかばった。顔をしかめながら、訊いた。

「痛くないんですか?」

「そりゃあ、痛いに決まっている。それでも身長が足りないときは、頭にシリコンを注射するっていう話だ。高島《たかしま》部屋の大受《だいじゅ》(のち朝日山親方)さんなんかは、瘤の高さで合格したらしいよ」

彗鳳が、話をまとめるような形でいった。

「相撲取りは、太るのが商売なんだ。だから、飯をいっぱい食って大きくならなければいけない。大きくなれば相撲も強くなれる。おれたちなんか、入ったころは、ちゃんこをかきこんでいると、兄弟子が後ろに立っているんだ。『ごちそうさま』といって、おれたちが箸《はし》を置く。すると後ろの兄弟子からゲンコツだ。『もっと食え』といって、無理やりどんぶり飯をおかわりさせられたもんだ。だから、もともと食の細いやつにとっては、楽しいはずの飯の時間が地獄になるってわけさ」

新弟子検査から五日後の九月十三日、秋場所がはじまった。貢ら新弟子は、いよいよ初土俵を踏むことになった。

まだ番付に載らない彼らの取組は、前相撲とよばれる。前相撲は、本場所の二日目の朝九時ごろからおこなわれる。

この年は、新弟子検査に合格した三十七人が、初土俵を踏んだ。

初土俵では、相手に勝つと、つづけてもう一番相撲をとる。二連勝をして、一つの勝ち星とされる。二連勝を二回し、ふたつの勝ち星をあげると本中《ほんちゅう》にすすむ。本中とは、前相撲と序の口の中間の力士の地位をいう。

本中でも、同じようにして勝ち星をふたつあげると、次の場所から序の口として番付に載る資格を得る。この資格を得た者を新序という。さらに八日目までに新序に出世した者を一番出世、十三日目までに出世した者を二番出世という。

貢は、八日目の九月二十日、一番出世二十人の中に、十九番目でかろうじてすべり込んだ。

貢は、この日の幕下取組の途中、兄弟子から借りた化粧《けしょうまわ》廻しをつけて土俵にあがった。十九人の仲間とともに、出世の晴れ姿を披露した。

翌日の北海道新聞スポーツ欄の一番出世を報じる記事では、『秋元ら一番出世』と、貢の名が太い活字で見出しになった。

四十五年十一月二日朝、九州場所の番付が発表になった。

この日、貢は、九重部屋のマネジャー稲葉敏夫から、自分の分として割り当てられた番付を受け取った。

「おれの名前は、どこにあるだろう」

貢は、まだ墨の香りが匂ってくるような新しい番付を床の畳の上に置くと、四つんばいになって顔を近づけた。

「読みにくいなぁ」

なにしろ、字が小さすぎた。しかも、独特の相撲文字である。

「ちがう、ちがう。これも、ちがう。あっ、あった！　あった！」

貢の新しい四股名、「大秋元《おおあきもと》」という名前が、虫めがねを使わなければ見えないほどの小さな字で書いてあった。東序の口十枚目の位置であった。

貢は、その日さっそく、北海道の両親のもとに初めて自分の名が載った番付を送った。

父親の松夫から、すぐ返事が来た。

『次からは、すぐに四股名がわかるように印をつけて送ってくれ』

と書いてあった。

十一月十五日、九州場所の初日があいた。貢はこの日、片男波《かたおなみ》部屋の玉泉《たまいずみ》と対戦した。番付に載って、初めての取組である。

貢は、まだ、技も何も知らなかった。押すことと投げることしか知らない。入門した時に親方からもらった黒い木綿まわしがこなれてきて、まわしでできた股擦れの痛みがやっと消えかかるころであった。

玉泉は、身長百八十五センチ、体重百十キロの巨体であった。

〈でっけえ、やつだなぁ……〉

貢は、土俵にあがる前におのれにいいきかせた。

〈とにかく何も考えずに、思い切ってぶつかるだけだ〉

勝負は、無我夢中のうちに終わっていた。

気づいたら、相手より先に土俵をわっていた。黒星のスタートであった。

その翌日、福岡市千代栄町《ちよさかえまち》（現・博多区千代）にある九重部屋の宿舎法性寺《ほっしょうじ》に、故郷の福島中学時代の恩師中村寛から激励電報が届いた。

二十三日、貢は、中村に返事の手紙を書いた。

『拝啓
先生、お元気ですか。おれはあい変わらずです。文化祭は、ほんとうにごくろうさんでした。あまり男子が協力しなかったとのこと、残念に思います。

話は変わりますけど、十六日の日に電報が届きましたよ。激励の言葉、ほんとうにありがとうございました。よろこんでいるところです。そのおかげで初日から八日目までで三勝一敗というまああの調子です。

九州は、まだまだ暑さが続きそうです。北海道の福島はもう雪が降ったとのこと。とても寒いでしょうね？　自分のところの九州の方は、今シャツとパンツとステテコで毎日をすごしております。

東京へは、一日に出発する予定です。東京の住所は変わりません。部屋が新しいと気持ちの良いものです。

建物は六階建てですよ。一階はちゃんこ場とけいこ場と風呂場とおれたちの寝るところですよ。二階に行って、横綱の部屋と十両北瀬海の部屋と兄弟子の寝るところです。三階に行って親方の部屋と子供たちの部屋です。あと四階から六階までは全部マンションです。

東京に帰ったらすぐ学校に通います。

勉強の方は、自慢でないですけれど、全然わかりません。チョット慣れてきたら場所が始まって、全然わかりません。でも、やれるだけやってみます。

あと三日間の相撲、ガンバります。

では体には、気をつけて下さい。

このへんでペンをおきます。貢より』

貢は、結局この九州場所を、五勝二敗と勝ち越した。

その九州場所の最中のある夜のことであった。貢は、兄弟子たちの食事が終わったあとで、酒井と小沢とともに夕飯にありついていた。

　そこへ、九重親方が顔を出した。

「おっ、元気でやっとるか。どんどん食って大きくなれよ」

　三人は、声をそろえて「ハイ」と返事した。

　九重親方は、三人の顔をゆっくりと見渡しながらいった。

「ところでな、そろそろ、おまえたちにも、ちゃんとした四股名をつけてやらんとと思ってな。わしが、ちょっと考えてみたんだが、どうだろうか」

　三人は、箸を置いた。

「まず、小沢だ。おまえには、北登というのを考えてみたんだが、どうだ？　後援会が、この名にしてくれといっている」

　小沢は、自分は、親方に意見を述べる立場にはないと思った。

「はい、ありがとうございます」

　と答えた。

　九重親方は、次に貢の顔を見た。

「秋元は、これは、なかなかいいぞ。千代の富士だ。どうだ？」

　貢は、千代の富士という言葉を聞いた瞬間に気に入った。

〈いい四股名だ。千代の山の千代と、北の富士の富士を合わせた名前だ。ふたりの横綱の

四股名をもらえるなんて、これは、すごいぞ〉

ところが、九重親方は、すぐあとにすまなそうな顔をしてつづけた。

「でもな、おまえは、本当は二代目の千代の富士になるんだ。兄弟子の千軒や彗鳳や千代《ちよ》の菊《きく》（伝甫浩二。のち千代錦《ちよにしき》）の同期でな、大阪出身の宮本久夫というのがいた。なかなか素質があるやつで、わしも期待して千代の富士とつけた。だが、残念なことに、一年ちょっとでやめてしまった」

貢が、がっかりした表情をすると、九重親方はとりつくろうようにいった。

「しかしな、いい四股名だと思うだろう。おまえなら、この四股名に花を咲かせ実をみのらせることができるはずだ。期待しているぞ」

九重親方は、次に酒井を見た。

酒井は、親方が口を開こうとした瞬間、先に自分から言葉を発した。

「親方、じつは、わたしは、前々から考えている四股名があるんです。それをつけても、よろしいでしょうか」

「おう、自分で考えてるのがあるのか。なんていう名だ？」

「じつは、力の富士という四股名を考えてたんです」

「うむ、力の富士か。なかなか力強い、いい四股名だな。だが、なぜ力の富士なんだ？」

「わたしは、格闘技が大好きで、ずっと力道山《りきどうざん》のファンだったんです。その力道山の力と、うちの部屋の横綱から富士をとって考えました」

「そうか。力道山の力か。力道山は、わたしの親友だった。よし、わかった。四股名に負けないように、頑張れよ」

九重親方は、「北登に千代の富士か。力の富士か。よし、いいぞ」とひとりごとのようにつぶやくと、上機嫌でちゃんこ場を出ていった。

昭和四十六年の年が明けた。

初場所の番付には、三人とも新しい四股名で載った。

秋元貢こと千代の富士は、東序二段五十七枚目の位置であった。

千代の富士は、この場所も四勝三敗で勝ち越した。

九重部屋の横綱北の富士と十両北瀬海は、高砂《たかさご》部屋に出稽古にいくことが多かったが、たまには千代の富士も北の富士の胸を借りることがあった。

千代の富士は、相手がとうていかなわないであろう横綱であっても、かならず倒すつもりでぶつかっていった。

〈倒されてたまるか。こっちが倒してやる!〉

北の富士は、千代の富士に稽古をつけながら、並ではない素質に気づいた。

北の富士は、千代の富士の足腰の強さに、まず感心した。

自分の体を土俵際まで押させておいてから、そこで千代の富士の体を巻いた。つまり自分の体の左右に千代の富士を転がすのだ。たいていの新弟子は、あっけなく転がって土俵の砂だらけになる。

が、千代の富士は、やすやすと転ばなかった。体が傾き倒れそうになっても、なお足腰で耐えて起き上がった。

〈おっ！　こいつは、強くなるぞ。十両までは、まちがいなく上がれるやつだ〉

さらに、自分に向かってくるときの眼が気に入った。

〈まるで飢えた狼《おおかみ》が、獲物に飛びかかるときのような鋭い眼つきをしやがる。狼……。ウルフみたいだぜ……〉

第四章　快進撃、光と影

必死の慰留

「貢は、いまごろ、どうしてるべかねぇ」

秋元喜美江は、針仕事の手を休めると、そばにいる夫の松夫に話しかけるでもなくつぶやいた。

昭和四十六年二月はじめ、北海道は一年でもっとも寒さの厳しい季節をむかえていた。この日は、朝から小雪まじりの風が吹いていた。午後になり、風は急に激しさを増した。

秋元家の前から二百メートルほど細い坂道を下ると、津軽海峡が広がる。どんよりした重苦しい空の下で、どす黒い色をおびた海峡が荒れていた。

息子の貢が東京の九重部屋に入門し、すでに五カ月が過ぎていた。

この日のように風が激しく窓を叩く日は、喜美江は、息子のことが思い出されて仕方がなかった。

息子を東京に送り出してから、少しずつ相撲社会のことを知るようになった。相撲部屋に朝食がないということも、息子が東京に行ったあとで知った。いろいろなことを知るにつれ、後悔の念が湧いてくる。

貢が上京してから、何度となく息子の夢を見た。腹をすかしていないだろうか。怪我《けが》をしてはいないだろうか。病気をしてはいないだろうか。兄弟子たちに、嫌われてはいないだろうか。いつもいい夢ではなかった。玄関の戸が、ガタガタと鳴るたびに目が覚めた。

〈貢が、帰ってきたんじゃないか……〉

が、それは風が戸を叩く音だった。

松夫は、先ほどから新聞を読んでいた。が、喜美江のひとり言のようなつぶやきに、またか、といった表情をしながらも慰めるようにいった。

「どうしてるも何も、なんも心配することはねぇ」

松夫は、新聞を畳の上に置くと、居間の中央に置いてある薪ストーブに居去《いざ》った。

ストーブの燃やし口を開けると、熱さが顔を照らした。顔を後ろに引きながら、挟み火箸でストーブの奥の赤々とした薪を手前に寄せ、新しい薪をくべた。

松夫とて、口には出さないものの、喜美江と同じであった。夜通しのイカ漁による睡眠不足と、息子を思う気持ちで、何度となく胃の調子を悪くした。

松夫はストーブから離れ、卓袱台《ちゃぶだい》のそばに座り直すと、新聞を拾い上げた。

ストーブの中からパチパチと火の粉がはじける音がする。ストーブの上に乗せた薬罐《やかん》の注ぎ口から、白い湯気が噴き出はじめたときであった。

喜美江が、何かの気配に気づき、小さく叫んだ。

「おとうさん、誰か来たみたいだよ」

「……」

「貢が、帰ってきたんじゃないだろか」

松夫は、耳を澄ました。が、聞こえるのは、風の音だけであった。

「気のせいだ。風だ」

喜美江は、夫の言葉に浮かした腰を降ろしかけた。と、玄関先から、体に付着した雪を払い落とす音がする。

「おとうさん、やっぱり、貢だよ！　貢が帰ってきたよ」

喜美江は、居間を出ると、素早く玄関に降りたった。相手より先に、戸を開けた。

冷たい風といっしょに、雪が勢いよく玄関に舞いこんだ。

「小包です」

郵便配達員が、立っていた。

喜美江は、がっかりしながらみかん箱ほどの大きさの段ボール箱を受け取った。

送り主の名前は、黒いマジックで秋元貢と書いていた。

「おとうさん、貢が何か送ってきたよ」

喜美江は、大きな声でいいながら、居間にもどった。

奥の部屋から、貢の姉の佐登子も出てきていった。

「貢から？　なんだろう。早く開けてみて」

松夫が、封を開けた。何枚もの新聞紙に包まれた三つのかたまりが出てきた。

佐登子が、次々と新聞紙の包み紙を開いた。

プラモデルの戦車、ガラス瓶の中に船の模型が入った飾り物、それに浅草あたりで買ったらしい獅子頭の飾り物であった。

喜美江が、いった。

「新弟子なのに、よくまあ、こんなものをつくる時間があったねぇ」

「きっとまた布団の中に潜って、隠れてつくったんじゃないかな」

佐登子の言葉に、笑いがおこった。

松夫が、佐登子に同意するようにいった。

「昔から、ひとつのことに熱中すると、途中でやめることができなかった。おおかた、そんなところかもしれんな」

喜美江が、不安そうな表情でいった。

「でも大のプラモデル好きが、なんで大切にしてるものを送ってきたんだろう」

佐登子が、陽気な声でいった。

「きっと帰ってくるのよ。中学を卒業したら帰ってくる、という約束だったもの」

松夫も、うなずいた。

「うん、そうかもしれん」

家にいるときは、無口で、いるかいないかわからない息子であった。が、いざ東京に行ってしまうと、こんなにも寂しいものか、と思い知った。

娘の佐登子は、高校を卒業するや、四月から東京の松坂屋《まつざかや》デパート（現・大丸松坂屋百貨店）に就職が決まっていた。四月からは、夫婦ふたりきりの生活を覚悟していた。

ところが、九重親方との約束どおり、息子が帰ってくるかもしれない。

両親と姉は、貢の帰りを楽しみにした。

千代の富士が、九重親方に「北海道に帰りたい」と申し出たのは、実家に段ボール箱を送ってまもなくのことであった。

九重親方は、おどろいた。

「いったい、どうしたわけだ」

千代の富士は、親方に対しても、物怖《ものお》じせずにはっきりと自分の意見をいった。

「中学を卒業したら、北海道に帰らしてくれるっていう約束でしたから。そろそろ、おれ、帰りたいんです」

「約束といったってな、おまえは、もう立派な相撲取りなんだぞ。北海道へ帰るってことは、相撲をやめるってことか？」

「はい」

「稽古が、つらいのか」

「いえ、そういうんじゃ、ありません」

「じゃあ、どうしてなんだ。おまえは、去年の九州場所、今年の初場所と、連続して勝ち越している。順調に上にあがってるじゃないか」

「でも、東京に来る前に、親方と中学を卒業するまで、と約束しましたから」

「たしかにそういったが、いまさら帰って、どうするつもりなんだ？」

「おれも、自分なりに考えています。もう、荷物も送りました」

「送ったって、北海道へか」

「はい。あとは、旅費を送ってくれるよう、手紙を書くつもりです」

九重親方は、貢の手まわしのあまりのよさにあわてた。

「おいおい、ちょっと待ちなさい。わしも、おまえのお父さんに話したいことがある。ちょっと、上に来なさい」

千代の富士は、九重親方のあとから三階の部屋に上がった。三階には、親方とその家族たちが住んでいる。

親方は、三階の居間にある電話から、北海道にさっそく電話した。

秋元家には、電話がない。九重親方は、近所の西村三之烝宅に電話をかけて取りつぎを頼んだ。

「西村さんかい、ちょっと悪いが、秋元さんをよばってくれんかいね」

西村が、貢の父親を呼びにいっている間、代わりに電話に出たのは高橋房雄であった。

高橋は、貢の父親とは福島尋常高等小学校時代の同級生であり、九重親方の二級上であった。たまたま用事があり西村宅にやってきていた。

高橋は、ただごとでない様子に、九重親方に訊いた。

「時計屋の高橋だが、わざわざ電話だなんて、貢君が怪我でもしたのかい」

九重親方が、答えた。

「いやいや、じつは困ったことがおきたんだ。貢君が、突然、相撲をやめて北海道に帰るっていいだしたんですよ」

「まだ入門してまもないのに、それはどういうわけで」

「東京に来るときの約束だったから、というんだがね。なんとか、秋元さんに説得してもらおうと思って電話したんだ」

千代の富士は、九重親方の言葉を聞いているうちに、だんだん腹が立ってきた。

〈説得するなんていってるけど、どうして約束を守ってくれないんだろう〉

千代の富士は、幼いときから嘘をついたり約束ごとを破ることが嫌いであった。何事も、白黒をはっきりさせないと気がすまないたちであった。

九重親方が、千代の富士に声をかけた。

「貢、ちょっと電話をかわってくれ。時計屋の高橋さんだ」

千代の富士も、高橋のことは知っていた。父の使いで、イカや魚やワカメを何度か届けたことがあった。

受話器から、高橋の声が聞こえてきた。

「いったいどうしたんだ。親方が、心配しているぞ」

「……」

千代の富士は、腹が立っていた。一言もしゃべるつもりはなかった。

高橋が、つづけていった。

「何か理由があったら、はっきりいいなさい。わしから、親方にいってあげよう」

「……」

高橋は、千代の富士が中学校三年生であることを思い出した。同時に、地元の福島中学時代に陸上選手として活躍していたことも思い出した。

「もしかしたら、上の学校にいきたいんじゃないのか。高校で、陸上でもやりたいと考えているんじゃないのか。でも、陸上じゃ、飯を食っていけんぞ」

千代の富士の考えていたことは、高橋のいったとおりだった。

二月に入り、千代の富士は焦っていた。東京に来てから通っている福井中学では、二月をむかえ、クラスは高校受験の話題ばかりであった。クラスメートは、次々と願書を提出していた。

千代の富士は、高橋に自分の気持ちをいい当てられたが、それでも本心を打ち明ける気はなかった。

高橋は、説得の言葉をつづけた。が、千代の富士は、ついにひとことも口をきかなかった。高橋は、さすがに困りきった。

「わかった。もういいから、ちょっと親方にかわってくれ」

千代の富士は、受話器を親方に返した。

その日は、あいにく、千代の富士の両親は留守であった。

九重親方が、千代の富士の父親と連絡がとれたのは、それから数日後であった。

その間、千代の富士は、いっさい九重親方と口をきかなかった。こうと決めたら、簡単に意志をひるがえさないところがあった。

その日、千代の富士は、九重親方に呼ばれ、ふたたび三階にあがった。

九重親方は、なんとしても千代の富士を東京に引き止める気であった。

西村宅に電話し、千代の富士の父親を呼び出すと、必死で口説きはじめた。

「貢君は、素質がある。まちがいない。このまま東京に置いて、わしに預からせてくれんか」

松夫も、潔癖な人間であった。世話になっている九重親方に対して、すまない気持ちもあった。が、きっぱりと断った。

「しかし、わたしは、本人がこっちに帰りたいといっているのなら本人の希望通りにしてやりたい。最初の約束のこともあるし、家内も娘も、貢が帰ってくる、と大よろこびなんです」

が、九重親方は、引き下がらない。

「わしも、たくさんの弟子を見てきているが、ちょうどいまごろは里心がつくころなんだ。母親の顔を見たい時期なんだ。旅費はこちらで持たせてもらうから、奥さんとふたりで上京して、貢君を説得してくれないだろうか」

「ありがたいお話です。しかし、親としては、子どもがかわいい。東京へ出るとなると、連れて帰る覚悟でいきますよ」

「それは困る。絶対に困る。だが、秋元さん、わしは、ひとつ気になることがあるんじゃ。貢君は、ほんとに相撲が嫌いになって帰るんじゃないと思うんだ。勝負に勝ったときの顔を見ると、なんともうれしそうな顔をしとる。この前、時計屋の高橋さんとも話したんだが、高校に行きたいというのが本心じゃないかな。もしそうだったら、相撲をやりながらでも高校に行ける。こっちの高校に入っておいて、北海道に帰りたくなったら転校すればいい。おとうさんから、貢君の本心をきいてくれませんか」

千代の富士は、九重親方にうながされて、電話を代わった。

懐かしい父親の声が耳に飛びこんできた。

「いったい、どうしたんだ。つらいことでもあるのか」

「いや」

「誰か、いじめるのか」

「いや」

「何が不服なんだ。人さまの電話だし、長距離電話をしていると迷惑もかかる。はっきり、いいなさい」

千代の富士は、松夫に本心を打ち明けた。

「おれ、高校に行きたいんだ」

「それが、おまえの本心なんだな」

「うん」

「よし、わかった。じゃあ、親方に代わりなさい」

松夫は、千代の富士の本心を九重親方に伝えた。

九重親方は、そばの千代の富士の顔を見ながら、松夫にいった。

「おとうさん、わしに、任してください。貢君の、希望どおりにしてあげましょう」

これまで新弟子の中で、高校に行きたいと申し出たのは、千代の富士が初めてであった。

九重親方には、千代の富士の気持ちはよく理解できた。親方自身、じつは、旧制中学へ進学したかったのである。副級長をつとめるほどに勉強がよくできたが、小漁師の息子である。経済的余裕がなかった。父のあとを継いで漁師にならざるをえなかった。

千代の富士は、昭和四十六年四月から、九重親方のはからいで、中野区東中野にある明治大学付属中野高校に通うことになった。

千代の富士は、高校進学を前に、頭を丸坊主に刈った。相撲部屋の新弟子特有のざんばら髪は、高校では許されないからだ。

部屋のある浅草から、学校のある東中野までは、地下鉄と国鉄を乗り継いでまる一時間強かかる。

始業時間に間に合うためには、部屋を七時半には出なくてはならない。

九重部屋では新弟子の稽古は朝の五時半過ぎから始まった。千代の富士は、ほんの小一時間しか稽古ができなかった。準備運動、四股、股割り、てっぽうをこなすと、もう出かける用意をしなければならない。兄弟子の胸を借りてぶつかり稽古はできない。

ましてや、新弟子の当番制になっている稽古後のちゃんこの準備もできなかった。途中で誰よりも早く稽古を切り上げると、あわただしく風呂場にかけこんだ。相撲部屋の規則により、兄弟子より先に風呂の湯を使うことは許されない。

体についた砂と汗を、シャワーであわただしく洗い流した。

ゆっくりと食事をするひまもなかった。

千代の富士は、学生服を着、帽子を被り、鞄《かばん》を持つと、九重部屋を飛び出した。すべて親方の夫人に買いそろえてもらったものであった。

高校にいる時間は、部屋にいないので、当然新弟子がしなくてはならない仕事からは解放された。

新弟子は、かならず兄弟子、もしくは親方の付き人として四六時中、彼らのそばに待機していなくてはならない。彼らがいいつける用事をこなさなくてはならないのである。

自分が自由に使える時間というようなものは、眠るときとトイレに入るときくらいしかない。この束縛感が、じつにきつい。

そのことに比べれば、掃除、洗濯、食事の準備などの肉体的雑用は、少しも精神的圧迫感を与えないだけ、楽なのである。

千代の富士は、他の新弟子たちに比べると、少なくとも学校へ行っている時間は、自由であった。

そのことで、まだ褌《ふんどし》かつぎの地位の者の中には、千代の富士に妬《ねた》みを持つ者もいた。千代の富士が、夕方学校から戻ってくる。すると、あきらかにうらやましそうな眼をしている仲間がいる。

ともすると、そんなときは、うらやましがっている者に対して、ご機嫌うかがいするような、偽の笑顔をつくろったりしがちである。こちらが何か悪いことでもしたかのような態度をとったりする。

が、千代の富士は、悪びれたりしなかった。また偉ぶったりもしない。自然にふるまっていた。

「ただいま帰りました」

親方に大声であいさつをして、新弟子のすべき仕事をさっさとこなした。

ぐずぐずしているのは好きではなかった。それでなくても、風当たりが強いのだ。ぐずぐずしていると、何をいわれるかわかったものではない。

なにごとも、素直であった。兄弟子に変に突っ張ったりもしないから、かえって兄弟子たちは、千代の富士の歯切れのいい行動を頼もしく思った。

千代の富士は、率先《そっせん》して仕事をやった。

笑いながら、淡々とちゃんこ番の仕事などをこなしていく千代の富士を見ていて、先輩のひとりは、むしろあきれた。

「大した度胸だよな。ふつうは怖じ気《おけ》づくものなのに、平気な顔をしている」

稽古は、厳しかった。兄弟子たちを見ていると、そのまた上の兄弟子に徹底的に鍛えられている。

疲れ切ってほとんど顎《あご》が上がっているというのに、まだまだ、といって兄弟子は、なかなかやめさせてはくれないようだ。

千代の富士は、考えた。

〈おれは、学校に通っているからみんなより練習時間が少ない。だからといって、負けてへらへら笑っているのは、絶対にいやだ。そんなのは、負けたやつのいいわけだ〉

千代の富士は、少ない時間で、より効果的な稽古をすることに徹した。

それには、他の連中がやっている稽古を観察するに越したことはない。

千代の富士は、四股を踏んでいるときも、てっぽうの稽古のときも、睨《にら》みつけるように兄弟子たちの稽古を見た。自分が兄弟子たちと三番稽古をしているような気持ちで見つづけた。

昭和四十六年五月九日、蔵前国技館で夏場所がはじまった。

五日目、横綱大鵬は、小結貴ノ花に敗れた。貴ノ花はこの年、長男勝（のち若花田《わかはなだ》改め若乃花）の誕生で張り切っていた。力の限界を知った大鵬は、翌日笑顔で引退を発表した。三十二回の優勝という大記録を残した引退であった。

さらに、この夏場所で、北の湖が十七歳十一カ月という史上最年少で、十両入りした。横綱北の富士は、この場所で、初の全勝優勝を遂げた。

千代の富士は、三月場所に西序二段三十八枚目の位置で四勝三敗と勝ち越していたが、この場所も、西序二段十九枚目で、四勝三敗と勝ち越した。

七月場所では、西序二段五枚目まで上がった。

故郷福島町で巡業がおこなわれたのは、それからまもなくのことであった……。

初帰郷での誓い

昭和四十六年八月七日午後四時過ぎ、江差・松前線渡島福島駅行きの貸切列車が、ゆっくりと函館駅をすべり出た。

列車は、大相撲北海道巡業一行の貸し切りであった。この日、函館市大森《おおもり》町の慰霊堂前広場での興行を終え、翌日の巡業地松前郡福島町に向かうのである。

千代の富士も、この巡業に参加していた。一年ぶりの帰郷に胸がおどった。

〈早く、みんなに会いたいなぁ……〉

江差・松前線は、函館をたつと、津軽海峡を左手に眺めながら、渡島半島の南端をぐるりと弧をかくように走る。それは、途中の木古内《きこない》駅で江差線と松前線のふたつに分かれた。江差線は木古内駅で北へ折れ山中を横断するが、松前線は木古内駅からさらに南下し、海峡に沿って北海道の最南端まで下る。さらに、そこから大きく右に曲がり、今度は日本海に沿って北上し松前に至った。千代の富士の故郷福島町は、木古内から松前へ向かう途中にあった。

列車は、函館を出ていくつかの駅を過ぎると、やがて湾岸に寄りそって走った。彼は、心地よい風に汗ばんだ顔をさらしながら、津軽海峡に目を放った。早くも集魚灯をぶらさげた船が、いくつか浮かんでいる。イカ釣り船だ。なつかしい風景に、ついつぶやいた。

「ふるさとに帰ってきたんだなぁ……」

列車は、二時間ほどで渡島福島駅に着いた。力士たちは、福島興行での勧進元であるカネヒラ水産社長平野吉松や岡本病院院長岡本寿一らの手配で、次々と旅館や民家へと散った。

千代の富士は、この夜は、実家に泊まることを許されていた。が、すぐには、実家に向かわなかった。

町の中心部にあるときわ旅館に、福島中学時代の恩師中村寛を訪ねた。

中村は、ときわ旅館の一室に下宿していた。この夜、中村の部屋には、千代の富士のために中学時代の友人が集まり歓迎会がひらかれることになっていたのである。

千代の富士は、まわしの入った風呂敷包みを持ち、矢車模様に九重と染めぬかれた浴衣姿であった。くたびれたさらし帯と歯のすっかり擦り減った下駄が恥ずかしかった。が、それよりもみんなに会いたい気持ちが強かった。

ときわ旅館一階中程の中村の部屋に入るや、いっせいに拍手が起こった。

吉田隆悦、坂口稔、高森みどり、花田陽子、室田規子、戸根谷鎮子ら十一人のクラスメートが待っていた。

ジュースとお菓子を持ち寄ったささやかな歓迎会であった。が、千代の富士はうれしくてたまらなかった。

中村は、一年の間に、さらに逞《たくま》しさを増した千代の富士に目を細めていった。

「だんだん、相撲取りらしくなってきたんじゃないのか。体だって、大きくなったろう」

千代の富士は、照れながら答えた。

「まだまだですよ。高校に行ってるから、まだ髷《まげ》だって結ってないし」

中村は、千代の富士が東京に行ってから、何度も手紙のやりとりをした。学校時代は、作文を書くことなど大の苦手だったのに、便箋に何枚もの文章を書いてきた。中村は、千代の富士の手紙を読むたびに、思ったものだ。

〈貢は、友だちや両親と別れて、人恋しくてたまらないんだろうなぁ〉

クラスメートたちは、千代の富士に次々と質問を浴びせた。

一日の生活のこと。ちゃんこのこと。稽古のこと。東京のこと……。

彼は、みんなの前で股割りを披露してみせた。

坂口稔が、素《す》っ頓狂《とんきょう》な声をあげた。

「すげぇな。貢は、そんなに体が柔らかかったんだっけ？」

「一年もしぼられれば、たいていは出来るようになるよ。無理やり体を押されるんで、最初は死ぬかと思ったよ。内股が内出血して青く腫《は》れる人もいるんだ」

集まったみんなにとって、彼の話題は興味とおどろきに満ちていた。

千代の富士が、塩釜にある実家に着いたのは、午後九時をまわっていた。

一年ぶりの両親との再会であった。

母親の喜美江は、まず何よりも彼の体の心配をした。

「目が腫れぼったいけど、体は大丈夫か？」

「朝が早かったんだ。明日も早く起きて出ていくから」

「早いって、何時だい」

「五時前には、出ていく。朝の稽古もあるし、いいちゃんこ場も確保しておかなけりゃいけないんだ」

「毎日、そんなに朝が早いの？」

「うん。本当は、もっと早い。明日は、朝めしはいらないからな」

新弟子や若い力士たちにとって、巡業はもっともつらいことのひとつであった。巡業地に着くと、彼らは、翌日の興行の前に、まず場所取りのためにわれ先にと会場に走る。

関取のまわしや着替えなどが入っている専用の行李《こうり》、つまり明荷《あけに》を置く場所を確保したり、他の関取よりもいいちゃんこ場を確保するためである。

いいちゃんこ場というのは、土俵にも水場にも近く、トイレに行くにも便利なところなどである。夏には、風がよく通る涼しいところだったり、秋や春の寒いころだと陽が当たり暖かいところだったりもする。

横綱は最上席、大関は次にいい場所、と暗黙の了解がある。が、基本的に場所取りは、早い者勝ちである。若い衆は、場所を決めるとチョークで大きく自分の部屋の名前を書いて場所を確保する。

翌日の興行当日になると、若い力士たちは、朝の四時には会場に行く。相撲協会巡業部専属の大型トラックから、テントや食器、包丁、鍋などを入れたちゃんこ箱などをおろす。前日に確保していた場所にテントを張ったり、明荷をひろげて関取衆がやってくるまでに準備を整えておく。

また、強くなりたいものは、自分たちが稽古する土俵も早い者勝ちで確保しなければいけない。土俵がひとつしかないため、誰よりも早く会場にこなければ土俵を先取りされてしまうのである。

午前八時を過ぎたころから、十両、幕内力士たちが土俵にあらわれる。

彼らは、激しい申し合いや三番稽古をこなす。いつもと違う相手と稽古ができる巡業は、本場所に向けての格好の修練の場なのである。

昼前ごろから取組がはじまり、興行が終わるのは、午後三時過ぎである。若い力士たちは、後片づけをし、荷物をトラックに積み込む。午後四時ごろに、次の巡業地に移動する。

この繰り返しに、若い力士たちは、睡眠不足と仕事や稽古の疲れで、へとへとになってしまうのだ。

この夜は、松夫も、喜美江も、ひさしぶりに会った千代の富士に訊きたいことが山ほどあった。東京での暮らしのこと、相撲の社会のこと。四月から上野松坂屋で働きだした娘の佐登子のこと……。

が、それは、あきらめた。千代の富士から明日の予定を聞き、少しでも早く休ませようと思ったのである。

千代の富士は、翌朝四時すぎに目を覚ました。支度をすませ玄関を出ようとすると、喜美江が千代の富士の身なりをみて声をかけた。

「なんか、みすぼらしい格好だねえ。帯と下駄、買ってやろうか」

彼は、答えた。

「いや、だめなんだ。まだ下っ端は、この帯に決まってるんだ。履物だって、番付の位置によって履くものが、ちゃんと決まってるんだ。おれたちは下駄。三段目にあがると、雪駄なんだ」

それでも、喜美江は、納得できないような情けない顔をした。

彼は、母親を安心させるように、いった。

「そんな顔をするなよ。今度帰ってくる時は、絶対に雪駄を履いてきてみせるから」

千代の富士と喜美江のやりとりは、隣の居間にいた松夫にも聴こえた。

松夫は、高校に通いながら相撲をつづけている息子の将来を案じていた。いずれは、相撲をつづけるのかやめるのかの結論を出さねばならない日がやってくるだろう。選ぶ道は、あくまで息子に決めさせるつもりでいた。が、息子の考えも知りたいところであった。

しかし、たったいま聴こえてきたふたりの会話で、確信を持った。

〈ああいうことをいうからには、相撲一本でいく気になったに違いない。とうとう相撲界の人間になってしまったんだ……〉

福島町にやってきた巡業の一行は、横綱北の富士、大関大麒麟《だいきりん》（のち押尾川《おしおがわ》親方）、大関琴桜《ことざくら》（のち佐渡ヶ嶽《さどたけ》親方）を看板とする班であった。この日、福島巡業の会場である福島大神宮には、二千五百人を超す大観衆が集まった。

早朝の稽古が終わると、昼前から、序の口、序二段、三段目……という順で取組が始まった。

千代の富士は、父親や知人たちの前で土俵にあがった。

〈いっちょう、いいところを見せてやるぞ！〉

福島中学校時代の恩師中村寛も、福島大神宮に駆けつけた。

千代の富士は、勝ち抜き戦で、三人つづけて土俵の外に投げ出した。

会場には、大きな拍手が沸き起こった。

中村は、意気揚々と土俵を降りる千代の富士をながめていた。と、土俵を降りた千代の富士が、どこの部屋かわからぬ若い親方らしき者に、ひしゃくで頭を叩かれるのが見えた。

前夜、千代の富士は、自分の前では、つらいことなどない、といった。が、頭を叩かれる千代の富士を見て、中村は思った。

〈昨夜は口に出さなかったが、やはりいろいろと厳しいことがある世界なんだろう〉

そう思いながら、釈然としない怒りもわいた。

〈しかし、なんで千代の富士が頭を叩かれなきゃいけないんだ！〉

中村には、千代の富士が叩かれる理由がわからなかった。おおかた、ひねくれ者が「あまりいい格好をするな」とでもいって叩いたに違いない。

中村は、心の中で千代の富士を励ました。

〈貢、そんなこと気にするなよ。くだらんいじめに負けるなよ〉

午後三時過ぎ。この日の興行も、とどこおりなく終わった。

千代の富士は、後片づけを終えると、仲間の若い力士らと福島大神宮下の国道で、次の巡業地へ向かうためにバスを待っていた。

そこへ、誰かが自分を呼ぶ声が聞こえた。

「貢さーん、何してるの」

彼は、自分が先ほど下ってきた坂道を振り返った。金谷キクエであった。

金谷は、大正七年生まれの五十二歳であった。秋元家とは、千代の富士が生まれる前から親しくしていた。

金谷は、彼のそばまで駆け寄ると、汗をふきふきふたたび訊いた。

「何か、待ってるのか?」

「相撲協会のバスを待ってるんだ。明日は江差の松の岱《だい》グラウンドだから、今日のうちに江差に行ってしまうんだ」

「バスは、どっちの方から来るバスだ?」

「木古内」

「木古内の方から来るなら、ここに見張りを立てておけば、だいぶ先からバスが来るのも見えるよ。時間があるなら、こんなに暑いところで待ってなくて、どっか日陰で休んだらいいよ。そうだ、何か冷たいものをご馳走《ちそう》するから、貢さんの友だちも連れて来たらい
い」

「でも、もしバスに乗り遅れたら、たいへんなことになる」

「なーに、すぐ用意してあげるから心配しなくていいよ」

金谷は、そういうと、貢の返事もきかないうちに、すぐそばの友人の家に飛びこんだ。

「福原さん、いるかい。あのね、これから相撲取りが来るから、家を貸してちょうだい。あとみんな暑くて往生《おうじょう》してるから、西瓜《すいか》とか氷とかジュースとか、貸してちょうだい。あとで返すから、手配たのむよ」

貢は、金谷の様子をながめていたが、彼女の手招きに応じてそばにいた先輩の滝沢《たきざわ》（滝沢和彦。のち影虎《かげとら》）と同期入門の力の富士らを誘った。

彼らは、用意された西瓜にむしゃぶりついた。

そのうち貢は、金谷に肩を叩かれた。

「ちょっと、ちょっと」

貢は、滝沢や力の富士から離れると、いった。

「おばちゃん、なに？」

「貢さん、わたしの家に新しい浴衣があるよ。帯だって、いいのがあるから、よかったら持ってくるよ」

貢は、家で母親にいわれたことと同じことをいわれた。

〈ははぁ、女の人っていうのは、おんなじようなところに気づくんだなぁ〉

そう思いながら、貢は、母親にいったことと同じことを説明した。

「これ、兄弟子からもらった浴衣なんだ。人から立派な物をもらっても、パッパッと新しいものばっかり着てられないんだ。帯も、番付の位置によって種類が決まってるんだ」

「なんだ、そうなのかい。それなら仕方がないねぇ。でもいつになったらちゃんとした着物を着れるの」

「三段目になったら羽織が着れるようになるし、幕下になったら外套《がいとう》も着れる。博多帯だって締めることができる。それまでは、年中こんな浴衣さ」

千代の富士の言葉に、金谷はあわれむような表情を浮かべた。

「それなら、あの雪駄もかい。相撲取りが歩くと、チャリッチャリッとかっこいい音がするよねぇ。あれも駄目なの」

「雪駄も三段目にならないと駄目なんだ。おれのような序二段は、まだ冬でも素足に下駄。足袋《たび》も履けない」

金谷は、相撲界のしきたりを興味を持って聞いた。

やがて千代の富士たちは、バスが来たという報《しら》せに、福原家を飛び出ていった。

この年、千代の富士が加わっていた巡業の班は、八月十五日の旭川市立体育館で、北海道巡業を終了した。

彼は、旭川での巡業が終了すると、青函連絡船で本州に渡るために、函館までもどってきた。

が、すぐには船に乗らず、ふたたび福島町に立ち寄った。

巡業が終わり帰京する途中、出身地近くを通る場合、力士たちに一日、二日の休みが与えられることもあるのである。

彼は、東京に帰る前に、ふたたび金谷キクエの家をたずねた。

金谷は、突然の彼の訪問をよろこんだ。

「わざわざ寄ってくれたのかい。さあ、さあ、あがりなさい」

ところが、彼は、いつもの様子ではなかった。

「貢さん、何かあったのかい。遠慮しないで、何でもいってみたらいいよ」

彼は、金谷の言葉に、意を決したようにいった。

「おばちゃん。おれ、腹を立ててるんだ」

「どうしたの。何に腹を立ててるの」

彼は、金谷をにらみつけていった。

「おばちゃんのせいだよ。おばちゃんが、よけいなことをするから、おれ怒られたじゃないか」

「怒られたって、いったいなんのことよ」

「この前の巡業のときに、いろいろとご馳走してくれた。あのことだ」

金谷も、貢の喧嘩腰の言葉に腹が立ってきた。

「なんで、ご馳走して、貢さんに怒られなきゃならないんだ。なんで、そんなに食ってかかるんだ。あのときは、氷はどこだ、西瓜はどうしたって、みんなで大騒ぎして世話してやったんだよ」

「でも、兄弟子に怒られた。バスを待ってなきゃいけんのに、おまえたちだけで何をしてたんだ、って散々怒鳴られた。おれ、バスの中で腹が立って腹が立って、眠れなかった」

金谷は、理由を聞くと、千代の富士のことが急にほほえましくなった。

が、あくまで厳しい表情を変えず、千代の富士を挑発した。

「殴られたのか、怒鳴られたのか、わたしは知らないよ。でもね、千代の富士さんが、わたしに腹を立てるのは見当違いってもんだ。悔しかったら、その悔しさを相撲にぶつけてみたらどうだい！　眠られないくらい悔しかったら、その悔しさを、その兄弟子にぶつけたらどうだ。よーし、いつかおまえのことを追い越してやるぞ、って。そのくらいの意地を見せてみな。それが、男だろ」

「……」

「男のくせに、わたしなんかに悔しさをぶつけて、だらしないじゃないか。その意地を、勝つ意地に変えてみたらどうだ」

彼は、最初の剣幕はどこへやら、すっかり下を向いてしまった。

金谷は、彼の根性を試そうと、さらにひとこと追加した。

「ふん！　男のくせにだらしない」

彼は、金谷の言葉を聞いているうちに、まったく金谷のいうとおりだと納得した。自分が恥ずかしくてたまらなかった。

やがて彼は、下を向いていた顔をあげた。

「おばちゃん、ごめん。おれが悪かった」

「わたしのいうことが、わかってくれたのかい」

「うん」

「でも、悔しいという意地だけは忘れたら駄目だよ」

「わかった。忘れない」

そういうと、彼は、すっきりした顔でつづけた。

「おばちゃん、今度来るときは、おれ絶対に雪駄を履いてくるからな」

金谷は、うれしくなっていった。

「おっ、いったな。ちゃんと聞いたぞ」

「うん、いったよ。なんか、おれ、元気が出てきた」

彼は、しばらくして、金谷の家を出た。

金谷は、貢を見送りながら小さいころの彼の姿を思い出した。

彼は、父親が珍しい魚を釣りあげると、父親にいわれてその魚を届けに来てくれた。恥ずかしがり屋で、金谷に声をかけることもできず、玄関の入り口のところに黙って届け物を置いて帰るような子だった。それが、今日はわざわざ文句をいいにやってきた。金谷は、それがたのもしかった。しかも、この日の態度に感心した。

〈あの子は素直だし、気持ちの切り換えが早い。負けん気もある。絶対に強くなる子だよ〉

幕下への快進撃

千代の富士は、東京に戻ると、この四月から上野松坂屋の玩具売り場で働きはじめた姉の佐登子をたずねた。

佐登子は、台東《たいとう》区台東一丁目にある櫻井昭男宅に下宿していた。櫻井は、貢の母方の親戚であった。

彼は、姉が上京してからは、たびたび櫻井宅を訪ねて姉に会っていた。故郷を遠く離れ、東京にふたりきりの姉弟である。彼にとっても佐登子にとっても、たがいの存在は心強いものであった。

彼は、佐登子に会うと、北海道の両親のことや知人の近況を伝えた。

ひとしきり懐かしい話がつづいたあとで、彼が、思いつめた表情で佐登子にいった。

「姉ちゃん、おれ、じつは高校をやめようと思うんだ」

「えっ、どうして？　あんなに高校に行きたい、行きたいといって入学したばっかりじゃないの」

これまでも、佐登子は、相撲と学校との両立が難しいという話を、貢から時々聞いたことがあった。が、佐登子の励ましに、頑張るから心配するな、といって帰っていたのだ。

が、この日は、めずらしく弟らしくない弱音めいた言葉を吐く。

佐登子は、心配になって訊いた。

「学校やめて、北海道に帰る気なの？」

「いや、違う。おれ、相撲一本に専念したいんだ」

「あんなに、相撲は好きじゃないっていっていたのに、どうしたの……」

千代の富士は、心変わりの理由を説明した。

「うん、最初はそうだった。でも最近は、相撲がおもしろくなってきたんだ。どんどん勝って、上に上がっていくのが、おもしろいんだ」

千代の富士が高校に入りたいといったのは、そもそも陸上をやりたかったからである。が、明大中野高校に入学してみると、すでに相撲部への入部手続きがすまされていた。たとえ相撲部で活躍しても、すでにプロの身分だ。高校の大会には、出場できない。大会に出場して試合に勝つという目標があるなら、まだ気持ちの持ち方がちがう。これでは、部屋で稽古をするかわりに高校に行って稽古をしているようなものだ。

勉強の方も、巡業、巡業であまり学校に行く時間もない。

千代の富士は、考えに考えたうえで結論を出した。

「このままなら、どっちも中途半端になりそうな気がするんだ」

佐登子は、じっくりと弟の気持ちを訊いたあとでいった。

「北海道で、とうさんや、かあさんにも相談してきたの」

「いや心配するといけないから、いってこなかった」

「そう。もし、本当にその気なら、わたしからいってあげてもいいわ」

「おれ、本気だよ。だから、かあさんにも、来年は雪駄を履いてきてみせる、っていってきたんだ」

雪駄を履くというのは、三段目に上がってみせるということである。

「本当に本気なのね。間違いないのね。後悔しないのね」

千代の富士は、念を押す姉の言葉にきっぱりと答えた。

「うん。おれ、これからは相撲一本でいくつもりだ」

千代の富士は、佐登子の下宿を出た。

迷いが振っ切れた、晴れ晴れとした気持ちだった。

千代の富士は、浅草三丁目の九重部屋に向かった。これまで心配をかけてきた親方やおかみさんにも、はっきりと自分の決心を伝えなければいけない。

〈もう、おれは、何があっても引き返すことはできないんだ……〉

昭和四十六年の秋場所は、九月十二日からはじまった。千代の富士は、西序二段二十五枚目の位置であった。ここで頑張れば、十一月場所は三段目に上がれる位置だ。雪駄を履いてもいい位置だ。これまで以上に、気持ちが張った。

その気持ちが、取組に出た。三連勝でスタートを切り、結局、五勝二敗と勝ち越した。

千代の富士は、十月から国技館内にある相撲教習所に通うことになった。

新弟子検査に合格した者は、かならずこの教習所に通い、相撲の基本や教養科目を勉強しなければいけない。教習所に通う期間は六カ月である。巡業で地方に行っているときは、休みになる。これまでは、高校に通っていたため教習所に通えなかった。同期の者よりも遅れて教習所に通うことになった。

教習所は、朝七時からはじまった。各部屋から、まだぎごちない浴衣姿で、新弟子たちが下駄を鳴らしてやってきた。ざんばら髪の者もいれば、まだ短い髪の者もいる。千代の富士は、髪を伸ばしはじめたばかりである。彼らのほとんどが、千代の富士より年下である。歩くたびに浴衣がはだけるのか、何度も前を直している者もいる。まだまださまにならない者ばかりだ。

千代の富士は、その姿を見て、思わず苦笑いした。

〈まるで、修学旅行で旅館に泊まった中学生というところだな。おれも、最初は、あんな感じだったのかなぁ〉

七時からの稽古は、土俵の上で、四股、股割り、仕切り、てっぽう、立ち合いと基本を教わることからはじまった。

千代の富士は、すでに部屋の稽古で仕込まれていることだった。余裕をみせながら稽古をした。

実技が終わると、十時から十一時まで教養講座の授業を受けた。

相撲史、国語（書道）、一般社会、詩吟、運動医学、生理学という科目を一日に一科目ずつ学ぶのである。

授業が終わると食堂で食事をすませ、それぞれ自分の相撲部屋に帰る。

千代の富士は、遅ればせながら、やっと本格的な力士生活のスタートを切ったのである。

　このころになると、千代の富士も、すっかり九重部屋の家庭的な雰囲気に慣れていた。ちゃんこ番の仲間に他の部屋の様子を聞いても、九重部屋の待遇がいいことを知った。ちゃんこのおかずからして、違うという。九重部屋には、横綱で、しかも人気者の北の富士がいる。贔屓《ひいき》筋からの、差し入れが多かった。とくに巡業などの時に、差が出た。ある部屋の力士は、自分の部屋と九重部屋を比べていっていた。

「おれたちの部屋のおかずがハムとすれば、九重部屋は牛肉だ。そのくらいの差があるなあ」

　ちゃんこの量も、豊富だった。他の部屋の新弟子仲間は、ぼやいた。

「飯を食おうと思ったら、鍋の底に残り滓《かす》しかないんだよ」

　が、九重部屋の力士は、誰もそういう経験をしたことがなかった。

　ちゃんこ部屋には、いつもビールと日本酒が積まれてあった。日本酒メーカーとビールメーカーが、後援会に入っていた。飲むのは、自由であった。

　九重部屋が家庭的な雰囲気だったのは、新興部屋で、古いしきたりにしばられないということが、ひとつの理由であった。

　しかも、九重親方の人間性や、北の富士の人間性によるところも大きかった。

　そもそも九重親方という人が、じつに懐が大きい親方であった。

昔は、昼間からどんぶりで日本酒を飲んでいたほどの酒好きであった。

そのころも、陽が沈み、たそがれどきになると、九重部屋の真裏にある「じょんがら」という季節料理屋で、弟子を連れて飲むのを無類の楽しみとしていた。

ついつい深酒をして、翌朝、早く起きられない。

ふつう相撲部屋の親方は、弟子たちが稽古をはじめると、土俵のそばの小上がりに座りこみ、竹刀を片手に厳しく眼を光らせているものだ。

ところが、九重親方は、弟子たちが稽古をはじめても、宿酔で寝過ごしている。八時過ぎに、腫れぼったい宿酔の眼でようやく稽古場に姿を見せる。

しかし、親方が宿酔だからといって、寝ていられるのは、安心して新弟子たちの稽古の指導を任せられる〝鬼軍曹〟がいるからだった。それが、千代の富士と同じ福島町出身で部屋の頭格《かしら》である千代の海であった。

相撲部屋では、場所の千秋楽の日に、ホテルなどの会場を借り、後援者を集めた打ち上げパーティーがおこなわれる。

九重部屋には、芸達者が多かった。

九重親方が、かならず余興の先頭バッターに指名するのは、千代晃であった。

千代晃の歌を前座にしたあとで、九重親方が登場する。十八番は、小諸馬子唄《こもろまごうた》であった。大きな喉仏を上下に動かし、低音の枯れたかすれ声で、気持ちよさそうに歌う。

小諸出て見ろ　浅間《あさま》の山に
（ハイハイ）
けさも煙りが　三筋立つ
（ハイハイ）

九重親方の後ろで、シャン、シャンと馬の鈴を鳴らして合いの手を入れるのは、千代晃の役目であった。馬の鈴は、ビールの空瓶に栓抜きを突っ込んで、鳴物にするのである。千代の富士は、歌は苦手だった。指名がかかりそうになると、隠れてしまった。

貢は、ときどきこの部屋が、ほんとうに相撲部屋かと思うことがあった。

〈北海道出身の力士がほとんどだから、こんなに和気あいあいとしているんだろうなぁ……〉

部屋頭に、横綱北の富士がいた。この横綱も滅法明るい。冗談ばかりいってみんなを笑わせている。角界一のプレイボーイといわれるほどの遊び好きであった。土俵でも華があったが、夜の巷でも男の華を盛りに遊んでいた。

交友関係に芸能人が多かった。九重部屋に、石原裕次郎が遊びにやってきたときは、若い衆はみなおどろいた。不動山などは、北の富士の部屋に呼ばれ、裕次郎の前で、裕次郎の『錆《さ》びたナイフ』を歌わされた。北の富士が好きな歌だった。

九重部屋には、太った力士、いわゆるアンコ型の力士はいなかった。みな体重が百キロを割るような、いわゆるそっぷ型の力士ばかりであった。あんこ型とは、魚のアンコウの形から連想してつけられた呼び名で、アンコウのように腹が出て太っているという意味である。そっぷとはスープの転じた語で、そっぷ型とは鶏ガラスープのガラのように痩せた力士という意味である。

みな浴衣や着物の着こなしもうまかった。

石原裕次郎は、

「みないい男ばかりだねぇ。とても相撲部屋には、見えねえよ」

といって帰っていった。

北の富士は、若い衆にあこがれを持って見られていた。

ある夜、影虎は、北の富士に呼ばれた。

「ちょっと悪いが、体を揉んでくれんか。おまえの他にも、誰か呼んできな」

影虎は、一年後輩の千代の富士に声をかけた。

「横綱のマッサージを、いっしょに手伝ってくれ」

千代の富士が二階の北の富士の個室に向かおうとすると、影虎が、声をかけた。

「ちょっと、待て、待て。着替えてから行こう」

影虎は、ステテコにランニングシャツ姿であったが、そのランニングシャツの上に、ポケットのついたダボシャツを着た。

千代の富士が不思議そうに見ているといった。

「おまえも、同じ格好をしろ」

千代の富士が真似をすると、影虎は、財布の中にあったわずかな金を取り出し、空の財布を胸のポケットに入れた。

千代の富士も、急いで同じ真似をした。

ふたりは、やっと北の富士の部屋に入ると、横になっている体の上からマッサージをはじめた。

北の富士が、くつろいだ声を出した。

「ああ、いい気持ちだ」

しばらくつづけていると、横綱が影虎に声をかけた。

「おい、好きなテレビがあったら、なんでもいいからつけて見ろよ」

ふたりは、まだ大部屋である。兄弟子の手前、好きな番組も自由に選べない。ふたりのことを思い、北の富士は、声をかけたのである。

しばらくすると、「腹が減ったから鮨《すし》を取れ」という。

鮨をとると、自分は一口つまんだだけで、千代の富士と影虎にすべて食べさせた。

またしばらくマッサージをつづけていると、北の富士が、今度はひとりごとのようにいった。

「さて、明日は銀座《ぎんざ》にでも行って飲もうかな。銀座は、いいよなぁ。きれいな女はいるし。酒もうまい。おい、ウルフ。おまえ、銀座に行ったことがあるか」

千代の富士は、横綱に声をかけられ、うれしくなった。

「いえ、まだです。まだ、この年ですから」

「ああ、そうだったな。おれはな、おまえぐらいのときには、銀座に自分の名前を書いたボトルを入れるのが夢だったんだよなぁ。しかし、横綱というもんは、いいもんだぞ。なあ、影虎も、おれを見てて、そう思うだろう」

「はい」

北の富士が、なぜこんな話をするか、ふたりにもすぐわかった。強くなれば、いい思いができるぞ、といっているのだ。頭ごなしに、練習しろ、強くなれ、といわれれば反発心もわく。しかし、このようないい方をされると、つい話を真剣に聞いてしまう。北の富士は、反発心の旺盛《おうせい》な時期の少年たちの扱いを、よく知っているのだった。

一時間ほどで、マッサージが終わった。帰ろうとするふたりに、北の富士が声をかけた。

「おっ、おまえたち、財布を持っているのか？　いくら入ってるんだ。ちょっと中身を見せてみろ」

　ふたりは、胸のポケットから財布を取り出して、手渡した。

　北の富士が、中を開けた。

「この野郎、空の財布なんか持ちやがって。しょうがねえな……」

　北の富士は、枕元に置いてあった財布から、一万円札を二枚取り出すと、ふたりの財布に一万円ずつ入れた。

「おい、ありがとうよ」

　そういい、ポンと財布をふたりに投げ返した。

　千代の富士は、部屋を出ると、影虎にいった。

「こういうわけだったんですか」

　岩手出身の影虎が、色白の顔を少し赤らめながら説明した。

「そういうことよ。しかし、横綱も、おれたちの魂胆《こんたん》は最初からわかってるんだ。いつものことだからな。そこが、横綱の粋なところさ」

　相撲取りは、十両以上にならないと給料がもらえない。幕下以下は、修行中の身ということで、相撲協会から支給されるのはわずかな手当だけである。こうして横綱から小遣いをもらったり、後援者からのご祝儀が彼らの小遣いになった。

　十一月場所まで二週間足らずとなった十月下旬のことであった。

この日、上野松坂屋の勤務が休みだった佐登子に、貢から電話がかかってきたのは、朝の十時過ぎだった。

佐登子は、午後から貢とボウリングに行く約束をしていた。が、電話がかかってくるにしては、ちょっと時間が早すぎる。

〈何か、予定の変更かな……〉

電話に出ると、これまで聞いたことのないような弱々しい声が流れてきた。

「姉ちゃん。おれ、怪我しちゃったよ。今日のボウリング、中止になっちゃった」

またしても、弟からおどろかされる連絡である。あわてて、訊いた。

「怪我をしたって、どこを怪我したの？」

「足を、折っちゃったんだ。教習所で稽古をしているときに、右足を折った」

「ひどいの？」

「わからない。これから、病院に行くんだ。あとでまた連絡する」

貢の電話は、切れた。ひどく沈んだ声だった。

佐登子は、貢からの電話を待ちきれなかった。九重部屋に駆けつけた。

貢は、九重部屋にはいなかった。中野区弥生町《やよい》の立正佼成会《りっしょうこうせいかい》病院に入院したという。

佐登子は、その足で、貢が運びこまれた病院に向かった。

病室に入った。貢は、ベッドの上だった。佐登子の顔を見ると、いきなり毛布で顔を隠してしまった。

佐登子は、枕元に近寄り、訊いた。

「どの程度の怪我だったの？」

貢は、毛布を頭から被ったまま何も答えない。

佐登子は、もう一度訊いた。

「ひどいの？」

貢は、やっと答えた。

「右のくるぶしの骨が、折れているらしい」

「治るまで、時間がかかるの？」

「……」

「どうなの？」

「まだ、わからない」

貢は、悔しかった。姉と顔を合わせてしまえば、悔しさのあまり、涙がこぼれそうな気がした。まもなく十一月場所の番付発表だ。親方には、まちがいなく三段目に上がれるといわれていた。その矢先の怪我である。

佐登子にも、貢の悔しい気持ちはその態度から十分過ぎるほど伝わってきた。弟の負けず嫌いは、誰よりもよく知っている自分だ。

佐登子は、この日は、このまま帰ったほうがいいと思った。

「じゃあ、貢、今日のところは、わたし帰るからね。明日、また来るから」

佐登子は、病院を後にした。

翌日の午前中、診察結果が貢に知らされた。右下腿外踝《がいか》骨折で、程度はあまりひどくなかった。一場所程度の休場ですむだろう、といわれた。

貢は、気持ちを変えた。いつまでも悔しがり、くよくよしていてもしようがない。

その夜、見舞いにあらわれた佐登子に、さっぱりした表情でいった。

「おれ、この怪我を治すことだけに専念するよ。まだ先は長いからな」

十一月場所の番付が発表になったのは、十一月一日のことであった。

千代の富士は、序二段から東三段目六十一枚目にあがっていた。

しかし、十一月場所は、全休するしかない。次の四十七年一月場所は、また序二段に陥落だ。

千代の富士は、すでに気持ちのふん切りをつけていた。

〈一月場所でまた頑張れば、三月場所にすぐに三段目にもどれるんだ〉

気持ちの切り替えの早さは、千代の富士の何よりの長所であり、才能でもあった。

十一月中旬、病院を退院した千代の富士は、少しずつ体を動かしはじめた。体の調子がもどると、激しく稽古に打ちこんだ。

年の明けた昭和四十七年の一月場所を、西序二段十九枚目で、五勝二敗と勝ち越した。

つづく三月場所を、西三段目六十枚目で五勝二敗。

さらに五月場所を、東三段目三十一枚目で四勝三敗。

この七月場所は、西三段目二十枚目の位置でのぞむことになった。千代の富士も燃えていた。

〈この七月場所を勝ちこせば、九月場所には、いよいよ幕下の位置につける……〉

九重親方はじめ、部屋の兄弟子たちは、千代の富士の頭角の現れに、すでに誰もが気づいていた。

力の富士は、自分の取組が終わったあとに、何度か千代の富士の取組を見た。

東京で場所があるときだけに限られたが、千代の富士が控えに入ると、それだけで拍手が起きた。

東京場所は、年に三回ある。そのため、千代の富士の相撲をよく知っている客が多いのだ。

千代の富士の相撲は、ねばり強い相撲であった。

力の富士が、ああもう駄目だ、と思うような体勢になっても、千代の富士は体を残した。強靭な足腰の強さで耐えるのだった。そこが、客に大拍手を受ける理由だった。しかも、さんざん客をハラハラさせたはてに、最後は豪快な投げ技で自分より大きな力士を土俵の外に投げ飛ばしてしまうのだ。

観客は、誰もが千代の富士という力士に同じ印象を持っていた。

〈土俵の端ばかりで、相撲をとる力士だ。しかも、ど派手な相撲だ〉

客にとっては、たまらなく興奮し、おもしろい相撲だった。

千代の富士自身、相手を投げ飛ばして勝たないと勝った気がしなかった。

千代の富士のように見込みのある者は、稽古で徹底的にしぼられた。練習の最後に、ぶつかり稽古というのがある。もっともつらくて苦しい稽古である。相手の胸にぶつかり、押しては倒される。倒されては起きあがり、また相手の胸にぶつかる。

千代の富士は、北の富士の胸を借り、北瀬海の胸を借り、千代の海の胸を借り、千代桜の胸を借りた。見込みのあるやつほど、たっぷりと時間をかけてしぼられる。千代の富士は、悔し涙を浮かべながら、ぶつかっていった。

魔の脱臼

千代の富士は、七月場所も五勝二敗と勝ち越した。

九月場所で、東幕下五十九枚目となった。

足の骨折で全休以来、連続四場所勝ち越しで、一気に幕下まで駆けあがった。十七歳であった。二年前の初土俵では、一番出世二十人の中に、かろうじて十九番目ですべりこんだ。それが二年間で十七人を抜き、同期生では六歳年上の玉ノ富士《たまのふじ》（現・楯山《たてやま》親方）に次ぐ二番目の位置につけたのである。

九重部屋の中でも、横綱北の富士、西前頭五枚目の北瀬海、西幕下五枚目の千代桜、西幕下十一枚目の千代の海、東幕下四十二枚目の影虎に次ぐ位置につけた。

幕下になると、やはり相手の相撲が違った。この九月場所を、三勝四敗と負け越したのだ。が、よろこびもつかの間だった。体が大きく、体重もある。キャリアがあり、うまさもある。

千代の富士は、東幕下五十九枚目からふたたび東三段目八枚目に落ちてしまった。

〈ちくしょう！　せっかく幕下入りしたばかりなのに……。こんなところで足踏みしてたまるか！〉

場所後の九月二十七日午前、二子山部屋の貴ノ花と花籠《はなかご》部屋の輪島（のち花籠親方）の大関同時昇進が決まった。貴輪時代の到来、とマスコミは華やかに書きたてた。

千代の富士にとって、貴ノ花の大関昇進は大きな励みになった。貴ノ花は、この時点で身長百八十二・六センチ、体重百四キロ。自分と同じ小兵力士である。

〈あの体でも、大関になれるんだ……〉

千代の富士は、いっそう激しく稽古に打ちこんだ。

十月に入ってまもない日の午後であった。

千代の富士に、電話がかかってきた。中学時代の同級生、坂口稔からであった。

「修学旅行の帰りなんだ。藤沢もいるし、山登もいる。よかったら会わないか」

四人は、浅草駅で待ち合わせたあとで、近くのレストランに入った。

席につくと、千代の富士が訊いた。

「どこに行ってきたんだ」

幼馴染みの藤沢正が答えた。

「京都だ。今日は、夕方まで自由時間で、夜は後楽園で巨人戦を観ることになっている」

千代の富士は、学生服姿の三人が、うらやましかった。自分も相撲取りにならなければ、いまごろは彼らといっしょに地元の福島商業高校に入学し、こうして学生生活を楽しむことができたに違いない。が、その気持ちを表に出すのは、悔しかった。

「ふーん、京都か。おれは、十月八日から二十八日まで、静岡、山陰、九州と巡業だよ。夏は、北陸と信越をまわった」

幼馴染みの山登佐一が、逆にうらやましそうにいった。

「いいなぁ。じゃあ、しょっちゅう修学旅行をやってるみたいなもんだ」

「まあな」

そこへ、ウエートレスが注文を取りに来た。

千代の富士は、「おれが、おごってやる」といい、ステーキを五人前注文した。

坂口、藤沢、山登の三人にとって、ナイフとフォークを使って食事をするなど、生まれてはじめてのことであった。

その三人の前で、千代の富士は、あっという間に、ひとりで二人前をたいらげてしまった。

山登が、おどろいた。

「さすが、相撲取りは、すげぇな」

「おれは、太らなきゃいけないんだ。体重が八十九キロしかないからな。でも、百キロを超えるようになったら、おれもかなりいいところにいってみせるからな」

食事が終わったあとで、千代の富士と三人は別れた。

三人は、自信にあふれた千代の富士について口をそろえていった。

「貢は、たくましくなったなぁ……」

九重親方（元・横綱千代の山）は、千代の富士の成長に目を細めていた。が、三段目落ちをいい機会にして、千代の富士に助言した。

「貢よ、いまのおまえの相撲ぶりでは、幕下の上位相手には通用せんぞ。もっと突っ張っていく相撲に変えろ」

千代の富士の相撲は、体のわりに大きく強引な相撲だった。がっぷり四つに組み、大きな相手と対等にわたりあおうとするのである。

たとえば、立ち合い、軽量の体にもかかわらず、勢いよく突っ込んでくる相手の体を自分の左胸を出して受け止めた。その瞬間、相手の体を引っ張りこむようにしながら胸を合わせ、相手の右腕の上から素早く左手で相手の右腰奥のまわしを取った。右手は、相手の脇の下に差し入れてまわしを取った。得意の右四つの形である。そして、左上手で力まかせに相手の体を一気に吊りあげたり、思いっきり投げ飛ばした。あるいは、激しく寄っていった。

千代の富士は、思っていた。

〈これが、おれの相撲なんだ。でっかいやつを、ぶん投げる。これほど、気持ちのいいものはない〉

が、胸を出して相手を受け止めるなど、体が大きく体重が重い相撲取りがやることである。軽量の相撲取りがやれば、相手と当たった瞬間に自分の方が吹き飛ばされてしまう。自分のまわしを取られる危険性も高い。千代の富士が、これまで大きな相撲が出来たのは、相手の重い衝撃を受け止めることのできる強靭な足腰と、まだ相手が下位力士だったからである。

しかし、これから、幕下上位、十両、幕内とねらっていく気なら、とうてい通用しない相撲である。

小柄な千代の富士が上位に上がっていくためには、突っ張りという武器をおぼえ、相手と組まずに攻めたり、相手のバランスを崩してから攻めることをしていかなければいけない。

そう考えた九重親方は、利かん気の強い千代の富士に、反発心を持たれない時期を見計らって助言したのである。

突っ張りは、九重親方の現役時代の十八番でもあった。激しく繰り出す突っ張りで、栃錦の前歯を吹き飛ばしたこともあった。

九重親方は、その突っ張りを千代の富士に伝授するつもりであった。

千代の富士は、稽古の途中に、親方に何度も上がり座敷の前に呼ばれた。

「それじゃ、いかん。突っ張りを忘れるな」

夢中になると、つい親方の言葉を忘れてしまうのだ。

千代の富士は、四十七年十一月場所で四勝三敗と勝ち越し、ふたたび東幕下五十九枚目に上がった。

年の明けた翌四十八年一月場所も四勝三敗と勝ち越し、三月場所で東幕下五十一枚目につけた。突っ張りも、徐々にさまになってきていた。

〈よし、今場所は、ふたつは勝ち越してやる。こんなにゆっくりした上がり方じゃ、あっという間に年を食ってしまう……〉

三月になるや、九重部屋一行は、大阪市天王寺《てんのうじ》区上汐《うえしお》四丁目の天理教大江大教会の九重部屋大阪宿舎に乗り込んだ。

北の富士は、大阪に乗り込むや、北瀬海、千代桜を連れ、連日高砂部屋に出稽古に出かけた。

高砂部屋では、ハワイ出身の高見山《たかみやま》（のち東関《あずまぜき》親方）をつかまえて、稽古に励んだ。稽古熱心な高見山が、「もう勘弁してくれ」と音をあげるほどであった。

北の富士は、四十七年九月場所で優勝して以来、十一月場所、四十八年一月場所と、二場所連続して十勝五敗という不本意な成績であった。この場所で、横綱の意地を見せるつもりであった。

〈まだまだ、貴輪時代など、早いわい〉

しかも、北の富士は、大阪場所では、新横綱琴桜（のち佐渡ヶ嶽親方）に東の正位を奪われることになった。連日西から土俵入りしなければならなくなったことも、北の富士の闘志に火をつけていた。

燃えていたのは、北の富士ばかりではなかった。

北瀬海は、東前頭二枚目で三役をねらえる位置にいた。

千代桜は、初の十両入りで張り切っていた。

彼らの気構えは、自然と部屋全体の雰囲気を盛り上げた。

初日の三月十一日まで、あとわずかとなった夜であった。

千代の富士ら若い衆の晩飯に、牛肉の差し入れがあった。北の富士が「栄養をつけろ」とポケットマネーを出し、買ってこさせたのである。

焼き肉パーティーがひらかれた。

ひとつの電気コンロのまわりに、千代の富士、影虎（滝沢和彦）、蝦夷《えぞ》の富士《ふじ》（伝甫浩二。のち千代錦）、千代晃（福井信春）、彗鳳（東孝志）、大法山《たいほうやま》（高津隆世。のち不動山）、力の富士（酒井義信）、鯱の富士（服部敬太郎）らが、ずらりと囲むように座った。

弟弟子が、肉の盛られた大皿を運んでくるや、方々から手がのび、またたく間に肉が焼き網の上に載せられた。

どの肉も、箸で押さえつけられている。みな、自分の肉をとられないように必死なのである。

問題は、御飯を食べるときであった。箸を肉から離さなければいけない。この隙に、ほどよく焼けた肉が、奪いとられてしまうのである。

しかし、みな修羅場をくぐってきている。

箸を離すときには、代わりに爪楊枝《つまようじ》が肉の上に刺された。もちろん、爪楊枝の先をさんざん舐めてから突き刺すのである。

晩飯が終わるころには、どの箸も、持つところを残して真っ黒に焼けこげた。楽しくもすさまじい晩飯は、こうして終わる。

これは、若い衆の緊張した気持ちをほぐしてやるための北の富士の思いやりであった。場所が近づくと、負け越したらどうしよう、と考え緊張して眠れなくなってくるものもいる。

北の富士は、外見のおおらかさの裏でじつに細かい気配りで若い衆を見ていた。みな、かわいくてしようがなかった。千代の富士は、北の富士の気配りに感謝した。

〈なんとしても勝ち越すことが、横綱の気持ちに応えることになるんだ〉

三月十一日、大阪場所初日。

北の富士は、黒姫山《くろひめやま》（のち錦島《にしきじま》親方）を寄りの速攻で一方的にくだし、快調なすべり出しを見せた。

つづく小結三重《みえ》の海《うみ》（のち山科《やましな》親方、武蔵川《むさしがわ》親方）、前頭増位山《ますいやま》（のち三保《みほ》ヶ関《せき》親方）、関脇魁傑《かいけつ》（のち放駒理事長）も、得意の上手投げで土俵にたたきつけた。

その後も、好調さを維持し、十四日目に一敗の大関輪島と優勝を賭けて戦った。

北の富士は、立ち合い、回転の速い突っ張りで攻めたあと、一度叩いて輪島を泳がせた。そこからすかさず左手を輪島の右脇の下に差し、右上手を取った。さらに、寄り、右外掛け、上手投げと攻めつづけ、なお残る輪島に上手投げから右外掛け、寄り、と激しく攻めて押し出した。名勝負であった。

十回目の優勝であった。大鵬の三十二回、双葉山《ふたばやま》の十二回に次ぎ、栃錦、若乃花と並ぶ史上三位の記録であった。

いっぽう千代の富士は、初日に三弘山《みつひろやま》に不覚をとり黒星のスタートを切った。が、その後盛り返し、十三日目までに六戦四勝二敗とした。

十三日目の対戦相手は、西幕下五十一枚目白藤《しらふじ》（雷山《らいざん》改め）であった。白藤もまた六戦四勝二敗。

千代の富士は、控えにすわると、白藤の丸顔を睨みつけた。

〈この一番に勝てば、三つの勝ち越しだ。一足飛びに、かなり上位まで上がることができる〉

それは、白藤もまた同じ気持ちであった。

白藤は、三十八年九月初土俵の、千代の富士より七年先輩の君ヶ濱部屋の力士であった。

四十五年七月場所後に幕下入りしたが、その後に足首を骨折したのがひびき、幕下と三段目をいったりきたりしていた。

しかし、千代の富士との相性は良かった。雷山時代に四十七年七月、九月、十一月場所と三回対戦し、二勝一敗と勝ち越していた。

一敗は、四十七年十一月場所の対戦のときであった。百二十四キロの体重を生かし、土俵際まで得意の押しと突っ張りで、一気に千代の富士を追いつめた。

〈よし、もう大丈夫だ……〉

そう油断して力を抜いた瞬間だった。普通ならあきらめて土俵を割っているはずが、千代の富士は、反り返った体をしぶとく戻すと、素早く雷山のまわしをつかんだ。

雷山は、千代の富士に引きつけられた。千代の富士は、そのまま体をひねらせながら、雷山を土俵外にうっちゃった。千代の富士の、逆転勝ちだった。

しかし、この取組も、九分九厘まで雷山が勝っていた。そのため、白藤は、今回も余裕を持っていた。なにしろ、千代の富士の相撲は、体のわりに大きい。突くにしても押すにしても、的が大きく攻めやすかった。しかも、押したときの手応えが軽かった。体重のないのが、すぐにわかった。

白藤は、千代の富士を睨み返した。

〈今日は、前回のように油断はしない。最後の最後まで、徹底的に勝負をかけてやる〉

千代の富士も、相性の悪さは知っていた。これまでのような、胸を出していく相撲では、今回も負けてしまう。

〈何度も、同じ負け方をしてたまるか〉

ふたりは、土俵にあがった。時間がきた。

千代の富士と白藤が立ちあがるや、激しい突っ張り合いになった。千代の富士が、押されぎみにじりじりと後退し、土俵際まで下がった。白藤の体重の乗った突きは、威力があった。千代の富士の体が、少し反り返った。

〈ちくしょう！　負けてたまるか〉

千代の富士は、必死の形相でこらえながら、白藤が繰り出す突っ張りの隙をねらった。左腕を伸ばして、白藤のまわしをつかみにかかった。

が、白藤は、千代の富士の上体が反り返った瞬間を見逃さなかった。

〈いまだ！〉

白藤は、全体重をかけた右手で、千代の富士の顎を思いっきり突きにいった。とどめを刺すつもりであった。

白藤の右手は、千代の富士の左腕を下から突きあげながら、その左腕もろとも千代の富士の顔面に当たった。

〈ウッ！〉

その瞬間のことであった。千代の富士は、左肩に今まで感じたことのない激しい痛みを感じた。左腕に力が入らず、自分のものではない何か別の重いものが、肩から先にぶら下がったような重量感を覚えた。

なすべもなく、あっさりと突き出されてしまった。

千代の富士は、左肩をおさえながら、土俵をおりた。鈍痛が、体の奥から火の玉となって噴き出してくるようだ。

〈肩が、外れたのかな……。とにかく早く、医者に診てもらおう〉

千代の富士は、大阪府立体育会館内の医務室に向かった。

が、花道の途中で、歩けなくなった。息がとまりそうだ。脂汗とも冷や汗ともつかぬものが、体に滲《にじ》み出てくる。思わず、花道の櫓《やぐら》にもたれかかり、しゃがみこんだ。

〈ウぅぅ……〉

目をかたくつむった。息を止め、痛みをこらえた。

気持ちが落ち着くと、立ちあがる前に、右手を添えながら左肩の筋肉に少し力をこめてみた。瞬間痛みが走ったが、肩がすこし動いた。さらに、痛みを我慢しながら、おそるおそる肩を動かした。ゆっくり動かしつづけているうちに、肩の違和感が突然なくなった。

〈あれ？　入ったのかな……〉

外れていた骨頭が、偶然に元にもどったのであった。

千代の富士は、この日、医務室から湿布をもらい、患部を冷やした。

翌日は、九重親方から保険証を借りて、協会指定の外科病院に行った。

「湿布して、安静にするように」

といわれた。

が、千代の富士は、この脱臼を軽く考えた。外れた骨が自然に元にもどったことが、軽く考えた理由であった。

のちのち、この脱臼が、相撲人生に大きくひびいてくるなどとは、考えてもみなかった……。

昭和四十八年三月場所後、千代の富士は、東幕下四十五枚目に上がった。気分転換は早かった。脱臼のことは、すっかり忘れ、五月場所に向けて稽古に打ちこんだ。

九重親方が、幕下で特に目をつけているのが、千代の富士と影虎であった。

影虎は、岩手県出身。昭和二十九年五月二十一日生まれで千代の富士より一歳年上。九重部屋では、四十三年九月初土俵で、千代の富士より二年先輩であった。三月場所後の位置は、東幕下三十六枚目であった。

身長百八十一センチ、体重百三キロで、千代の富士と同じように中学時代は陸上競技や野球で活躍した。

相撲ぶりは、千代の富士とは対照的な押し相撲であった。

九重親方は、影虎の稽古をみながら、期待した。

〈あいつは、足腰がしっかりしていて横から攻められても、もろくない。四つ身でも取れるので差してしまうことがあるが、押しに徹すれば大成する。立ち合いの当たりも強いし、相撲に安定感がある〉

九重親方は、千代の富士と影虎がライバル心を燃やして、切磋琢磨《せっさたくま》してくれることを願った。

五月場所を、むかえた。

影虎は、またたく間に自分のすぐ後ろまで上がってきた千代の富士に追い越されてはならじと、気合を入れた。

それが、取組に出た。連戦連勝で、十三日目に優勝を賭けて、佐渡ヶ嶽部屋の琴魅鳳《ことみどり》と戦った。スピード相撲の千代の富士と存分に稽古したおかげで、影虎自身の相撲のスピードにも、知らず知らずのうちに磨きがかかっていた。

熱戦のすえ、影虎は敗れた。が、五つの勝ち越しである。かなり上位に躍進することになった。

千代の富士も、影虎に対抗心を燃やした。九枚の差だと、この場所しだいで追い抜くこともできる。

初日、三日目と連勝した。

〈よし、この調子だ！〉

千代の富士は、気を良くした。

六日目の三戦目。相手は佐渡ヶ嶽部屋の立山《たてやま》（のち琴立山《ことたてやま》）である。四十二年九月初土俵で、千代の富士より三年先輩だ。

千代の富士は、立山とは、先々場所に初対戦し白星をあげていた。

しかも立山の体重は、千代の富士よりわずか四キロ重い九十三キロ。千代の富士は、与《くみ》しやすし、と考えた。

千代の富士は、立ちあがるや、胸を出して相手の突進を受けとめた。すかさず得意の右四つの体勢になった。

左上手をぐいと力まかせに引きつけるや、腰を落とし吊り上げにかかった。

が、立山は足を踏ん張り、吊らせない。必死でこらえる。

千代の富士は、左上手を相手の腰の後ろにのばし、まわしをがっしりと掴みなおすや、渾身の力をこめ、一気に長身の立山を投げ飛ばそうとした。

その瞬間、また先場所と同じ激しい痛みが、左肩に走った。

「ウッ！」

左肩が、ふたたび脱《ぬ》けたのである。

あまりの痛みに、全身から力が抜けた。千代の富士は、立山にあっさりと押し出されてしまった。

千代の富士は、すぐに国技館裏の協会診療所に、駆けこんだ。親方衆の知り合いの接骨医が、ちょうど居合わせた。その接骨医の手で、肩を整復した。

千代の富士は、次の四戦目の弓場《ゆうば》戦を不戦敗で黒星をもらい、五戦目から休場扱いになった。

場所後、千代の富士は、またもや幕下から三段目に落ちてしまった。

〈なんてことだ。ふた場所つづけて肩がはずれてしまうなんて……。おれの肩は、いったいどうなってしまったんだ！〉

再発への恐怖

浅草寺《せんそうじ》裏に立ち、左右に走る言問《こととい》通りを渡ると、九重部屋のある台東区浅草三丁目である。

町は、夕方になると、昼下がりまでのしっとりと落ち着いた雰囲気から、艶《あで》やかで華やかなそれに変わる。

ところどころ打ち水の跡が黒く残る町の中を、お座敷にあがる芸者衆が、着物姿も艶やかに行き交うのである。

九重部屋の若い衆も、すれ違う美しい芸者衆に目を奪われることがあった。

昭和四十八年の五月場所が終わり、六月に入ってまもない深夜。町がさきほどまでの華やかさが嘘のように、ふたたび静かな眠りに落ちるころであった。

九重部屋に忍び込み、二階の大部屋に通じる階段を素早く駆けあがる小柄な女がいた。わずか四十キロの体重のために、足音も響かない。

階段を上りきると、廊下が右方向に長くのびている。その廊下の右側には、手前から幕内北瀬海、十両千代桜、横綱北の富士の順に個室がならび、廊下の左側は四十畳ほどの大部屋になっていた。

女は、北瀬海の部屋の前を用心深く忍び足で通りすぎ、大部屋に入りこんだ。

大部屋には、左に五人、右に五人と縦二列に布団が敷いてあった。

女は、左側手前の布団の枕元に近づくと、そっとしゃがみこみ声をかけた。

「貢……、貢……」

千代の富士貢は、自分を呼ぶ女の声に気づいた。

「誰だよ」

「わたしよ。わたし」

「え？」

「わたしだよ、哲子だよ」

千代の富士の目が醒めた。

「なんだ、哲ちゃんか」

「そうだよ。ノブさんと伝甫さんも、起こすからさ、うちにおいでよ」

女は、九重部屋の真裏にある季節料理屋「じょんがら」の娘、森内哲子であった。

哲子は、しゃがんだまま百五十センチ足らずの小柄な体をくるりと一回転させ、今度は千代の富士のとなりの千代晃（福井信春）を起こした。次に右列の奥から二番目の布団の枕元にも行き、千代錦（伝甫浩二）も起こした。

三人は、哲子のあとにつづいてそっと部屋を抜け出した。「じょんがら」に、飛び込んだ。

カウンターの中に入った哲子は、冷蔵庫からビールを取り出し勢いよく栓を抜いた。千代晃、千代錦、千代の富士、と順にビールを注ぎながらいった。

「ごめんね、こんな時間に。でもさ、親方がいないときぐらい、いいでしょ」

九重親方は、五月場所後の一息入れる時期を利用し、知り合いの元相撲取りを訪ねて韓国の釜山《プサン》に行っていた。

千代晃が、ビールを一息で飲み干すや、いった。

「親方がいないときもなにも、哲ちゃんが忍びこんでくるのは、しょっちゅうじゃないか」

「いいじゃないの、あんたたちの姉代わりのようなもんだからさ。母親代わりのおかみさんはいるし、わたしみたいなのもいるし、あんたたちは幸せだよ」

哲子は、昭和十三年生まれの三十五歳。父親は、津軽出身の民謡歌手、今重造であった。九重親方（元・横綱千代の山）と今が親しかった縁と、九重部屋が浅草三丁目に越して来てとなり同士になった縁で、哲子もまた九重部屋の力士たちと親しくなっていた。

哲子は、自分のグラスにビールを注ぎ終わると、急に思い出したようにいった。

「そうだ、また、あんたたち、いたずらしたでしょ。犯人は、誰だい。貢か？」

いきなり名指しされて、貢は唇をとがらせた。

「なんだよ。なんのことだよ。おれじゃないよ」

「じゃあ、伝甫さんかい」

「知らねえよ。それに、いたずらって何のことだよ」

「ゴミ箱だよ。あんたたち、またやったでしょ。今日も、おたくのゴミ箱がウチのと交換されていた、って苦情がきたよ」

早朝、町内の家々の前に出してあるポリバケツを交換して歩くのが、九重部屋の若い衆がよくやるいたずらであった。

いきり立ちそうな哲子をなだめるように、千代晃がいった。

「そんなこと、いちいち気にするなよ。聞き流せばいいんだよ。それに、犯人はおれたちじゃないよ。東（東孝志。彗鳳）とか昭一（斉藤昭一。若《わか》の富士《ふじ》）じゃねぇか」

哲子は、うたぐり深そうな目で、三人を睨んだ。

「ほんとだろうね。わたしは、てっきり、あんたたち三羽烏《さんばがらす》の仕業《しわざ》だと思うんだがねえ」

千代の富士は、その言葉を受けるや、とぼけた表情でいった。

「哲ちゃんは、すぐにおれたちを疑うんだもんな。まいっちゃうよな。おれたちは、部屋でいちばん真面目な三人といわれてるんですよ。見てて、わからないかなぁ」

千代の富士の言葉に、哲子は思わず口にふくんだビールを噴きだしそうになった。

「何をいってんだい。こっちは、ちゃんと情報を仕入れてんだよ。この前は、新弟子にワサビをたっぷり入れたおにぎりを食べさせたそうじゃないか。出前のラーメンには、タバスコを入れて食べさせたっていうし。あんたたちは、いたずらばっかしに知恵をまわして、もう少し相撲に身を入れてはどうなの」

三人は、ポンポンと威勢よく出てくる哲子の毒舌に圧倒されて首をすくめた。

哲子は、ビールを一口で飲み干すと、話をつづけた。

「でもさ、横綱の北の富士さんが先頭にたっていたずらをするんだから、あんたたちが似てくるのはしようがないか。この間なんかさ、新弟子が、丼をもってウチに来たんだよ。横綱のお下がりのダブダブのパンツを、胸まではいてさ。で、なんていったと思う？」

三人は、身を乗り出した。

「『横綱に、ダンベの佃煮を買ってこい、といわれました』っていうんだよ。わたし、笑っちゃったよ」

その言葉に、三人は、いっせいに噴き出した。ダンベとは、北海道や青森の津軽の方言で、女陰のことをいう。

千代晃は、あまりの可笑《おか》しさに涙を浮かべながらいった。

「でも、あいつは西の生まれだから、しようがないよ。おれたち三人みたいに北海道なら、意味もわかるけどな」

そばの千代錦が、うなずきながらつづけた。

「この間も、横綱に、納豆を買ってこい、といわれたんだ。そしたら、あいつが買ってきたのが甘納豆。横綱は、怒ったよ。『馬鹿野郎！　甘納豆で飯が食えるか！』ってね」

その言葉に、また笑いが起きた。

千代の富士は、さんざん笑いころげたあとで、ふと思った。

〈ここに来ると、いい気分転換になる。いやなことも、すぐ忘れてしまう……〉

千代の富士は、東幕下四十五枚目でのぞんだ五月場所で、二度目の左肩脱臼のために途中から休場に追いこまれた。

今度の七月場所の番付では、幕下から三段目に陥落することが目に見えていた。が、番付が下がることよりも、千代の富士には、もっと大きな不安があった。

〈おれの左肩の脱臼は、完全に習慣になってしまったんじゃないだろうか……〉

千代の富士は、九重親方や、治療をしてくれた医師にいわれた。

「肩の脱臼は、習慣性に移行しやすい。習慣性脱臼になったら、微小な外力でも脱臼するようになってしまう。下手をすると、致命傷になるかもしれん」

千代の富士は、負けん気が強く、けっして自分から弱音を吐かない性格であった。誰にも心の中の不安を、打ち明けなかった。つとめて脱臼のことは、考えないようにしていた。

が、頭の底に沈んでいるどす黒い恐怖と不安が、ふっと浮きあがってくるときがあった。そういうとき、周囲の明るい雰囲気は、千代の富士の気持ちを救ってくれた。

とくに千代晃と千代錦は、ともに四十二年春初土俵で、千代の富士の三年先輩であったが、後輩の千代の富士を気軽に遊びに誘ってくれた。

また、この「じょんがら」の哲子のような、気安く冗談をかわせる相手もいた。

千代の富士は、しばらく哲子との軽妙なやりとりを楽しんだ。

やがて時計に目をやった哲子が、あわてた。

「あら、もう一時をとっくに過ぎちゃったわ。ごめん、ごめん。もう、お開きにしよう」

哲子は、三人を見送った。この日、彼女が、三人を呼び出したのは、三段目に落ちるだろう千代の富士を励ましてやりたいというひそかな意図があった。が、励ましの言葉をいう前に時間がたってしまった。しかし、哲子は千代の富士の笑顔を思い出しながら、安心した。

〈貢は、思ったより元気そうじゃないか。せっかく呼び出したのに、馬鹿話だけで終わっちゃったけど、まあ、いいか……〉


六月半ばが近づくと、九重部屋の稽古も、しだいに熱をおびてきた。

北の富士は、五月場所を九勝六敗という、およそ横綱らしくない成績に終わっていた。

その北の富士が、稽古の先頭に立っていた。

むかえる七月場所では、これまでの北の富士、琴桜の二横綱に、五月場所で全勝優勝し場所後横綱に昇進した輪島が加わり、三横綱になる。

輪島は、四十五年一月初土俵以来、三年四カ月という史上最短年数で、いとも簡単に最高位の座を手中におさめてしまった。マスコミは、「天才横綱出現」といっせいに書きたてた。

北の富士は、燃えていた。

〈七月場所では、先輩横綱としての意地をみせてやる……〉

いよいよ名古屋入りが近づいたある日のことであった。

「じょんがら」の森内哲子は、九重親方に誘われた。

「今日はお客さんもいないし、たまには、ちゃんこをいっしょに食わないか」

哲子は、九重部屋一階のちゃんこ場で、親方や北の富士らの間に挟まり、昼食を食べた。

その途中、外から電話がかかってきた。

電話を受けた若い衆が、北の富士に告げた。

「横綱、パーマ屋のじゅん子さんから、電話です」

北の富士は、箸を止めて、首をかしげた。

「パーマ屋のじゅん子？　はて、そんな女、いたかなぁ……」

哲子は、はやしたてた。

「横綱はプレイボーイだから、付き合う女が多すぎて、忘れちゃったんじゃないの？」

「おれほどの男になるとな、一度会った女の名前は、忘れないんだよ」

そういうと、北の富士は、立ちあがった。

やがて、北の富士が真っ赤な顔をして席にもどってきた。

「おい、こら！」

電話を取りついだ若い衆を呼びつけた。

「なにがパーマ屋のじゅん子だ。パンアメリカン航空の、ジョーンズさんじゃないか。どこをどういうふうに聞けば、パーマ屋のじゅん子になるんだ？　おれは、てっきり、どこかの女かと思って、焦ったじゃないか」

哲子が、笑いをこらえながら確かめた。

「パンアメリカンのジョーンズさんて、いつも千秋楽の表彰式で、優勝力士にパンアメリカン航空トロフィーを授与するときにユーモラスな表彰状の読み方をする、あの外人の人？」

「そうだよ。『ヒョーショージョー』のあのジョーンズさんだ」

ちゃんこ場に、どっと笑いが沸き起こった。

ちゃんこ場となりの上がり座敷にいた千代の富士にも、ちゃんこ場のにぎやかで楽しい様子が聴こえていた。

〈横綱のまわりは、いつも笑い声がたえないなぁ……〉

北の富士は、稽古にうちこむときは、近寄るのも恐ろしくなるほど、すさまじい集中力をみせた。が、ひとたび稽古が終わるや、冗談を飛ばしながら部屋全体の雰囲気を明るく盛り上げる。緊張と弛緩《しかん》の精神のバランスの保ち方がうまい。

北の富士は、五月場所後は、ふがいない成績のために評論家にさんざん厳しいことを書かれた。が、いつまでも過去にこだわり、悩んだりしない。嫌なことは、スパッと忘れ、こうして、いつも周囲に笑いを巻き起こしている。

千代の富士も気持ちの切り替えは早いほうであった。が、目の前で、実際に横綱をはる人物の精神のバランスの取り方をみることができるのは、じつに大きな勉強になった。

〈あの気分転換のやり方は、じつに参考になるなぁ……〉

六月半ば過ぎ、九重部屋一行は、名古屋市西区五平蔵町《ごへいぞう》（現・城西《じょうさい》）にある九重部屋の名古屋場所宿舎興西寺《こうさいじ》に乗りこんだ。

名古屋入りするや、北の富士の顔からは、にわかに笑顔が消えた。番付は、東の張出横綱である。東の正位を輪島に奪われ、第三の地位に落ちた。北の富士は、燃えていた。

〈土俵上の恥は、土俵上でそそいでみせよう〉

千代の富士も、この場所には賭けていた。

七月場所を終えると、七月二十三日の仙台を皮切りに、八月二十六日の金沢まで夏巡業がおこなわれる。巡業コースには、二年ぶりの北海道興行もふくまれていた。西三段目二枚目の千代の富士は、おのれにいいきかせた。

〈三段目のままで、おめおめと田舎に帰れるか！〉

興西寺には、連日、高島部屋の東関脇大受がやってきた。大受は、この場所に大関昇進を賭けていた。

北の富士は、十日間にわたり、大受と百五十番を超える三番稽古をこなした。

大受は、押し相撲の完成を目ざしていた。北の富士のまわしには、いっさい手をかけず、百四十八キロの体重をかけた押しひとすじで攻めて攻めて攻めぬいた。

軽量の千代の富士は、押し相撲に弱かった。北の富士が、強烈な押し相撲にどう対処するか、必死で目をこらした。

七月一日の名古屋場所初日まで、あと一週間足らずとなったある日の早朝。千代の富士は、稽古の途中で、またもや左肩をはずしてしまった。

千代の富士は、うめき声をあげ、土俵上にしゃがみこんだ。三月場所の白藤戦、五月場所の立山戦に次いで、つづけざまの三度目の脱臼である。

真っ先に駆け寄ったのは、同期の力の富士と兄弟子の千代錦、富士晃であった。

「おい！　大丈夫か、しっかりしろ」

千代の富士は、ふたりに抱えられるようにして土俵を出た。

寺の本堂の畳の上に運びこまれた。

九重親方の指示で、近くの接骨医が呼ばれた。

やってきたのは、すでに七十歳近いと思われる高齢の接骨医であった。

接骨医は、蒼白の千代の富士に、声をかけた。

「ちょっと痛いが、我慢しなさいよ」

接骨医は、千代の富士の左脇の下に自分の左手を添えた。自分の右手で千代の富士の左腕を抱きかかえるように摑み、ゆっくり引っ張った。

ところが、高齢のために力が足りない。千代の富士の腕を引っ張りきれない。一気に力を入れて引っ張るのなら、誰でも瞬間的に強い力を出せる。が、脱臼した腕の牽引《けんいん》は、ゆっくりと強い力を持続しながら引っ張らなければいけない。

千代の富士は、腕を引っ張られるたびに顔を歪《ゆが》めた。必死で苦痛に耐えた。

高齢の接骨医は、こめかみに青筋までたて、何度も挑戦した。十五分も、悪戦苦闘をつづけた。が、やはり外れた肩を入れることができない。千代錦の手を借り、やってみた。それでも入らない。

九重親方が、とうとう我慢しきれずに力の富士に命じた。

「おい、すぐに救急車を呼んでこい。このまま肩の関節が固まってしまったら、たいへんなことになる」

千代の富士は、すぐにやってきた救急車に運びこまれた。痛みのあまり朦朧《もうろう》とする意識の奥から、忘れようとしていたどす黒い不安と恐怖が、ふたたび一気に噴きだしてきた。

〈おれの左肩の脱臼は、完全に癖になったに違いない。おれは、いったいどうしたらいいんだ……〉

その夜、千代の富士は、九重親方に呼ばれた。

部屋に顔を出すや、九重親方が訊いてきた。

「どうだ、貢。肩の状態は」

「湿布をしています。痛みは、だいぶおさまりました」

「そうか、それはよかった」

九重親方は、瞬間ほっとしたような表情を浮かべたが、すぐに元の厳しい表情に戻った。

「ところで貢よ、どうする。この場所は、休場するか」

「……」

「わしは、ここで無理をして肩をこわしてしまうより、ゆっくり治療に専念したほうがいいと思うが、どうだ」

千代の富士の脳裏に、黒い墨文字の番付が浮かんだ。

〈ここで休場したら、おれは、どこまで落ちるんだろう……〉

三段目西二枚目から、少なくとも四十枚は落ちるだろう。あっという間に、三段目の下っ端になってしまう。ふたたび幕下にあがるには、二場所か三場所はかかるだろう。北海道巡業を前に、故郷の人々にぶざまな成績をさらしたくもない。

千代の富士は、決めた。

「親方、おれは大丈夫です。強引な投げさえ打たなければ、肩は抜けないと思います」

「おまえの気持ちは、よくわかる。だがな、ここで無茶するより、退《ひ》いてじっくり治療するのも勇気だぞ」

「速い攻めで相手を揺さぶりながら攻めれば、なんとかなります。ぜひ、出させてください」

九重親方は、千代の富士の焦る気持ちを抑えるようにいった。

「わしも、かつては何度も怪我をした。脊椎《せきつい》、膝、腰……。無理して土俵にあがったせいで、のちのちまでひびいた怪我もあった。番付が下がるのは悔しいだろうが、ここで治療するのも将来を考えたら、結局は早道になるんだ」

千代の富士は、必死に訴えた。

「しかし親方、場所まで、まだ一週間あります。この間にじっくり治療すれば、大丈夫です。もしまた肩がはずれたら、休場します。それまで、なんとか出させてください。おねがいします」

九重親方は、千代の富士のいい出したらきかない性格を、十分に知り抜いていた。そこまでいう千代の富士の気持ちに賭けることにした。

「よし、わかった。やるだけ、やってみろ」

幕内陥落の地獄

名古屋場所は、七月一日、初日の幕をあけた。

部屋頭の横綱北の富士は、初日栃東《とちあずま》（のち玉ノ井親方）、二日目魁傑と得意の右からの上手投げで勝ち、快調のすべり出しをみせた。

三日目の大受戦で不覚をとったものの、以後快進撃をつづけた。

六日目の長谷川《はせがわ》戦では、強烈な左からのぶちかましで、長谷川を失神させた。

十三日目の新横綱輪島との対戦では、一分三十八秒二もの死闘のうえ、寄り切りで輪島を破った。在位二十一場所目という横綱の意地を、みせたのである。

千秋楽。北の富士は、十四勝一敗同士の横綱琴桜と優勝決定戦にもつれこんだ。が、惜しくも北の富士は琴桜に敗れ、優勝を逸した。しかし、横綱健在、と強く周囲にアピールした。

いっぽう千代の富士は、たすきがけにサポーターを巻いて土俵にあがった……。

一戦目上沢《かみさわ》、二戦目大晃山《おおこうやま》を軽く蹴散らし、連勝した。千代の富士の取り口には、脱臼直後であることなど、みじんも感じさせない鋭さがあった。三戦目高杉山《たかすぎやま》からは、幕下の下位力士にぶつけられた。

九重親方は、高杉山に敗れた後の四戦目大賀《おおが》との取り口に、舌を巻いた。

千代の富士は、立ち上がるや、すばらしい出足を見せ、一気に相手を寄り切ってしまった。九重親方は、うなった。

〈ふつう怪我をすると、無意識に体をかばってしまうものだ。しかし、やつは、意識の底にある恐怖心を、完全に抑えつけている。なんという気の強さだ……〉

千代の富士は、この場所、六勝一敗の好成績を挙げた。さいわいに脱臼はおこらなかった。三段目から、東幕下三十一枚目に復帰することができた。

千代の富士は、その後も場所を経るたびに順調に番付を上がっていった。

脱臼から一年後の昭和四十九年七月場所には、東幕下二十枚目の位置につけた。十九歳であった。

四十九年の名古屋場所は、場所前から大きな盛り上がりをみせた。

この場所に、新鋭北の湖の「綱盗り」がかかっていたからである。

北の湖は、この年の初場所で関脇ながら堂々の初優勝を遂げた。初場所後、大関に昇進するや、五月場所にも優勝し、この場所で優勝かそれに準ずる成績を挙げれば、横綱昇進が決定的だ。もし横綱昇進を果たせば、大鵬の記録を一ヵ月縮める二十一歳二ヵ月の史上最年少横綱の誕生である。

相撲界は、完全に新旧交代の時期を迎えていた。時代の前面に躍り出たのが北の湖であれば、この新鋭たちに押しやられ去っていく立場に追い込まれたのが、北の富士、琴桜の両横綱であった。

北の富士は、三十二歳。この年の初場所九日目から休場し、その後、三月、五月と二場所連続休場していた。約半年ぶりに土俵に上がるこの七月場所に進退をかけていた。いっぽう琴桜は、三十三歳。初日三日前の七月四日、名古屋市中川区の大名古屋温泉で記者会見し、引退を発表した。千代の富士も、時代の流れをひしひしと感じとっていた。が、北の湖の横綱昇進の話題は、彼にとって雲の上の出来事であった。北の湖は、自分よりわずか二歳年上でしかない。しかし、幕下の自分から見れば、綱盗りの話題で騒がれている北の湖は、はるか遠い存在であった。対戦相手として頭に浮かぶことすらない。あまり先をみてはいけない。まず一歩、まず一段階、それが千代の富士の考え方であった。

北の富士は、初日東前頭筆頭の旭國《あさひくに》（のち大島《おおしま》親方）に切り返しで敗れ、二日目も、関脇大受に押し出されて敗れた。

北の富士は、その日、宿舎の興西寺に帰るや、自ら記者会見を開いた。紋付き袴姿に威儀を正し、さっぱりした笑顔であった。

がらんとした本堂中央にどっしりと腰を下ろした北の富士を、記者たちが取り囲んだ。車座の、緊急インタビューであった。

記者のひとりが、質問した。

「いつ、引退の決心をしたんですか」

「覚悟は、連続休場中についていた。ただ休場したままで引退するのは、嫌だったんだ。だから、もう一度今場所にかけてみた。初日の旭國戦はともかく、今日大受にやられて、もう最後だと覚悟した。つくづく、体力の限界を感じた。一度は自分有利な型になりながら、負けたんだからな」

北の富士は、淡々としゃべり続けた。

「横綱になったばかりのころは、まったく負ける気がしなかった。でも、もう駄目だね。場所前に琴桜関の引退を聞いたとき、がんばらなくっちゃと思う半面、明日はわが身、と観念していたんだ。飽きっぽい性格のおれが、よく十八年ももったよ。やっぱり、相撲が好きだったんだね」

別の記者が、質問した。

「引退後の弟子養成は？　井筒を襲名するとか……」

「師匠の好意で、分家することになっている。弟子も七人いるし、細かいところはこれから話し合って決める。井筒という名は名門だし、精いっぱい努力するつもりだよ」

涙なしの、いかにも北の富士らしい引退発表だった。

七月場所は、輪島が優勝した。注目の北の湖は、十三勝二敗の好成績を挙げた。二十四日の番付編成会議で、正式に横綱昇進が決定した。史上最年少の横綱誕生であった。「輪湖時代」の到来である。

昭和四十九年九月場所は、九重部屋の再出発の場所となった。井筒親方の独立と、廃業力士で、二十三人いた力士が十人になってしまった。

しかも、幕内北瀬海が、七月場所を怪我で負け越し、十両に陥落した。九重部屋には、幕内力士がひとりもいなくなってしまった。

九重親方は、奮起した。北の富士がいたころは、あまり稽古場に顔を出さなかったが、七月場所後は、毎日、稽古場に顔を出し、弟子たちに発破をかけた。

千代の富士は、九重親方の危機感を察した。

〈九重部屋を、小部屋のままで終わらせてたまるか……〉

千代の富士だけでなく、弟子たちはみな九重部屋が好きだった。

昭和四十九年九月八日、秋場所が開幕した。千代の富士は、東幕下十一枚目であった。十両入りは、もう少しである。

千代の富士は、燃えた。初日から白星を重ねた。気性の激しさがあらわれるような攻撃相撲で、攻めて攻めて攻めぬいた。

千秋楽の対戦相手は、西十両十三枚目の玄武《げんぶ》であった。玄武は、三十九年春初土俵で、千代の富士より六年先輩。年齢は、九歳上である。この日まで七勝七敗。千代の富士との一戦に敗れれば、幕下に陥落である。

今場所の千代の富士は、冴えていた。動きがよく、足腰のバネを生かした投げや吊りが、思うように決まっていた。幸い、左肩の脱臼もなかった。

千代の富士は、闘志を燃やして土俵に上がった。

〈なんとしても、勝ってやる。十両に上がってみせる……〉

同じ九重部屋でライバルの影虎は、颯爽《さっそう》と土俵に上がる千代の富士を見て感心した。

〈あいつは、あがるっていうことを知らないのか。嬉々として、上がっている感じだ……〉

力があっても、その力を本場所で発揮できない相撲取りの方が断然多い。が、千代の富士は、本場所になれば、しかも大舞台になればなるほど、力を発揮するタイプだった。

千代の富士は、上手投げで、玄武を破った。七戦全勝であった。

千代の富士は、さらに全勝同士でおこなった琴の郷《ことのさと》との優勝決定戦でも、吊り出しで相手を下し幕下初優勝を決めた。

土俵を降りた千代の富士は、すぐにインタビュールームに案内された。NHKのテレビインタビューを受けた。

千代の富士の両親と姉の佐登子は、北海道・福島町の実家で、テレビに映る千代の富士の晴れ姿を見ていた。

千代の富士は、佐登子がこの春に東京のデパート勤務をやめ、福島町に帰るときに縫って置いてきた浴衣を着ていた。佐登子には、それもうれしかった。

佐登子は、となりにいる母親の喜美江に話しかけた。

「貢は体が小さいから、あの子の浴衣は、一反の生地があれば十分に縫えたのよ」

この場所、九重部屋で奮起したのは、千代の富士ばかりではなかった。

北瀬海、千代桜、千代錦、千代湊《ちよみなと》、大法山、千代嵐《ちよあらし》、と千代の富士を含めて十人中七人が勝ち越した。

場所後の九月二十五日、日本相撲協会審判部は、午前九時から蔵前国技館内で、九州場所の番付編成会議を開き、十両昇進力士を発表した。

千代の富士は、二子山部屋の隆ノ里《たかのさと》（のち隆の里。元・鳴門親方）、若龍児《わかりゆうじ》とともに、初の十両入りを果たした。

九重親方は、千代の富士の十両昇進を、涙をこぼして喜んだ。九重親方にとって、九重部屋創立後に見つけた直弟子の中で、初めての関取誕生なのだ。

相撲界には、厳然とした身分制度がある。十両は、幕下以下にくらべ雲泥《うんでい》の差がある。

千代の富士の身辺も、この日からがらりと変わった。

まず、関取と呼ばれる。個室が与えられた。付き人が、ついた。洗濯や身の回りの雑用など、いままで自分が関取に対してやってきたことを、今度は自分が受けるようになった。

大銀杏《おおいちょう》も結った。鏡で自分の頭を見たときは、うれしいような照れ臭いような、不思議な気持ちだった。

〈いつまでも、この頭でいてやるぞ……〉

そう心に誓った。

月々給料も、もらえるようになった。化粧廻しをつけて晴れがましく土俵入りを披露できる。取組では稽古廻しから、繻子《しゅす》の締め込みにかわる。

まさに一枚違えば家来同様、一段下は虫ケラ同然という言葉が、そのまま十両と幕下の差となって表れる。

千代の富士は、わずか四年の間にここまで上がることができたことが、うれしかった。

〈まったく相撲を知らなかったおれなのに、よくここまできた。コツコツやってきたこと、怪我に負けないで頑張ったのが、よかったんだろう……〉

千代の富士は、昭和三十年代生まれの関取第一号ということで、話題を呼んだ。

千代の富士は、気を良くした。やる気に拍車がかかった。

九重部屋に取材に来る記者に、九重親方はうれしそうに答えた。

「性格は、気が強いが、その半面、素直なところがある。上手からの芸を覚えてきたし、取り口には思いっきりの良さがある。この世界、中途半端は駄目だけど、あいつは、性格も相撲も、中途半端なところがないんだ」

九重親方は、千代の富士にひとこと注文をつけることも忘れなかった。

「十両は、いつまでも安住するところじゃないぞ。長くても、五場所ぐらいで卒業するつもりでやれ」

考えてみれば、十両ほど居心地のいい位置はない。人を使う身分であり、給料も出る。

ひいきから声もかかり、郷里に帰れば「オラが国さのお関取」だ。女にも、もてる。

幕内、三役、横綱と狙っていくには、苦しい稽古が必要だが、力のある力士なら、そこそこの稽古で位置を維持できる。

九重親方は、千代の富士には、十両の居心地の良さにつかり、その座に甘んじる力士になって欲しくなかったのである。

昭和四十九年十一月十日、九州場所初日の幕があいた。

新十両千代の富士は、東の十二枚目である。初日、同じ新十両の若龍児を寄り倒しで破り快調なスタートを切ったかにみえた。が、二日目、三日目と連敗した。

しかし、千代の富士は、気に留めなかった。

〈なーに、あと十二番もある……〉

この場所から、千代の富士は十五番の戦いである。これまでの七日制とちがい、星をひとつふたつ落としても、気が楽だった。

四日目から四連勝し、八日目に星を落としたが、また二連勝した。七日制のときと違い、日が空かないので、勝ち続けているときは気分が乗った。

十一日目は、同じ新十両の隆ノ里であった。ふたりとも、七勝三敗でこの日を迎えた。両者とも、勝ち越しがかかった一番である。しかも両者は、優勝を争う先頭グループにいた。

千代の富士は、踏み込みよく立ち上がった。一気に双差しになった。が、千代の富士は、渾身の力をふ
休まず、寄りたてた。隆ノ里は土俵ぎわでよく粘る。
りしぼり、向こう正面土俵へ、高々と吊り出した。

勝負の決まった瞬間、千代の富士は隆ノ里とともに、土俵下へもつれながら転げ落ちた。その瞬間、またもや左肩を脱臼したのである。

千代の富士は、右手で左腕を押さえながら、支度部屋に戻った。

痛みに脂汗が浮かんでくる。しかし、あくまで表情には出さないようにした。

〈みんなの前で、弱みをみせてたまるか……〉

親方衆のひとりが、声をあげた。

「だれか、肩を入れられるやつは、おらんか！」

その声に、時津風《ときつかぜ》部屋の幕下時潮《ときしお》が、やってきた。

周囲に、人垣ができた。ちょうどその場に居合わせた記者のひとりは、平然としている
千代の富士にあきれた。

時潮に、

「おっ、入りそうだ。もう少しだぞ」

と声さえかけているのだ。

〈なんて、気が強いやつだ。こいつは、かならず強くなるにちがいない……〉

優勝争いを続けている千代の富士は、翌日から出場した。十二日目の播竜山《ばんりゅうやま》には逆転したが、やはり肩の脱臼がひびいた。十四日、十五日目と連敗し、九勝六敗に終わった。

優勝争いは、青葉城《あおばじょう》（のち不知火《しらぬい》親方）、播竜山、琴乃富士《ことのふじ》、隆ノ里の四人で十勝五敗同士の優勝決定戦がおこなわれた。結局、播竜山が優勝した。

千代の富士は、悔しくてたまらなかった。

〈ちくしょう！　怪我さえしなければ、おれが優勝できたかもしれん。幕下、十両と、二場所連続優勝ができたのに……〉

千代の富士は、その後、三場所を経て東十両二枚目まで上がった。五十年七月場所は、入幕をかける場所となった。ところが、場所直前に左肩を脱臼した。さらに、場所三日目の稽古で右鎖骨に罅《ひび》を入れる怪我をした。しかし、入幕への執念を見せた。場所を休まなかった。結局この場所を九勝六敗と勝ち越し、場所後待望の入幕を果たした。

九月場所を前にした九重部屋には、通信社ばかりでなく、スポーツ紙各社の記者がひんぱんに顔を出すようになった。

目当ては、千代の富士であった。

十両を五場所で通過というスピード出世もさることながら、華のあるスター性が、記者を集める要因でもあった。

記者たちは、口々に言い合った。

「体つきといい、顔つきといい、しぶといところも、貴ノ花そっくりだな。貴ノ花二世だよ」

「あの天を貫かんばかりに足をピンとはね上げた四股は、天下一品だぜ。それでいて、きれいなばかりでなく、力強さもある」

千代の富士は、記者の質問に陽気に答えた。

「一場所で、十両にUターンじゃ、みっともないですからね。思い切って、いきますよ」

九月十四日、初日の幕があいた。

幕内デビュー戦は、さすがの千代の富士も硬くなった。若獅子《わかじし》の猛攻に立ち遅れ、いいところなく寄り切られた。

九重親方は、千代の富士に助言した。

「幕内力士は、みな立ち合いが巧い。簡単には、十分にさせてくれんぞ。もっと立ち合いを激しく、思いきってぶちかまさなければ、おまえの相撲はとれんぞ」

その後千代の富士は、三連勝した。が、二連敗、勝ち、負け、勝ち、六連敗と、結局五勝十敗に終わった。七日目に自分の倍もあるような大鷲《おおわし》を十八番の上手投げで下したり、九日目に大竜川《だいりゆうがわ》を左手一本、右で首をかかえて一瞬のうちに投げつけるという豪快な相撲を見せたが、やはり幕内の壁は厚かった。

わずか一場所で、ふたたび十両に舞い戻ることになってしまった。

千代の富士には、やはり軽量という弱点と、何度も繰り返す左肩脱臼という爆弾がひびいていた。

かつては立ち合いの突っ張りで、相手の体勢を崩してから攻めたこともあった。が、脱臼しやすい突っ張りは、やめていた。

千代の富士は、懸命に模索した。

〈左肩に負担がかからず、軽量のハンディを克服する取り口は、ないものか……〉

昭和五十年十一月場所。十二日目の大豪《だいごう》戦、東十両四枚目の千代の富士は、投げの打ち合いでまたもや怪我にみまわれた。

医師の診断では、右上腕部筋皮筋皮下断裂であった。筋肉の容量を超える力がかかったために、右腕の筋肉に裂け目ができた。皮膚の上から硬貨を押しつけると、すっぽりと筋肉の間に入ってしまった。

千代の富士は、十三日目から休場した。

番付は、西十両十三枚目に下がった。

さらに翌五十一年一月場所も、故障が完治せず負けが先行する。

ゲンをかついでみた。勝った日と同じ道順を通って、国技館に通った。それでも勝てない。

〈もう、どうにでもなれ！〉

やけくそになった。十五日間が終わってみれば、四勝十一敗というなんともみじめな成績であった。体に恵まれない力士にとって、怪我は致命傷であった。千代の富士は、あっという間に東幕下七枚目まで落ちてしまった。

千代の富士は、関取生活から、ふたたび幕下生活を送らねばならなかった。これほどみじめなものはない。

千代の富士は、さすがに荒れた。毎晩のように酒を飲み歩いた。二日酔いで稽古の時間に起きることができないことすらあった。酔ってでもいないと、恥ずかしくてみんなのいる土俵に顔を出せなかった。

スポーツ記者の間に、噂が走った。

「千代の富士に、プロレスに転向の話が起きているらしい」

あるスポーツ紙の記者は、九重部屋を訪ね、千代の富士に直接、噂をぶつけてみた。

千代の富士は、瞬間おどろいた表情を浮かべた。

「いったい、誰にそんな話を聞いたんだ?」

記者に噂の裏取り取材の余裕はなかった。記事にならないうちに、いつのまにか千代の富士のプロレス入りの噂は聞こえなくなった。

千代の富士は、幕下生活を二場所送り、五十一年七月場所で西十両十三枚目に復帰した。十両の力は、十分にあった。

千代の富士の十両生活は、長く続いた。以前のように、なんとしても幕内に上がってみせるという闘志も、いつの間にか薄れていた。一度幕下への転落の苦しみを味わっただけに、十両の居心地の良さが身に沁《し》みた。

〈おれは、幕下へ落ちさえしなきゃ、それでいいや〉

荒《すさ》む生活で、千代の富士の体の色艶《いろつや》は、場所を経るごとに落ちていった。

十両に復帰して八場所目の五十二年九月場所では、体重がなんと百キロから九十キロにまで落ちてしまった。ふつうの太めの人の体重と変わらない。千代の富士は、地獄の苦しみのなかをのたうちまわっていた……。

新九重部屋誕生

千代の富士は、兄弟子の千代錦と、九重部屋裏手にある「じょんがら」の娘森内哲子とともに、中野区弥生町にある立正佼成会病院を訪ねた。

昭和五十二年九月場所を数日後に控えた日の午後であった。

病院には、九重親方が入院していた。

九重親方は、夏巡業の札幌から帰京したあと、体の不調を訴え、八月十八日からこの病院に入院していた。

病室に入ると、九重親方は、ベッドに横になりテレビを見ていた。

両足が、ベッドからはみ出ている。

哲子が、声をかけた。

「親方、元気か。今日は、貢と伝甫ちゃんを連れて、見舞いに来たよ」

九重親方は、起き上がった。目尻に深い皺をうかべてよろこんだ。

「おお、わざわざありがとうよ」

「親方、調子はどうだい」

「ああ、人間ドックに入ったんだが、そのまま入院になっちゃったよ。どうも肝臓の機能が、おかしいらしいな」

「親方は、酒が好きだからね。ちょっと肝臓が弱ったんじゃないの」

「まあ、そんなところだな」

親方は、哲子のうしろで畏《かしこ》まっている千代の富士と千代錦に顔を向けた。

「見舞いに来てくれて、ありがとうよ。どうだ、おまえたちの調子は」

千代錦が、答えた。

「がんばってます」

親方は、ふたりに発破をかけた。

「おまえたちは、ふたりともいまの位置にいる相撲取りじゃないぞ。まだまだ上に上がれる。今度の場所は、期待しているぞ」

そこに哲子が、割って入った。

「親方、ふたりとも、よく分かってるよ。さあさあ、横になって」

「おれは、元気だよ。場所前には、退院して、みんなの稽古を見てやらないといかん」

ちょうどそのとき、テレビにビールのコマーシャルが流れた。

九重親方は、話を中断し、じっとテレビを見つめた。

コマーシャルが終わると、ぽつりといった。

「ああ、ひゃっこいビールを飲みたいなぁ……」

哲子は、思わずあいづちを打った。

「うん、退院したら、いっぱいひゃっこいビールを飲もうな。貢や伝甫やみんなで、親方の好きな民謡酒場にも行こうな」

それから少しして、三人は、病院をあとにした。

貢は、歩きながら、哲子に話しかけた。

「哲ちゃん、おれ、さっき親方がひゃっこいビールっていったときに、なんかぐっときたよ」

千代錦も、うなずいた。

「そうだよな。あんなに酒を好きな人が、一滴も飲んじゃいけないんだろうからなぁ。つらいんだろうな……」

哲子は、ふたりに発破をかけた。

「あんたたち、今場所はしっかりしないと、親方に申し訳ないよ」

場所が近づくにつれ、九重部屋の稽古にも、熱がこもっていった。

九重部屋には、もう北の富士はいない。部屋頭は、北瀬海（元・君ヶ濱親方）であった。

北瀬海は、無口な男であった。口に出して、若い者を叱咤《しった》するタイプではない。みずから先頭に立ち、黙々と汗を流すタイプであった。

身長百七十五センチ、体重百十数キロの小さな体で、素早い出足で火の玉となって相手にぶつかっていく。激しい頭からの当たりを繰り返すので、前頭部の髪の毛が擦り切れてなくなったほどだ。

九重部屋の力士たちは、北瀬海や十両の千代桜に引っ張られ、稽古に励んだ。みな口には出さないが、思いは同じだった。

〈おれたちが勝つことが、親方にとっていちばんの薬なんだ……〉

九月十一日、秋場所が始まった。

九重親方は、病院から部屋に電話を入れ、各力士に助言した。

九重部屋の力士たちは、奮起した。とくに関取連中は、旋風を巻き起こした。

部屋頭で幕内・北瀬海は、序盤戦のつまずきを中盤で盛り返し、勝ち越しを決めた。

千代桜は、二度目の十両優勝をはたし、再入幕を決めた。

東十両七枚目の千代の富士は、強力な吊り技で、十勝五敗の好成績をおさめた。

九月二十五日千秋楽、九重親方は、病院から一日だけの退院の許可をもらい、部屋に戻ってきた。

痩せて体力が落ちていたが、九重部屋の躍進で、気持ちに張りがよみがえっていた。

九重親方は、千代の富士を見つけると、すっかり骨ばってしまった両手で千代の富士の手を握りしめた。

「貢、よかったなぁ。今度勝ち越せば、また幕内だぞ、頑張れ」

部屋では九重親方の妻光恵と子どもたちだけが、九重親方が肝臓がんであることを知っていた。

それだけに、光恵は、ここにきて部屋の力士たちが奮起してくれたことに、感謝した。

〈みんな、何をやるべきか、分かってくれている……〉

九重親方は、まもなくして渋谷《しぶや》区広尾《ひろお》の日赤《にっせき》医療センターに入った。

光恵は、夫がいちばんよろこぶことをしてやりたかった。それは、弟子たちが、強くなり活躍することである。生きている間に、ひとりでも多くの関取を誕生させることである。

光恵は、娘の昌美と夫の看病を交代すると、弟子たちが少しでも十分な稽古ができるように、みずから弟子の代わりになってちゃんこの買い出しに走りまわった。

十月七日、四国、中国路をまわる、秋巡業が始まった。

千代の富士は一日ごとに、調子を上げていった。

巡業が終わった十月下旬、九重部屋一行は、十一月場所のために九州入りした。

光恵は、ちゃんこのメニューをつくり九州の九重部屋宿舎法性寺まで飛んだ。後援会をまわり、いろいろお願いをしてまわった。ちゃんこの材料の仕入れ先をまわり、配達の手配をすませ、東京にとんぼ返りした。

千代の富士は、十一月場所で勝ち越せば、再入幕確実だ。稽古にも自然、熱が入った。

〈勝ち越して、親方をよろこばせてやりたい……〉

ところが稽古の途中、またしても左肩を脱臼してしまった。

調子を上げていたところだけに、ショックは大きかった。

〈ちくしょう！　こんな肩など、切って捨てたいくらいだ。どっかで肩を売っていたら、とり替えたいくらいだ……〉

千代の富士は、打ちひしがれるようにしてひとり東京に戻った。

上野池之端の金井整形外科に通うことになった。

そのころ、九重親方の病状は、かなり悪化していた。

光恵と娘の昌美が、交代で看病を続けていた。

十月二十八日夜、光恵は、夫の容体《ようだい》がいつもよりいいので、昌美ひとり病院に残し、自宅に帰った。

ところが、二十九日明け方になり、容体が急に悪化した。

昌美は、すぐ自宅の光恵に連絡すると、ふたたびベッドのそばに戻り、必死に父親を励ました。

九重親方は、ベッドの上で、腕を前に伸ばし、何かをつかむようなしぐさを見せた。

そのうち、腕を広げ、あるいは左右に腕を振った。土俵入りの姿であった。

さらに、九重親方は、うわ言をいった。

「てっぽう柱を……」

昌美は、やさしい一面しか知らなかった父親に、土俵に人生を賭《か》けて生きてきた父親の厳しさと、勝負に賭けるすさまじい執念を感じた。

まもなくして、光恵が、息子の信寿とともに病院に駆けつけた。

夫が、苦しそうに呼吸をしている。

光恵は、枕元で、懸命に励まし続けた。

午前五時四十五分、九重親方は、ついに息を引き取った。五十一歳であった。

「てっぽう柱を……」といったのが、最後の言葉であった。

千代の富士は、親方死すという報に、足がふるえる思いがした。

九重部屋には、千代の富士しか残っていない。ひとりで二階の大部屋を掃《は》き浄《きよ》めた。

やがて、お棺にはいった九重親方の亡骸《なきがら》が運ばれてきた。

その夜、九重部屋裏手の「じょんがら」には、常連客がつぎつぎと集まった。みな、九重親方とこの店で顔を合わせ、その偉ぶらず飾らない人柄に魅かれた人ばかりであった。

「じょんがら」の娘森内哲子は、店にやってきた客たちと、線香をあげに九重部屋に行った。

遺影に向かって、話しかけた。

「ひゃっこいビール、飲めなくなったねぇ。好物の〝もずく御飯〟も、食べれなくなったねぇ。酔っぱらうと、お茶漬け代わりに、もずくをいっぱいかけた〝もずく御飯〟食べたもんねぇ……」

哲子は、泣き崩れた。

誰かが、哲子の肩を後ろからたたいた。千代の富士であった。

「哲ちゃん、泣いたってしようがないよ。さあ、帰ろう。おれが、おぶっていってやる」

千代の富士は、哲子の前でしゃがむと、背中を向けた。

哲子は、その背中に乗った。階段を下りる千代の富士に、背中から話しかけた。

「貢は、体が小さい、小さいっていうけど、ずいぶん大きな背中だねぇ……」

千代の富士は、何も答えなかった。

哲子は、自分に声をかけてきたときの千代の富士の顔を思い出した。眼が、赤く充血していた。

哲子は、揺れる背中の上で思った。

〈昔は、顔を合わせるたびに「くそ婆ぁ」なんて憎まれ口ばかりいってたのに、こういうときにはやさしい男だ……〉

三十一日、告別式がおこなわれた。故人の冥福を祈る関係者やファンが一千人以上もつめかけた。

出棺では、九州から急きょ帰ってきた弟子たちが、お棺をかついだ。

光恵は、そばにいた千代錦に、つい話しかけた。

「伝甫さんの、関取姿を、親方に見せてやりたかったね……」

千代錦は、その言葉を聞いたとたん、こらえていたものが抑えきれなくなった。大声で、泣き出してしまった。

千代錦の泣き声がきっかけとなり、弟子たちが、いっせいに泣き出した。

千代の富士の眼からも、涙があふれて止まらなくなった。

九重親方夫人の光恵には、悲しみにひたっている暇はなかった。無我夢中で動き、指示した。

最大の問題は、九重部屋をどうするか、ということであった。

十一月場所は、目前だ。親方のいない部屋の力士は、土俵に上がれない、という。

光恵は、医者に夫のがんを告知されたときに、その場ですぐ訊いた。

「あと何日の命でしょうか……」

九重部屋のおかみとしての責任がいわせた言葉であった。

部屋の弟子たちは、他人様《ひとさま》の大事な子どもである。その子どもたちの将来を、左右することなのだ。

医師は、答えた。

「今年いっぱいでしょう」

そのときから、光恵は、ひそかに心の中で決めていた。

〈九重部屋を継いでくれるのは、井筒親方しかいない……〉

九重が出羽海部屋から独立して九重部屋を興《おこ》すことができたのは、ついてきてくれた北の富士、いまの井筒親方がいたからこそだ。

もし、あのとき北の富士が、うん、といわなければ九重部屋は存在しない。

しかも、九重部屋の人間として横綱を張った。弟子たちも、慕っている。

井筒部屋にいる弟子たちも、もとは九重部屋にいた。ふたつの部屋がいっしょになっても、うまくやっていけるはずだ。これほどの適任者はいない。

二階の個室のひとつに、光恵、九重部屋後援会長・秦野章参議院議員（当時）、副会長・伊藤広一医師、名誉顧問・大沢一郎検事総長（当時）、本家の高砂親方、井筒親方、部屋頭北瀬海らが集まった。

光恵は、全員の意見が出そろったあとで、九重未亡人としてきっぱりと意見を述べた。

「わたしは、九重部屋を井筒親方に継いでもらいたいと思っております。名前も、そのまま継いでもらいたい」

光恵の意見に反対する者は、いなかった。

こうして井筒親方は、「九重」の年寄名跡《としよりみょうせき》を受け継ぎ、新九重親方となることが決まった。

九重親方の葬儀を終えた千代の富士たちは、ふたたび九州に戻った。

さっそく博多区千代栄町の法性寺から、中央区今川の旧井筒部屋宿舎鳥飼八幡宮内振武館に移った。

新九重部屋は、十三人から一挙に三十五人の大所帯になった。

新九重親方は、心が引き締まる思いがした。

〈先代親方が手塩にかけた弟子を預かるんだ。いいかげんなことは、できんぞ……〉

十一月十三日、九州場所初日の幕が開いた。

千代の富士は、東十両筆頭の位置にいた。この場所を勝ち越せば、再入幕は、確実だ。

千代の富士は、燃えた。

この場所、九勝六敗の成績を挙げた。

場所後、東前頭十二枚目に上がった。十四場所ぶりの、幕内復帰であった。

〈やっとまた、幕内に戻れた。今度は、前回のように一場所で十両に落ちるような屈辱は受けん……〉

年が明け、昭和五十三年。

千代の富士ら、旧九重勢は、江戸川区《えどがわく》春江町《はるえ》の新九重部屋で新年を迎えた。

一時は、親方の死で、気持ちがふさぎがちだった旧九重勢も、新しい場所に移ったことで気持ちを切り替えていた。旧井筒部屋にいた者も、かつては同じ釜の飯を食った仲だ。気心も知れている者ばかりだ。新九重親方は、みずからまわしをつけて土俵に立ち、弟子たちにどんどん稽古をつけた。

全員に、明るさが戻ってきた。

新九重親方は、千代の富士をつかまえていった。

「おい、幕内定着などと消極的な気持ちじゃいかんぞ。前進あるのみだ。今年中に大関、横綱とあたる位置まであがるんだ」

千代の富士も、その気になった。

一月場所を、八勝七敗。東前頭八枚目でのぞんだ三月場所を、やはり八勝七敗と勝ち越した。

千代の富士は、つづく五月場所を東前頭五枚目でむかえた。

この十三日目、千代の富士は、あこがれの大関貴乃花（貴ノ花改め）と初めて対戦することになった。

控えに入った千代の富士は、土俵の向こう側に悠然と座っている貴乃花を睨みつけた。

〈大関に勝って、立派に恩を返してみせる〉

稽古をつけてくれた先輩力士を、本場所の土俵で負かしたり、番付面で追い越すことを、相撲の世界では恩を返すという。

千代の富士は、初入幕を果たした五十年七月ごろから、巡業中の稽古などで、たびたび貴乃花の胸を借りるようになった。

貴乃花は、稽古をつけるたびに、千代の富士が着実に力をつけてくるのを感じた。

千代の富士は、投げを食わない。組んでも、力負けしない。足腰が強いため、立ち合いが鋭い。瞬発力がある。

しかし何よりおどろき感心したのは、度重なる脱臼を克服して、上位まであがってきたことであった。

貴乃花は、千代の富士が、脱臼した肩を痛そうに押さえている姿を何度も眼にしていた。

貴乃花にも、脱臼や捻挫《ねんざ》や肩の骨にひびが入るという経験が何度もあった。怪我をすると、次からは、その怪我の個所を無意識にかばってしまう。思い切りがなくなってしまう。気持ちの上ではかばうつもりがなくても、いざ相手とぶち当たる瞬間に、体が無意識に逃げてしまう。

その瞬間、もう勝負は決まってしまう。体が逃げている分、十分な威力を相手に与えることができない。相手に、たやすく有利な形をゆるしてしまう。

稽古でこの弱点に気づき、本場所で気力をふりしぼって弱点を克服しようとする者もいる。が、稽古で逃げていた体は、本場所でもかならず逃げてしまう。

ところが千代の富士は、自分の体の奥にある恐怖心を完全に抑えつけていた。稽古でも本場所でも、決して逃げることなく相手に挑んでいった。

貴乃花は、つくづく感心した。

〈あいつの精神的な強さ、勝負への執念は、すさまじいものだ〉

大歓声の中、いよいよ両者が土俵に上がった。

千代の富士は、この日まで七勝五敗。しかし、しぶとくねばり強い相撲、さらに仕切りの最中に相手をキッと睨みつける激しさと、足が天を突くように高々と上がる四股の美しさで、会場をわかせていた。

いっぽうの貴乃花とて、足腰の強さ、相撲のねばり強さにかけては、千代の富士に負けはしない。大関として、この場所もふくめ、三十四場所をつとめてきた意地もある。最初の対戦で、この人にはかなわない、と相手に思い知らせる。それが、勝負の鉄則だ。千代の富士が着実に力をつけてきているだけに、今後のためにも、よけいこの勝負は負けられない。

千代の富士は、仕切りに入るや、貴乃花の眼を睨みつけた。いつまでも視線を外さない。

下位力士が上位力士を睨みつけることは、よくある。が、最後は、下の者が上の者の仕切りに合わせるようにするものだ。

ところが、千代の富士は、長い間視線を外さない。

貴乃花は、さすがに一瞬カッとなった。

〈この野郎、睨みつけやがって……〉

先に視線を外し、塩をとりに行ったのは、貴乃花のほうであった。このままでは、ペースを狂わされてしまう、と思ったからである。

時間がきた。千代の富士は、立ちあがるや、強烈にぶちかましていった。当たった瞬間に、すぐさま左手をのばし、貴乃花の前みつをつかみグイッと引きつけた。右手は、貴乃花の脇の下に差してまわしをとった。頭もつけた。

左四つになろうと考えていた貴乃花は、不利な体勢になった。しかし、左右からおっつけ、攻め返した。

が、千代の富士は、ぐいぐいと前に出て攻めつづけた。双差しになるや、一気に貴乃花を吊り出した。あざやかな速攻であった。

貴乃花は、思っていた以上に強くなってきている千代の富士に、脅威を感じた。

千代の富士は、それまでの強引な投げに加え、相手に頭をつけ、まわしをとっても相手に自分のまわしはとらせない、といううまさが加わっていた。

千代の富士は、この場所、九勝六敗の成績をあげた。敢闘賞を受賞した。初の三賞受賞であった。

場所後、千代の富士は、小結に昇進した。

千代の富士と貴ノ花（貴乃花改め）の二度目の対戦は、翌七月場所の二日目であった。

貴ノ花は、またしても千代の富士に吊り出しで敗れ、二連敗を喫することになった。

下位のものにつづけて敗れたことは、貴ノ花にとって屈辱であった。悔しくてならなかった。貴ノ花は、千代の富士の弱点を研究した。

千代の富士の得意は、右四つである。対する貴ノ花は、左四つを得意とする。

いわゆる喧嘩四つである。ゆえに、勝負は、どちらが先に自分の得意四つに持ちこむかにかかっている。

九月場所、貴ノ花は、千代の富士と三度目の対戦をした。

取り口は理想どおりにはいかなかった。相撲は、計算ではないのである。しかし、今度は、吊り出しで雪辱をはたすことができた。

この間、千代の富士は、新小結の七月場所を五勝十敗、東前頭四枚目の九月場所を四勝十一敗という惨憺《さんたん》たる成績で終わった。

が、西前頭十枚目でむかえた十一月場所は、九勝六敗と勝ち越した。場所後、番付はふたたび東前頭四枚目にあがった。

千代の富士は、舌打ちした。

〈上にあがれば、はねかえされる。下で勝って、また上にあがる。これじゃ、まるで、昇り降りをくり返すエレベーターじゃないか……〉

千代の富士は、表にはあらわさなかったが、心の中では力士として行きづまりを感じ始めていた。

左の肩の脱臼癖にくわえ、幕内上位の壁の厚さ、軽量ゆえのハンディが身にしみていた。

九十キロ台の体重では、幕内上位者とあたったときに、相撲にならない。すさまじい勢いで相手にぶつかっても、一瞬の間に、土俵ぎわまでずるずると押し戻されてしまうのだ。

かつては、相撲取りが駄目だったらプロレスラーにでもなればいいや、と考えたこともあった。しかし、いまはちがっていた。相撲の持つ緊張感に魅せられていた。力士人生を選んだことに、悔いはない、と感じるようになっていた。それだけに、今度の悩みは深刻であった。どうしたらいいか、自分でも分からなかった。

いっぽう九重親方は、場所が始まるたびに千代の富士の取り口を、毎日はらはらして見ていた。

〈あれじゃ、肩も脱《ぬ》けるはずだ……〉

軽量のくせに、自分の左手を相手の右腰横まで伸ばし、横みつをつかむや、強引に自分の方に引っ張りこむ。

さらに、天井を向き渾身の力を込めて、がむしゃらに上手投げにいく。まさに、身のほど知らずの相撲であった。

かつては、たんなる兄弟子と弟弟子という関係だった。千代の富士の強引で大きな相撲を見ても、注意はするが、なんとしても取り口を変えてやらねば、という気持ちではなかった。師匠も、いるのだ。

が、いまは、自分が師匠だ。どうしても、千代の富士をつぶすわけにはいかない。

九重親方は、千代の富士にいった。

「脇をしめて、前みつをとる相撲に変えるんだ。肩を脱臼させないためには、それしかない」

千代の富士も、いわれる意味は分かっていた。何度も脱臼を繰り返すうちに、どういう時に肩が脱けるか、ということを体で分かっていた。

が、取り口を変えることは、簡単にできることではなかった。

相撲は、いざ軍配が返ったら、あとは相撲の流れの上で、瞬間、瞬間に体が無意識に反応して戦っていく格闘技だ。

頭の中で、このようにやろう、と考えていても、そのように取れるものではない。相手にぶつかった瞬間、頭の中は真っ白になり、あとは流れに乗り、戦うのだ。

だから、取り口を変えるためには、とことん稽古をし、体に前みつをとる動きを記憶させるしかないのだ。

体に、無意識で反応する動きを記憶させることは、むずかしい。記憶させるためには、稽古で何度も何度も同じことを繰り返さなければいけない。つまり稽古というのは、体に動きを記憶させる作業なのである。

千代の富士とて、稽古をすることはやぶさかでなかった。が、脱臼という大きな爆弾がある。稽古の途中でも、はずれてしまう。稽古量には、どうしても制限をつけざるをえなかった。

なにしろ、左肩は靭帯が完全に伸びきり、夜中に寝返りを打っただけで外れるほどになっているのだ。

昭和天皇の思い入れ

千代の富士に、さらに大きな試練が襲った。

昭和五十四年三月場所七日目、西前頭八枚目の千代の富士は、播竜山と対戦した。立ち合い、先手をとったのは千代の富士であった。双差しになった。そのとき、播竜山が、左手で自分の右肘の下から強烈な力でしぼり上げるように押し上げてきた。

その瞬間、右肩に激しく痛みが走った。いつも左肩が脱けるときに感じていたのと同じ痛みだ。

千代の富士の全身から、一瞬にして力が抜けた。

千代の富士は、難なく寄り切られた。

やはり、右肩は脱臼だった。左肩は、これまで何度もやってきた。が、右肩の脱臼は、初めてである。

千代の富士は、失意のどん底に落ちた。ついに恐れていた事態が、起きた。

〈右肩までやられるとは……。右肩まで癖になったら、両方の腕がつかえない。まるで達磨じゃないか。おれの力士生命も、これまでか……〉

この怪我は、九重親方もまた、いちばん恐れていたことであった。

九重親方は、ただちに四日市市の四日市中央病院院長藤井惇に電話を入れた。

「先生、うちの千代の富士が、右肩を脱臼してしまった。なんとか頼む」

藤井は、すぐに病院から車を出した。

千代の富士が、やってきた。

藤井院長は、すぐにレントゲン写真を撮った。まず大事なことは、脱臼以外に骨折や神経損傷を合併していないかどうか、確認することであった。

藤井院長は、出来上がってきたレントゲン写真を前に、千代の富士に説明した。

「心配していた骨折は、ない。神経と血管の損傷も、ないようだ。脱臼だけだ」

千代の富士にとっては、その脱臼が力士生命を左右する大問題である。単刀直入に訊いた。

「右肩の脱臼は、初めてです。右肩も、左肩のように、癖になりますか」

「初回の脱臼時に、きちんと治療をおこなえば、なにも心配することはない。完全に治らないうちに、焦って動かしたりすれば、習慣性に移行しやすくなる。とにかく、最低三週間は右肩を三角巾と包帯でしっかりと固定する。絶対に、動かしちゃいかんぞ」

千代の富士は、その言葉を信じるしかなかった。が、容易に不安をぬぐいさることはできなかった。

藤井院長にも、千代の富士の気持ちが読みとれた。藤井は、井筒を襲名していた北の富士が、年寄九重を引き継いだ時に、知人を介して九重親方と知り合った。それ以来、九重部屋の宿舎を何度か訪ねた。その時の千代の富士は、冗談を連発し、実に陽気な男であった。が、その千代の富士も、今回はさすがにふさぎがちであった。

入院して四日目、藤井院長は、千代の富士にいった。

「何をくよくよ考えてるんだよ。なるようにしかならないんだから、もう開き直ってしまえよ。酒は、二升まで大丈夫だから、どんどん飲めや」

藤井院長は、千代の富士を、自宅に寝泊まりさせた。自分が入院した時の経験から、千代の富士を病院に寝泊まりさせては、ますます気持ちが落ち込むばかりだ。病院は、夜九時消灯である。翌朝六時までは、ひとりでベッドの上だ。いいことを、考えるはずがない。

藤井院長は、毎晩のように、自宅に友人を集めた。その輪に千代の富士を入れ、ちゃんこ鍋を囲み、陽気に騒いだ。千代の富士は、右肩を除いては、まったくの健康体だ。内臓も、丈夫だ。藤井院長に訊かれると、遠慮なしに自分の食べたいものを答えた。

藤井院長は、千代の富士の右肩が回復していくにつれ、レントゲン写真を刻々撮り、回復状況を具体的に細かく説明した。それに合わせ、脱臼が起こる理由、脱臼を防ぐ方法、肩関節の仕組みなどを、写真や模型を使ってわかりやすく説明した。

藤井院長には、狙いがあった。ふたたび運動を始めるときに、また脱臼するのではないかという恐怖心が起こるのが普通だ。その恐怖心を、千代の富士に起こさせないためには、根本的な脱臼のメカニズムを理解させるのが有効なはずだ。なんだ、脱臼なんてこんなものか。脱臼なんて、怖いもんじゃない。脱けたら、また入れればいいじゃないか。千代の富士が、そう思ってくれたら、しめたものだ。

藤井院長は、千代の富士の飲み込みの早さと頭の良さに、感心した。説明でわからないことがあると、実に的確な質問をしてくる。藤井院長は、しだいに千代の富士の表情から、不安が消えていくのを感じた。

藤井院長は、さらに治療方法についても、相談を持ちかけた。

「反復性肩関節脱臼の治療方法には、大きく分けて二つの方法がある。筋力トレーニングなどの保存的療法といわれるものと、手術療法だ」

千代の富士は、求めた。

「先生、もっと詳しく説明してもらえますか」

「保存的療法は、肩甲下筋や上腕二頭筋などを筋力強化して、肩関節をはずれにくくする方法だ。いわば、肩のまわりに筋肉の鎧をつけるようなものだな。もうひとつの手術療法だが、手術には、いろいろな方法がある。ひとつは、体のどこかから骨片を取ってきて、肩の烏口突起《うこうとっき》という部分に移植する方法だ。すると、移植骨片がバリケードになって、骨頭が脱けなくなるんだな」

千代の富士は、身を乗り出すようにして訊いた。

「どっちが、有効なんですか」

「あなたのように、肩に強力な力がかかったり、脱臼しやすい体位をとる状態に追い込まれる人にとっては、やはり根本的治療方法は、手術だろう」

「手術するとしたら、復帰までは、どのくらいの期間がかかりますか」

「そうだなぁ、術後三週間目ぐらいからリハビリを開始して、相撲を取り始めていいのは、術後半年目ぐらいになるかな」

「半年ですか……」

藤井院長は、少し千代の富士に考える猶予《ゆうよ》を与えた。

そのあとで、決断を迫った。

「どちらを、選ぶ」

千代の富士は、きっぱりと答えた。

「筋力トレーニングでいきます。手術して半年も土俵を休んだら、おれの力士生命は、終わりです」

その日から、千代の富士は、いっそう筋力トレーニングに打ち込んだ。右肩を固定したままで、病院職員の手を借りながら、背筋や腹筋を鍛える運動。階段の上り下り。鉄アレイを使っての筋力強化。右肩の包帯がとれると、一日五百回の腕立て伏せ。毎日、休むことなく続けた。激しい筋力トレーニングの後は、腹がすいた。夜は、大勢の仲間たちと楽しく飲み、食った。

千代の富士が、東京の九重部屋に戻ったのは、四月の終わりであった。

九重親方は、千代の富士の顔を見るなり、驚いた。

「おい、どうした。顔が、ふっくらしたじゃないか。太ったんじゃないのか」

九重親方は、千代の富士に言った。

「体重計に、乗ってみろ」

千代の富士は、部屋の体重計に乗った。百キロを、わずかだが超えている。百キロを超えたのは、入門以来初めてのことである。

九重親方は、千代の富士が百キロを超えたと聞き、自分のことのように喜んだ。すぐに四日市中央病院に電話した。電話に出た藤井院長に、訊いた。

「先生、うちの部屋では、千代の富士は、絶対に百キロを超えなかったんだが、いったい、何を食わせたんですか」

藤井は、笑いながら答えた。

「なにも、特別なことはやってないよ。毎晩、どんちゃん騒ぎをやってただけだよ」

夏場所は、五月六日が初日であった。千代の富士は、休場届を出した。右肩の脱臼が癖にならないように、完全に治すつもりであった。九重親方からは、五月場所は公傷扱いになるはず、と聞かされていた。

公傷制度は、土俵上で翌場所も休場せざるをえない大怪我をした場合、怪我をした力士の急激な番付降下を救済する措置であった。年六場所の現在、怪我が完治しないうちに土俵に上がり、さらに怪我を悪化させるという悪循環をふせぎ、怪我をした力士にじっくりと治療に専念してもらおうという趣旨であった。

ところが、初日二日前の五月四日におこなわれた公傷認定のための緊急理事会で、千代の富士に公傷制度が適用されないこととなった。

というより、緊急理事会に提出されるべき公傷申請の書類が、途中の手違いにより届いていなかったのだ。千代の富士の名は、議題にものぼらなかった。

九重親方は、この日、取組編成会議のために国技館にいた。千代の富士の公傷見送りを知り、憤然とした。

「せめて討議されて、その結果駄目というなら、あきらめがつく。しかし、書類上の不備とは……」

九重親方は、江戸川区春江町の部屋に戻るや、千代の富士を呼んだ。

「おい！　大変なことになった。夏場所は、公傷扱いにならなくなったぞ」

千代の富士は、理由を聞くや、訴えた。

「途中の手違いなら、それを説明したら、受け付けてくれるはずでは……」

「うん、おれも、さっきさんざん交渉してきた。が、理事会の決定をくつがえすことはできん、というんだ」

千代の富士は、唇を嚙みしめた。

九重親方は、さらに続けた。

「ここは気持ちを切り替えて、治療に専念しろ。右肩は、初めての脱臼だから、癖にしないためには、ここでの治療が肝心だ」

「……わかりました」

千代の富士は、部屋に戻ると、畳の上に仰向けになった。天井を、睨みつけた。

〈ちきしょう！　いったい、なんてこった。これで、また幕下に落っこちるじゃねえか……〉

千代の富士は、五月場所は、前場所の右肩脱臼による休場のため、西前頭八枚目から陥落し、西十両二枚目であった。五月場所を全休すれば、一挙に幕下まで落ちる。関取の身分から、ふたたび無給の身分へ舞い戻ってしまう。悔しくてならなかった。

五月六日、いよいよ初日の幕が開いた。

千代の富士は、部屋で悶々《もんもん》とした一日を過ごした。その夜、とうとう耐えきれず、九重親方に申し出た。

「親方、おれを、出させてください。このままみすみす番付が下がっていくのを見ているのは、とてもがまんできません」

千代の富士は、まるで鬼のような形相であった。

九重親方は、千代の富士の形相に圧倒された。千代の富士は、頭を下げ、執拗《しつよう》に頼んだ。

「お願いです。この場所は、二勝すれば、幕下に落ちることはまぬがれるはずです。左腕一本でも、二つぐらいは勝ってみせます」

九重親方は、千代の富士の気迫に賭けた。

「よし、わかった。やってみろ」

五月八日、夏場所三日目、千代の富士は、右肩にたすきがけのサポーターを巻き、土俵に上がった。会場に、大きな拍手が沸き起こった。

千代の富士は、まったく稽古なしの、ぶっつけであった。が、満山《みつるやま》を下手投げで破り、白星のスタートを切った。取組を重ねるごとに、土俵勘を取り戻していった。結局この場所を、九勝四敗二休という好成績で乗り切った。

場所前の稽古こそ無かったが、藤井院長のもとで、地道な筋力トレーニングを続けていたことが、好成績につながった。

昭和五十四年七月場所、千代の富士は、三たび幕内に返り咲いた。西前頭十四枚目である。

西前頭十三枚目には、兄弟子の影虎がいた。が、千代の富士は、過去の実績からして、この場所から九重部屋の実質的な部屋頭の立場となった。これまで部屋頭だった北瀬海が、五月場所十二日目に引退し年寄君ヶ濱を襲名したのである。

千代の富士には、九重部屋の若い者を引っ張っていかなければ、という責任と自覚が生まれた。

七月場所を勝ち越し、九月場所は、東前頭十枚目につけた。

千代の富士は、九月場所が近づくと、積極的に出稽古に出かけた。目当ては、佐渡ヶ嶽部屋の琴風《ことかぜ》（現・尾車《おぐるま》親方）であった。

琴風は、三十二年四月生まれで、昭和四十六年七月初土俵。千代の富士より一年後輩で、二歳年下であった。十九歳で幕内入りし、二十歳で関脇に昇進した。ところが、五十三年十一月場所二日目、麒麟児《きりんじ》（現・北陣《きたじん》親方）との対戦で、左膝関節内側副靭帯を損傷した。その後、途中休場、二場所全休をはさみ、五十四年七月場所では一気に西幕下三十枚目まで落ちてしまった。大関候補から無給力士へと、まさに天国から地獄への転落であった。

が、七月場所を、六勝一敗で再起のスタートを切った。ふたたび、幕内、三役と駆けのぼっていくのは目にみえていた。

千代の富士は、この琴風に、五十一年七月場所の初対戦以来、四連敗を続けていた。琴風の、鋭く、体重のきいた重い当たりは、強烈だった。

千代の富士は、おのれに言い聞かせた。

〈琴風の当たりに負けないようになれば、他の力士の当たりにも負けないはずだ……〉

稽古場で、千代の富士は、つねに琴風より鋭い突っ込みを心がけた。相手が一歩踏み込んできたら、二歩踏み込むつもりで鋭く当たった。

琴風の胸にあたる角度も、さまざまに研究してみた。自分の重心を下げ、低い位置から角度をつけて当たった。

千代の富士は、琴風と稽古を繰り返しながら、自分の相撲の型を作り上げていくことを心がけた。

鋭い立ち合いのあと、相手の前みつをつかみ、一気に攻め込む速攻相撲という型である。その型は、これまで何度も先代九重親方からも、現九重親方からもすすめられてきた型であった。が、いざ土俵に上がると、つい振り回すような上手投げをつかった。しかし、千代の富士は、従来の振り回す型が、いかに肩に負担をかけるかを、四日市中央病院に入院中に学んだ。

脱臼を繰り返さないためにも、親方のいう相撲の型が、自分にもっとも適した型であると完全に納得した。あとは、その型を、稽古の繰り返しによって、いかに自分の体に記憶させ、さらに磨きをかけるか、であった。そのためには、琴風との稽古が、もっとも効果的と考えたのである。

　九月場所を勝ち越した千代の富士は、十月六日から秋巡業に出た。

　その巡業中のことであった。

　千代の富士は、貴ノ花につかまり、諭された。

「ほんとうに強くなりたいと思ったら、煙草《たばこ》はやめろ。おまえは、とにかく、おれより素質はあるんだ。煙草をやめれば、かならず大関になれる」

　貴ノ花は、十両に上がったころから、頻繁《ひんぱん》に煙草を吸うようになった。本場所に入ると、いらいらする気持ちを落ち着かせるために、ふだんよりよけいに吸った。一日四十本も吸った。

　煙草がよくないのは、自分でもよくわかっていた。なにより、スタミナがなくなった。スタミナがなくなると、十分な稽古ができない。そのため筋肉がついてこない。何度か禁煙に挑戦した。しかし、ついにやめることはできなかった。

　が、千代の富士には煙草をやめさせたいと思っていた。千代の富士にたびたび胸を貸すようになったころから、それとなく何度かアドバイスしたことがあった。

　貴ノ花は、軽量に苦しんだ。それゆえ、ここにきて幕内上位の壁を必死に乗り越えようとする千代の富士の気持ちが理解できた。

　貴ノ花は、大事な時期にきている千代の富士のためを思い、この巡業中にはっきりと諭したのであった。

千代の富士は、この直後、きっぱりと煙草をやめた。

はじめこそ、禁断症状があった。が、やがて稽古をしても息が切れなくなった。体調が良くなった。食欲も出てきた。それにつれ、筋肉がつき、体も太ってきた。

年が明け、昭和五十五年。三月場所。

千代の富士が、出稽古で激しくぶつかりあった琴風は、東前頭筆頭に上がった。

千代の富士は、東前頭三枚目につけた。勝ち越せば、三役入りの可能性がある。

右肩の脱臼いらい、一日五百回の腕立て伏せは、毎日続けていた。肩や二の腕は、みごとな筋肉の盛り上がりをみせてきていた。それに合わせ、煙草をやめた効果が現れた。体重は、百十キロ近くになっていた。

千代の富士は、気力十分で場所にのぞんだ。

二日目、横綱三重ノ海戦。三重ノ海は、二十四連勝中であった。前年十一月場所、五十五年一月場所と連続優勝を果たし、この場所で三連覇をねらっていた。千代の富士は、相手が強ければ強いほど、燃える。

立ち合い、千代の富士は、三重ノ海の左前みつを素早くとり、引いた。つり寄りで激しく攻め、最後にはつり気味の寄りで相手を下した。初の金星であった。

千代の富士は、その後も、栃赤城《とちあかぎ》、荒勢《あらせ》（のち第十七代間垣《まがき》親方）の両関脇、増位山、貴ノ花の両大関らを倒した。

十日目には、横綱若乃花（のち第十八代間垣親方）と当たることになった。ふたりのそれまでの対戦成績は、若乃花の四戦四勝であった。

千代の富士は、乗りに乗っていた。部屋を出るときに、九重親方から発破をかけられてもいた。

「おい、金星をあげたら、二十万円の御祝儀だぞ」

若乃花にとって、千代の富士は、足腰のしぶとささえ気をつければ、攻めやすい相手だった。なにしろ千代の富士は、相撲が大きい。小兵力士がするように、胸に頭をつけてくるようなこともない。そのため、組んだときに重心が上体にある感じで千代の富士の体を振り回せば、軽く飛んでいく、という感覚があった。

しかし、この日の千代の富士は、印象が違った。体が、ひとまわり大きくなっている。この日までの取り口を見ても、昔のような大きな相撲は減ってきている。若乃花は、心してのぞんだ。

軍配が、返った。千代の富士は、立ち合い、若乃花が左へ変わってはたくのにつけ入って、左手、右手の順で若乃花の前みつを取った。さらに若乃花の体の左側に徹底的に食いつき、頭もつけた。

最後は、右の出し投げで崩してから、寄り切った。

敗れた若乃花は、いましめた。

〈これは、相撲が変わってきているぞ。今度からは、要注意だ……〉

この場所、千代の富士は、八勝七敗の成績をあげた。初の技能賞も獲得した。

記者たちは、千代の富士を絶賛した。なかでも、評論家の神風正一《かみかぜしょういち》は、千代の富士の取り口の急激な変化におどろいて語った。

「こんなに変わるものかというくらいに、変わったたね。従来の大きすぎる取り口から、小兵らしい技能相撲に変わった。頭をつけて攻めることも覚えたね」

場所後、千代の富士は、西の小結に昇進した。琴風は、五つの勝ち越しで、場所後関脇に昇進した。

昭和五十五年五月場所。千代の富士は、初日、二日目と北の湖、輪島の両横綱に連敗して、黒星のスタートを切った。その後三連勝したあと、琴風、貴ノ花と連敗し、三勝四敗で八日目をむかえた。

この日は、天皇陛下のご来臨があった。対戦相手は、横綱若乃花であった。

陛下は、大の相撲好きであった。学習院初等科のころは、昼休みに学友たちと相撲を取ることもたびたびであった。型は、押し相撲の正統派であった。

陛下の好きなタイプは、体の小さな力士であった。栃錦（のち第九代春日野親方）、初代若乃花（のち第十代二子山親方）のように体の小ささを克服して大きな力士を倒す姿が好きであった。

栃錦は、新入幕当時の体重が、わずか七十七キロ。初優勝して大関に決まったころに、やっと百キロに達した。

若乃花も、入幕時が七十七キロ。大関昇進時が九十四キロ。最高でも、わずか百七キロという軽量であった。

が、両者とも強靭な足腰を土台に、豪快な技をみせ、天才横綱とうたわれた。

陛下は、立場上、ふたりの具体的な名前をあげて称賛することはなかった。けれども、陛下と同じように相撲の大好きな入江相政《いりえすけまさ》侍従長（当時）との会話では、その気持ちを正直に吐露《とろ》した。

この日、千代の富士を見た陛下は、そばの春日野理事長に、心配そうな表情でたずねた。

「千代の富士は、ずいぶんと小さな体だけれど、頑張っているね。だいぶ筋肉がついてきましたが、もう肩の怪我は、大丈夫ですか」

陛下は、いつも力士の将来の見通しについては語らない。力士の近況についての質問が、つねだった。が、この日は、めずらしく千代の富士の将来について、たずねた。

「千代の富士は、栃若《とちわか》になれますか」

入江侍従長は、陛下の言葉に、千代の富士に対する陛下の思い入れを感じた。

千代の富士と若乃花の取組は、一分二十二秒三の熱戦であった。若乃花のとっさの左外掛けが決まり、千代の富士は、敗れた。

この場所、千代の富士は、六勝九敗と三つ負け越した。が、初日から千秋楽まで、相撲が崩れなかった。最後まで自分の型の相撲を取りにいき、敗れたのであった。千代の富士には、大きな衝撃はなかった。

〈今のところは、体力負けだ。もっと体に筋肉をつけ、今の相撲の型に磨きをかけていけば、いけるぞ……〉

千代の富士は、佐渡ヶ嶽部屋ばかりでなく、高砂部屋、春日野部屋、二子山部屋、花籠部屋……と、さらに積極的に出稽古に出かけた。「さすらいのウルフ」と、ひやかされた。

千代の富士は、七月場所から、九月、十一月と、連続三場所技能賞をものにした。番付も、西前頭二枚目から、一気に東関脇まで駆けのぼった。

年が明けた五十六年初場所。千代の富士には、大関昇進を賭けた場所になった。千代の富士は、燃えた。

〈大関昇進は、優勝して、スパッときれいに決めてみせる……〉

晴れの大関

昭和五十六年の年が明けた。

相撲取りの正月は、初場所が終わってから、といわれる。

九重部屋も、初場所を目指し、二日から激しい稽古に入った。

その日の午後、千代の富士は、九重親方とともに蔵前四丁目にある浄念寺《じょうねんじ》に向かった。

浄念寺には、先代九重親方が眠っていた。

千代の富士は、墓前に立ち、誓った。

〈親方、見ててください。かならず大関になってみせます……〉

千代の富士は、翌三日から、出稽古を始めた。

六日は、両国にある春日野部屋で、横綱審議委員会の「稽古総見」がおこなわれた。横綱、大関らが集まり、稽古ぶりを審議委員に見てもらうのである。

八時半、千代の富士は、九重親方とともに、総見の場に顔を出した。

九重親方は、審議委員や春日野理事長をはじめとする協会幹部の集まるこの場で、千代の富士の存在を強烈にアピールするつもりであった。

千代の富士に、真っ先に声をかけたのは、大関貴ノ花であった。

貴ノ花は、この日一番乗りで春日野部屋にやってきた。たっぷりと四股を踏み、二番手がやってくるのを待ち受けていた。

千代の富士は、貴ノ花の胸を借り、いきなり三番稽古に入った。

九時過ぎまで、ふたりで土俵を占領した。

上がり座敷の見学者たちは、ふたりの意欲あふれる稽古に、満足した。

春日野理事長は、稽古を終えて帰ろうとする千代の富士をわざわざつかまえて励ました。

「いいか、いまがいちばん大事なときだぞ。脇目を振らず、稽古に打ち込めよ」

千代の富士の乗ったタクシーが走り去ると、春日野理事長は、記者のひとりに打ち明けた。

「あいつは、かならず大関、横綱になれる器だよ」

だれもが、千代の富士に期待していた。精悍《せいかん》なマスクと、美しくたくましい肉体。切れ味のよい速攻相撲で、大きな相手を次々となぎ倒す。千代の富士は、その強さと勇ましい姿で、大相撲人気を沸きたてている。

一月十一日の初日が近づくにつれ、スポーツ紙の相撲欄も、ページを大きく割いていった。話題の中心は、千代の富士の大関盗りにあった。マスコミは、新しい年の幕開けに、ウルフ旋風が吹き荒れることを期待していた。

父親の松夫は、新聞の相撲記事を読むたびに思った。

〈貢には、おれと同じ漁師魂がある。ここぞというときには、ぜったいに獲物を逃さない……〉

千代の富士の気持ちは乗っていた。前年七月から連続三場所、技能賞をものにしている。気力、体力とも充実していた。周囲の期待をプレッシャーと感じず、逆に自分のエネルギーに変えることができるのが、千代の富士の強みであった。

一月十一日、いよいよ初場所初日を迎えた。朝から、快晴であった。

千代の富士は、起きると『日刊スポーツ』を開いた。

大きな見出しが飛び込んできた。

「ウルフM（マジック）12」

と書いてある。

千代の富士は、付き人に、まんざらでもない表情でいった。

「おいおい、もうマジックが出るのか。ちょっと、早すぎるんじゃないのか」

千代の富士の大関昇進の当確ラインは、十二勝と見られていた。大関昇進の基準は、明確に決められているわけではない。が、三役を三場所つとめ、その間の勝ち星の合計が三十二、三勝が、おおむねの当確ラインであった。

千代の富士は、小結の前年九月場所で十勝、関脇の十一月場所で十一勝をあげていた。

この朝、九重部屋には、朝から報道陣が詰めかけた。その中、千代の富士は、三段目をつかまえ、軽く汗を流した。

稽古が終わると、待ち構えていた報道陣に囲まれた。

千代の富士は、記者たちの機先を制するようにいった。

「プレッシャーは、ないよ。夜も、ぐっすり眠ったよ」

ちゃんこの後は、ふたたびぐっすりと昼寝をしてから、国技館入りした。

初日の相手は、西前頭三枚目の琴風であった。

琴風は、大関昇進を賭けた五十五年七月場所、左膝の半月板を欠き、それが皿の下に食い込むという大怪我をした。その怪我のため、いまは平幕に落ちている。しかし、大関へあと一歩まで迫った実力者である。

しかも、対戦成績は、一勝七敗と、千代の富士が大きく負け越している。千代の富士にとっては、難敵であった。

千代の富士は、土俵に上がった。

満員の国技館内に、すさまじい拍手と声援が沸き起こった。

「千代の富士ー！」

黄色い声援が飛ぶ。

十三本の懸賞金の垂れ幕が、土俵を回る。

千代の富士は、天を突くように、右足、左足と上げた。

その美しい四股が、また声援を呼ぶ。

琴風の師匠、佐渡ヶ嶽親方は、出稽古にくる千代の富士を見て、千代の富士が、ここにきて大きく力をつけてきているのを知っていた。

佐渡ヶ嶽親方は、琴風にひとこと助言していた。

「前みつを、取らせるな」

琴風の頭には、その一言だけがあった。

時間いっぱい。両者立ち上がった。五分の立ち合いだ。が、千代の富士の左手の動きは、速い。琴風の前みつを、一瞬にしてつかんだ。素早く右も差した。間髪を入れず、吊り、寄りの速攻で攻めた。腰の重い琴風の体が、千代の富士の怪力で浮いた。

千代の富士は、琴風を、わずか四秒二の相撲で、西土俵に寄り切った。

琴風は、記者のインタビューで、かぶとを脱いだ。

「突き放そうと思ったが、力でやられたよ。出足がいいし、引きつけもいい。強いよ」

千代の富士は、苦手の琴風に、会心の相撲で勝ったことで、気をよくした。

〈よし、いけるぞ！〉

五日目。千代の富士は、四連勝で横綱輪島戦を迎えた。輪島は、過去六度戦って、一度も勝てない相手だ。ふたりは、千代の富士が右四つ、輪島が左四つの、いわゆる喧嘩四つである。前さばきのうまい方が、どうしても十分の形になる。前さばきは、やはり百戦錬磨の輪島が上だ。そのため千代の富士は、どうしても歯が立たなかった。

千代の富士にとって、この日の輪島戦は、大関盗りの第一関門であった。

朝、千代の富士に対しては、めったに助言しない九重親方が、めずらしく千代の富士に声をかけた。

「がっぷりになって上手を取られたら、絶対に駄目だ。長引いたら駄目だ。胸を合わさず、早く攻めろ」

土俵上。懸賞は、この日も十二本、五日間で、なんと五十六本だ。二位の若乃花でさえ、二十六本だ。

時間が来た。輪島は、千代の富士の素早い前みつ取りを恐れていた。

立ち合いから、千代の富士をさかんに突きたてた。千代の富士は、のけぞった。が、後退しながらも頭を下げ、一瞬の隙をついて、右上手を取り、投げを打った。腰の回転がきいた強烈な投げだ。輪島は、こらえきれず、足をもつれさせながら、右肩から横転した。

向こう正面白房下で審判委員を務めていた九重親方は、心の中で叫んだ。

〈よし、最高の攻め方だ！　これで、またひとつ飛躍するぞ……〉

千代の富士は、取組後、記者の質問に答えた。

「もう最高の気分ですよ。満点だね」

輪島を倒したことは、千代の富士にとって、大きな自信になった。

快進撃をつづける千代の富士に衝撃が襲ったのは、七日目の十七日のことであった。

千代の富士は、昼のNHKニュースで、尊敬しつづけてきた貴ノ花の引退を知った。

貴ノ花は、前日の六日目、西前頭筆頭の蔵玉錦《ざおうにしき》（現・武隈《たけくま》親方）に一方的に押し出され二勝四敗となった。その瞬間、決めた。

〈長い間頭の中で考えつづけてきた引退の時機は、ここしかない〉

貴ノ花が引退を考えはじめたのは、千代の富士と、初めて対戦したころからであった。このころから、すでに体力の限界を感じた。

体力の衰えは、誰よりも先に本人が自覚した。四股を踏んでも、力が入らない。集中力がなくなってきた。それまで楽に勝っていた相手にも、負けることが増えてきた。

〈このままいったら、長生きできないじゃないか。おれは、四十歳ぐらいで死んでしまうんじゃないか……〉

そんなことが、頭に浮かんでくる日もあった。

貴ノ花は、それでも、何度も萎《な》えそうになる気持ちを奮い立たせた。

しかし、大関在位五十場所に到達したこの場所で、それも限界に達した。

自分の後を託せる千代の富士という若手も出てきた。

貴ノ花は、おのれに問うた。

〈悔いはないか？〉

貴ノ花は、答えた。

〈やるだけのことは、やってきた。いまなら、笑顔で土俵を去ることができる〉

貴ノ花、三十歳の引退であった。

十七日午後二時から、蔵前国技館内で、貴ノ花の引退記者会見がおこなわれた。

記者のひとりが、千代の富士についての感想を求めた。

貴ノ花は、答えた。

「よく稽古をして頑張って欲しい。〝貴ノ花二世〟という言葉を、マスコミが使ってくれるのは、ぼくもうれしい。千代の富士が伸びてきたので、安心してやめられるよ」

この夜、九重親方（元・横綱北の富士）は、貴ノ花と千代の富士との絆について、東京中日スポーツに手記を寄せた。

『……とにかくしぶとかった。引きつければ折れそうに感じる細い体だったが、足腰の強靭さは類をみなかった。上手投げと外掛けで崩しに出ても根が生えたように動かなかったものだ。その強さを誇った足腰もやがて衰えを見せ始め、最近ではあれが貴ノ花かと目をおおうような負け方が多くなってきた。しかし持ち前の根性とひたむきな努力でここまで持ちこたえてきたのは、ただ立派の一言に尽きる。この場所前のけいこも元気いっぱいだった。うちの千代の富士をかり出して、むしろ分のいいけいこぶりだった。限界説を吹きとばすはりきり方だった。しかしいま考えてみると、貴ノ花が最後の力をふり絞って千代の富士に相撲のきびしさというものを教えてくれ、そして自分の膚《はだ》でしっかりと後継者としての千代の富士を見定めてくれ、散っていったような気がしてならない。

千代の富士の現在あるのは貴ノ花なくしては考えられない。もし悲願の大関になれたあかつきには、私から改めて礼をいいたかった。それだけにもう少し取ってくれたら、というのが正直なところである。このうえは千代の富士を立派な力士にすることが、私たち師弟の貴ノ花に対する恩返しであると思う。

貴ノ花君、長い間本当にご苦労さまでした。しばらくはのんびりして、やがて君がすばらしい弟子を育て上げる日がくることを祈ってやみません』

千代の富士は、貴ノ花の「千代の富士が伸びてきたので、安心してやめられるよ」という言葉に、発奮した。

千代の富士は、連勝を続けた。

スポーツ紙には、連日〝ウルフ〟という大きな活字がおどった。

「八連勝！　ウルフＭ（マジック）４、食った懸賞九十本、百八十万」

千代の富士は、自分でも、完全に勢いに乗っているのを自覚していた。

〈毎日、相撲を取りに行くのが楽しくてたまらない。一日に二番、取りたいくらいだ……〉

十日目、優勝候補の横綱北の湖に土がついた。東前頭三枚目の朝汐《あさしお》（のち朝潮《あさしお》、現・高《たか》砂親方《さご》）の突き落としに不覚をとったのであった。

千代の富士には、大関だけでなく、優勝の望みも出てきた。

記者が、訊いた。

「単独トップになったね。どうする？」

千代の富士は、たじろいだようにいった。

「そんなことといったって、知らないよ。びっくりだね」

が、すぐに、いつものマイペースの答えを続けた。

「いつ負けるかと思いながら、やってきた。これは、出来すぎだね。これじゃあ、あすから雪が降る」

九重親方は、思わぬ展開に興奮した。親方は、内心、千代の富士の星は、十勝程度でいいと思っていた。この場所は肩慣らしで、今年中に大関に昇進してくれればいい、とのんびりかまえていた。ところが、優勝の芽も出てきたのである。

九重親方は、記者たちの前で思わず優勝への色気を口にした。

「おもしろい展開になってきたね」

が、その意味するところに気づき、あわてて打ち消した。

「いや、あと二番。やつは、大関だけでいいんだ。二兎《にと》を追っては、いかん」

十一日目の対戦相手は、朝汐であった。

千代の富士は、立ち合い、朝汐の猛攻に押された。が、最後は突き落としで、逆転勝ちをおさめた。無傷の十一連勝である。

場所前、千代の富士の大関当確ラインは、十二勝であった。が、すでに横綱一人を倒し、単独トップという状況だ。協会内に、〝大関当確〟の声も出てきた。

記者たちは、理事室の前で、春日野理事長をつかまえた。

春日野理事長は、記者から質問が出る前に、先手を打った。

「昇進については、責任者として、何もいえないよ。そのことについては、みなさんの方が知っているでしょ」

記者たちは、番付面の直接の責任者である高砂審判部長もつかまえた。

高砂審判部長は、記者たちが驚くほど明確に答えた。

「相撲は、申し分ないね。ぼく個人の意見だが、大関としての力量はついたと思うね」

十二日目を迎えた。対戦相手は、横綱若乃花。若乃花を破れば、大関昇進は、当確だ。

土俵に上がった。千代の富士は、闘志をみなぎらせた。下がりの先にまで、闘志がこもっている。

仕切りの間、懸賞が回る。今場所最高の十九本だ。

軍配が返った。両者、激しくぶつかり合った。低く踏み込んだ若乃花が、千代の富士の左と右に差した。双差しだ。千代の富士は、両上手を渾身の力を込めて引きつけ、若乃花の寄り身をこらえた。さらに、右上手投げで、若乃花を揺さぶった。両者の動きが止まったあと、機を見た千代の富士が、いきなり右から強引な外がけに出た。若乃花は、懸命に残そうとしたが、千代の富士は、一気に寄りたて、赤房下へ体を預けて寄り倒した。

十二連勝だ。

千代の富士は、支度部屋で、幾重にも記者に取り囲まれた。

「やりましたね」

千代の富士は、笑顔で答えた。

「どうなっちゃってるの。とうとう、十二番いっちゃったよ。ごちねんです（ご機嫌です）」

記者たちは、続けざまに質問をぶつける。

「大関をつかんだ感触は、どうですか」

「感触？　いいですよ」

「次は、優勝ですね」

「そりゃあ、できたら……。でも、まだ三日あるからね。あとは、ひとつひとつの積み重ねだね」

いっぽう、千代の富士の実家がある北海道松前郡福島町も、連日の千代の富士の活躍で、興奮に包まれていた。

千代の富士が勝つたびに、福島町内中心部にある商工会議所の前庭から、花火が連日打ち上げられた。

　優勝が決まれば、今日も景気よい花火が打ち上げられることになっていた。

　町内の岡本病院には、場所が進むごとに、高血圧の患者が増えた。

　岡本寿一院長は、患者が来るたびに、笑いながらいった。

「なーに、相撲が終われば、治ってしまうよ」

　千代の富士の快進撃は、止まらなかった。十三日目北天佑（のち二十山《はたちやま》親方）、十四日目富士桜《ふじざくら》（のち中村親方）も下して十四連勝を達成した。

　この日の打ち出し後、九重親方は、記者たちの前で吐露した。

「ここまできたら、きれいごとはいってられないよ。勝ちにいって欲しい。明日は、おれも土俵に上がって、千代の富士の手助けをしたい気持ちだよ」

　一月二十五日。初場所は、千秋楽を迎えた。

　この日、福島町の千代の富士の実家には、朝から大勢の取材陣が押しかけた。近所の人たちも、集まった。

　千代の富士の大関昇進は、すでに間違いないところだ。しかし、ここまできたら、優勝で花を添えてもらいたい。みんな、そう思っていた。

　父親の松夫は、いつものように、燈明《とうみよう》をつけ、まず怪我をしないように、と祈った。

そして、できれば、勝たせて欲しい、と祈った。

千代の富士の実家には、連日千代の富士へのファンレターが、届いていた。

松夫は、その手紙に、一枚々々ていねいな返事を書いていた。

そのたびごとに、息子がだんだん息子でなくなるような気がした。何かとても、大きなものに変わっていく予感がした。

千代の富士の千秋楽の相手は、十三勝一敗の北の湖であった。

千代の富士が勝てば、文句なしの優勝。北の湖が勝てば、優勝争いは、決定戦に持ち込まれる。

さすがの千代の富士も、この日ばかりは、重圧を感じていた。

何もかも、初めての経験なのだ。この日、仕度部屋では、心持ち顔が青白かった。結びの一番が、きた。この日、朝から館内は異常な興奮に包まれていた。が、ふたりの対決を前に、館内はさらに興奮の度合いを高めていた。

決戦を前に、重圧を感じているのは、横綱北の湖も同じであった。その重圧は、千代の富士より大きいといってもよかった。もし自分が負けたら、輪島、若乃花、自分と三人も横綱がいながら、関脇に全勝優勝を許すことになる。そんなことになったら、横綱の面目《めんぼく》が立たない。北の湖は、いいきかせていた。

〈優勝決定戦で負けてもいい。本割りだけは、負けるわけにはいかない。やつの全勝優勝

だけは、絶対に阻止してやる〉

北の湖も、千代の富士同様、怪我をきっかけとして自分の相撲の型を変えた力士である。かつては、多彩な相撲をとった時期があった。突っ張りも吊りも寄りも万全だった。ところが、昭和四十八年十一月場所十二日目の富士桜戦で、左足の足首と親指を捻挫した。翌四十九年一月場所、捻挫は完治しなかった。痛みがあり、休場しようかと考えたが、前場所で十勝している。痛みをこらえて土俵にあがった。北の湖は、左足が痛いため、右足で思いきり土俵を蹴り、左からかち上げて、相手の体を撥《は》ね上げていく相撲の型に変えた。すると、おもしろいように勝てた。ついには、この場所を十四勝一敗で初優勝をとげた。関脇になり二場所目の、わずか二十歳であった。それ以来、北の湖は、その型を自分の相撲の型にしていた。

両者、土俵に上がった。

ふたりの対戦成績は、一勝八敗。一勝は、千代の富士が、昨年の秋場所、うっちゃりで拾った勝ち星だ。千代の富士にとって、北の湖は大きな壁だった。

千代の富士は、北の湖の目を睨みつけた。

〈よし、当たってくだけろだ。それしかない〉

軍配が返った。北の湖は、千代の富士が低く飛び込んでくるところを、突き起こした。そのまま突きたて、右を差し入れた。千代の富士は、すかさず右を巻き替えた。が、北の湖も左を巻き替えた。がっぷり四つになった。こうなっては、北の湖が有利だ。

北の湖は、一呼吸の後、腰を落とし、千代の富士を高々と吊り上げた。

千代の富士は、足をばたつかせ、懸命に振り切ろうとした。

が、向こう正面に運ばれ、吊り落としぎみに、土俵の外に出されてしまった。

この時、千代の富士の眼に、北の湖が左膝から崩れ落ちるのが、しかと焼きついた。

〈あっ、あの左膝は……〉

千代の富士は、北の湖の弱点を見た気がした。

〈あの磐石《ばんじやく》の横綱にも、弱いところがあったんだ。あの左膝を攻めれば、いいんだ……〉

敗れながら敵のアキレス腱を見つけ出す。転んでもただでは起きぬ千代の富士ならではの勝利への執念であった。

優勝の行方は、ついに決定戦に持ち越された。

千代の富士は、支度部屋に戻り、髷を結い直した。

すっかり硬さがとれていた。一敗したことで、かえって気持ちが楽になっていた。

しかも、頭の中に、北の湖が左膝から崩れる瞬間が、強烈に残っている。

千代の富士は、十分後、ふたたび土俵に立った。

自分に、いいきかせた。

〈左膝を攻めれば、勝てる〉

両者立ち上がった。

千代の富士は、鋭い立ち合いで、頭から当たっていった。

北の湖は、やはり千代の富士を突き起こそうとした。が、千代の富士の立ち合いがあまりにも鋭かった。千代の富士は、素早く右で上手を取った。頭を北の湖の胸につけた。絶好の体勢だ。

北の湖は、右から千代の富士を起こそうとしたが、千代の富士は、頭をつけてこらえた。さらに、北の湖が寄ってくるのを、右へ回って逃げながら、左下手を自分から放して頭をつけた。

その次の瞬間、右から右上手出し投げを食らわした。北の湖の唯一のアキレス腱である左膝を崩しにかかったのだ。北の湖は、なお崩れない。

千代の富士は、さらに右上手出し投げを打った。北の湖は、それでも崩れない。

千代の富士は、さらに執拗に左膝を崩しにかかった。

いま一度右上手出し投げを打った。

北の湖の百六十五キロの巨体が、前へつんのめるようにしながらついに左膝から土俵へ落ちた。

館内に大きな歓声が沸き起こった。客席の全員が立ち上がっている。座蒲団が乱舞する。

千代の富士の初優勝であった。

第五章　小さな大横綱

故郷に錦

新大関千代の富士が、函館空港の到着ロビーに姿を現した。

ロビーを埋め尽くした三百人を超えるファンから、一斉にすさまじい歓声が沸き起こった。

昭和五十六年二月九日午前十一時三十分、千代の富士の故郷凱旋《がいせん》のスタートであった。

千代の富士は、空港ロビーで行われた歓迎セレモニーを終えると、人の波を押し分けながら、ようやく非常口から脱出した。同行の九重親方とともに、用意されてあった黒塗りのハイヤーに乗り込んだ。

車は、故郷の松前郡福島町に向かった。報道陣が乗った十数台のタクシーが、後を追いかけた。

故郷への凱旋。両親との再会。今回の帰郷は、報道陣にとって、昨年来続いている「ウルフフィーバー」のクライマックスである。各社とも、総動員で取材に掛かっていた。

午後三時、ハイヤーが、福島町中心部にある町役場に着いた。

千代の富士の到着を知らせる花火が、三連発で威勢よく打ち上げられた。

千代の富士は、町役場にあいさつを済ませると、福島町塩釜の実家へ向かった。

車は、津軽海峡沿いの道に出た。

車は、海岸沿いの道から折れて、実家に続く細い坂道に入った。そこで、立ち往生《おうじょう》した。人が道を埋め尽くし、前に進めない。

千代の富士は、仕方なく車を降りた。車を取り囲んだ人々から、拍手と声援が掛かった。

「おかえり！」

「貢！　いいぞ！」

千代の富士は、顔なじみの人たちの声援に笑顔で応えた。

人垣をかき分けながら、実家への坂道を上った。

玄関の前には、父親の松夫と母親の喜美江が立って待っていた。

頭が、雪で真っ白に染まっている。

〈あれ!?〉

千代の富士は、両親の頭の上の雪の量で、そうとう長い間、外で自分を待っていてくれたのが分かった。

千代の富士に、カメラマンのひとりから声が掛かった。

「すみません、ご両親と並んで、握手してください」

千代の富士は、カメラマンの注文を受け、母親を真ん中にして三人で並んだ。父親と母親が重ねた手の上に、自分の手を重ねた。

その瞬間、凍るような感触が伝わってきた。ふたりの体が、すっかり冷えきっている。

〈こんなことで、病気になったら、どうすんだ！〉

カメラマンに笑顔を浮かべながらも、心の中は煮えくり返っていた。

撮影が終わるや、両親を押し込むようにして、家の中に入った。

すると、今度はどうだ。家の中には、十五、六人の記者たちがストーブを囲み暖を取っているではないか。

千代の富士の心に、ふたたび怒りが沸き起こった。

〈ちょっとおかしいんじゃないのか……〉

年老いた両親を、何十分も雪の降りしきる中に立たせておいて、こいつらは暖を取っていたのか。ふたりを外に立たせておくなら、自分たちも外で同じように立って待っているのが、人間としての筋であり誠意じゃないのか。

千代の富士は、記者たちに遠慮なしにいった。

「悪いが、外に出てくれないか。もう、いいだろう」

このころ千代の富士は、すっかりマスコミ嫌いになっていた。取材を受ける前の約束を、平気で変えてくる記者が多かった。

取材に限らず、嘘をつかれたり、約束を守ってもらえない、ということが、千代の富士のもっとも嫌うことであった。たとえどんなに千代の富士と親しくしていても、一度裏切ったら、二度と関係を修復するのは無理であった。その代わり、千代の富士は、一度信用すると、その相手をとことん信用する男であった。両親は、千代の富士の性格がよく分かっていた。

が、記者に対する千代の富士の態度を見て、両親は、はらはらしていた。

相撲取りは、人気商売である。マスコミに嫌われたら、損をするのではないか。ありもしないことを書かれるのではないか。

息子を思う、親心であった。

異常なほどの人気に戸惑っているのは、千代の富士ばかりではなかった。

息子が人気者になっていくにつれ、両親も、周囲の流れの渦に巻き込まれていた。実家には、「ウルフフィーバー」以来、祝電や手紙やプレゼントが、山ほど届くようになった。その返事書きだけで、一日が終わることもあった。

また、北海道に観光旅行に来た人たちが、「千代の富士の実家を見よう」と、帰りに立ち寄ることも多くなった。せっかく遠くからやってきた人に、お茶の一杯も出さずに帰すわけにはいかない。両親は、一日に何度も、お客の応対に追われることもあった。それでも体調のいい日は、いい。体調の悪い日は、カーテンを引き、居留守をつかった。町に買い物に出るわけにもいかず、三日間、にぎりめしだけの食事で済ましたこともあった。

漁師町で静かに暮らしてきたふたりには、何かと戸惑うことばかりであった。

この日、千代の富士の実家には、五百枚もの色紙が届いていた。

松夫は、疲れている息子を気の毒と思いながらも、目の前に色紙を差し出した。出世したら態度が変わったなどと、周囲にいわれたくなかった。

午後六時、千代の富士は、実家でゆっくりする間もなく、町の中心部にある福祉センターで行われた激励会に出席した。

近隣の二郡四町の町長や議員たちを含め、約二百七十人が集まった。

その後、自宅に帰ってからも、来客は絶えなかった。

結局、この日は、両親とゆっくりした時間も取れずに、一日が過ぎた。

翌二月十日は、午前九時半から、町内パレードが行われた。

千代の富士は、紅白の幕に飾られたオープンカー代わりのジープで、町内をパレードした。

商店街の二階の窓からは、紙吹雪《ふぶき》が舞った。沿道の人々から、小旗が振られた。顔なじみの人たちの顔が、たくさん見える。つぎつぎと声援を送ってくれた。

千代の富士は、感謝した。笑顔で手を振り、応えた。

午後からは、福祉センターで町民による祝賀会が行われた。

千代の富士の離町前の最後のセレモニーとあって、千人近くの人々が、集まった。

中学時代の恩師である中村寛も、この会場に駆け付けた。

あまりの人の多さに、千代の富士と話をする時間は、持てなかった。が、会場で、父親の松夫を見つけ、声を掛けた。

「おとうさん、よかったですね」

松夫は、深々とお辞儀をしたあとで、さみしそうな表情でいった。

「もう貢は、わが子であっても、わが子じゃないですね」

中村には、その言葉が、強く印象に残った。

千代の富士は、福祉センターを出ると、ふたたび函館空港に向かった。

わずか一泊二日のあわただしい帰郷は、こうして終わった。

千代の富士は、大関になってはじめて迎えた三月場所を十一勝四敗、次の五月場所を十三勝二敗で連続準優勝という成績をあげた。

横綱審議委員会の内規には、横綱昇進の基準は、「大関で連続優勝、もしくはそれに準ずる成績」となっている。

千代の富士には、早くも横綱昇進のチャンスが出てきた。

七月場所を、優勝もしくは千秋楽まで優勝を争うような準優勝という成績をあげれば、横綱昇進の可能性があるのだ。

千代の富士は、七月場所を、横綱昇進をかけて戦うことになった。目指すは、優勝しかない。

六月末、九重部屋の一行は、名古屋市千種《ちくさ》区城山《しろやま》町の九重部屋宿舎相応寺に入った。

千代の富士は、すぐさま出稽古をはじめた。行き先は、守山《もりやま》区吉根《きっこ》の佐渡ヶ嶽部屋宿舎竜泉寺《りゅうせんじ》温泉であった。連日、琴風と激しい申し合いをこなした。

千代の富士は、集まった記者たちに、訊かれた。

「なぜ、佐渡ヶ嶽部屋へ」

千代の富士は、答えた。

「琴風の突き押しをしのぎ、押し相撲に一気に持っていかれないための対策だ」

千代の富士にとって、琴風は、五十一年七月に初めて対戦以来、七戦連続で負け続け、どうしても勝てない相手だった。

それが、出稽古を続けるうちに、勝ち出した。五十五年十一月に、八戦目にして初めて勝った。それからは、四連勝を続けている。

琴風は、そのため周囲からいわれた。

「千代の富士と稽古をやり過ぎるから、弱点を覚えられちまったんだよ。もう、千代の富士との稽古は、やめたらどうだ」

が、琴風は、その意見は違う、と思った。

〈千代の富士関に負けて一敗しても、千代の富士関と稽古することによって力がつき、他の力士に勝てるようになったら、それでいいじゃないか〉

琴風は、千代の富士が大関という立場なのに、自分の方から積極的に出稽古に来てくれることに感謝した。千代の富士の気持ちに応えるには、稽古で全力を尽くすしかないと思った。渾身の力で、千代の富士にぶつかった。ぶつかり合う瞬間、ぐっと歯を噛《か》みしめる。そのため、稽古が終わったあとは、首筋のリンパ腺が激しく痛んだ。

場所前の稽古は、ふつう初日三日前の木曜日ぐらいから、軽くしていく。体の疲労を取り、万全の体調で初日を迎えるようにするためである。ところが、千代の富士は、金曜日になっても、出稽古にやってきた。琴風は、受けて立った。

千代の富士は、稽古を終えて帰るときに、いった。

「明日の土曜日もやろうぜ」

琴風は、驚いていった。

「それだけは、かんべんしてくれ。もう膝がガクガクだよ」

琴風は、千代の富士の稽古に対する姿勢に教わった。

初日の七月五日。相手は、苦手の前頭筆頭隆の里。なんとか緒戦に勝ち、波に乗りたいところであった。

軍配が返った。千代の富士は、低い位置から激しく踏み込んで出た。頭から当たった。右上手の形になり、一気に前に出た。その機を待っていたかのように隆の里が、右に鋭く変わりながら、千代の富士を叩《はた》き込んだ。加速のついていた千代の富士は、水泳の飛び込みでもするかのように、ばったりと手から土俵に倒れ込んでしまった。

最悪のスタートだ。

記者たちは、支度部屋に戻ってきた千代の富士を取り囲んだ。いつもマイペースの千代の富士でも、さすがに気を落としているのだろうと思いながら、感想を訊いた。

ところが、千代の富士は、冗談を飛ばす余裕を見せた。

「場所前に、色紙に手形を押しすぎたんで、また手形を押しちゃったよ」

気持ちの切り替えのうまさが、千代の富士の強さの秘密でもあった。千代の富士は、二日目から連勝を続けた。

八勝一敗と勝ち越しを決めた九日目、春日野理事長は、記者クラブとの懇談《こんだん》の中で語った。

「千代の富士の横綱は、そうなってもらいたい気はあるが、千秋楽を迎えなければね。何番勝てばいい、とは口に出していえないが、相撲内容は充実してる」

この日が終わり、優勝争いは、九連勝の横綱北の湖、一敗の千代の富士と高見山の三人に絞られた。

十日目、千代の富士は、関脇朝汐を寄り切りで破り、勢いをつけた。

高見山は、この日、琴風に敗れ、痛い一敗を喫した。優勝争いは全勝北の湖、一敗の千代の富士の対決が濃厚となった。

十一日目は、麒麟児を寄り切りで倒し、十二日目は、対戦相手の出羽の花《でわのはな》（現・出来山《できやま》親方）の休場で、労せずして白星を手に入れた。

〈綱取りの大事な場所に不戦勝なんて、これは、ツキがあるぞ……〉

自分でも、重圧を感じることなく快進撃を続ける自分自身が怖いほどだった。

〈しかし不戦勝というのは、番付会議のときに、まともな白星として計算されるのだろうか……。それが心配だ〉

十三日目は、四敗まで後退してしまった高見山との対戦。勢いが違った。わずか三秒一で勝負をつけた。

横綱北の湖は、この日、関脇琴風を破り十三連勝と独走を続けていた。

十四日目。千代の富士の対戦相手は、琴風であった。北の湖は、全勝である。この日負ければ、千代の富士の優勝はない。

いっぽう琴風も、この一番を勝っておけば、秋場所に大関の可能性が濃くなる。どちらも一歩も引けない。

千代の富士は、立ち合い、琴風に右差しを許した。が、かまわず左上手を浅く引いて引きつけ、上手投げの連続で、琴風を攻めた。上手出し投げで、千代の富士が勝った。

この日の結びの一番、北の湖が朝汐に突き倒しで敗れるという大波乱が起きた。館内に、興奮した観客の投げる座蒲団が飛び交った。

これで千代の富士は、精神的に大きな余裕ができた。全勝と一敗同士で千秋楽を迎えることになれば、千代の富士は、本割り、決定戦と二連勝しなければ優勝できないのだ。

〈よし！　これで明日は、五分と五分だ〉

千秋楽。千代の富士は、いよいよ北の湖との相星決戦を迎えることになった。

この年は、千代の富士と北の湖にとっては、因縁の深い年であった。

初場所の優勝決定戦に続いて、春場所、夏場所と、連続して千秋楽で優勝をかけた直接対戦を行っていた。この名古屋場所も含めると、なんと四場所連続の直接対戦ということになる。

北の湖は、戦うたびに、千代の富士が着々と力をつけてきているのを身をもって感じていた。それまで警戒感を覚える程度だったのが、圧迫感すら出てきた。まわしを取られた瞬間に、一瞬にして引きつけられ体が浮かされた。

小結ぐらいまでの千代の富士は、体の左側面から体ごとぶつかってくる感じだった。それが、番付が上がってくるにつれ、正対したまま真っすぐにぶつかってくるようになった。しかも、低く当たってくる。体を丸くして、ふところに弾丸のように飛び込んでくる。千代の富士が、それまで北の湖のまわしをとりにくるまでにあったワンクッションがなくなった。時間と距離のロスがなくなり、最短距離、最短時間で、自分のまわしをとってくるようになった。前みつをとりにくる腕の肘も、締まってきた。前みつをとりにくる千代の富士の左腕と体の間に自分の右腕を差し、まわしを取りにいった。が、千代の富士の肘が固く締まっているため、取り負けするようになった。千代の富士に、力強さと、威力を感じた。軽量で取りやすいなどという感じは、まったくなくなっていた。千代の富士の攻めを防ぐ方法を考えた。考えに考えた結果、答えが出た。「千代の富士の攻めを防ごうとしないことだ」。それが、千代の富士対策の答えだった。

〈千代の富士の攻めを防ごうと考えるから、いけない。防ごうと考えることは、相手のペースにはまることだ。おれは、自分の立ち合いを崩さないことだけを考えよう。自分の相撲を、そのままぶつけていけばいい。変に考えると、考えた分だけ、動きが鈍る〉

横綱が、横綱と対戦する場合に考えることは、相手の出方ではない。自分の立ち合いのことだけである。相手に当たった瞬間、当たりが鋭い方が、組み勝つ。この一瞬に、精神を集中して、すべてをかける。横綱戦になると、組み勝った方が、勝負の八割をにぎることになる。立ち合いの一瞬が勝負なのだ。

北の湖は、大関の千代の富士に対し、横綱と対戦するときと同じように、全精神を集中した。

〈伸び盛りの千代の富士だ。前場所より、さらに相撲に磨きがかかっているはずだ。だが、おれは、右を取ったら上手でも下手でも自信がある。右をとることだけを考えていくだけだ〉

いっぽう千代の富士の作戦は、「早く上手を取り、相手の胸に頭をつける」というものであった。立ち合い、千代の富士は、低い体勢から、鋭い踏み込みで、北の湖にぶつかった。左でサッと前みつを引いた。素早く頭を付けた。もっとも得意な相撲の型である。

北の湖は、右上手が取れず千代の富士を抱え込む形になった。左下手も取れない。北の湖は、かまわず右からおっつけて寄った。

千代の富士は、右へ回り込みながら、右からも前まわしを取った。逆に北の湖を西土俵へ追い込んだ。いきなり右から上手出し投げを食らわせた。北の湖が、こらえきれずに泳いだ。

〈いまだ！〉

千代の富士は、北の湖の左腰に食いついた。すさまじいスピードで東土俵まで一気に突っ走って北の湖を寄り切った。

千代の富士の二度目の優勝と、横綱昇進を決めた一瞬であった。

七月二十一日午前、九重部屋宿舎の相応寺《そうおうじ》に、千代の富士の横綱推挙を知らせる使者がやってきた。

大関昇進の時と同じように、使者は伊勢《いせ》ヶ濱《はま》理事と陣幕審判委員であった。

千代の富士は、九重親方、先代九重未亡人杉村光恵とともに、使者を出迎えた。

伊勢ヶ濱理事が、横綱推挙を伝えると、千代の富士は、力強く答えた。

「慎んでお受け致します。横綱の名を汚さぬよう一生懸命がんばります」

第五十八代横綱、千代の富士貢の誕生であった。


昭和五十六年九月、千代の富士は、新横綱の場所を迎えた。

初日の対戦相手は、東四枚目の蔵玉錦であった。

千代の富士の左足首には、白い包帯が巻かれていた。七月場所後の仙台巡業中に、捻挫したのである。

ある新聞に、この場所が始まる前に、千代の富士の怪我を伝える記事が載った。

「新横綱が、怪我で休場することになったら、前代未聞だ」

という内容が書かれてあった。

千代の富士は、負けん気が強い。

足首に痛みが残っていたが、出場することにした。

〈あんなことを書かれないためにも、十五日間を全《まっと》うしてみせる！〉

軍配が返った。やはり足の怪我がひびいた。鋭い踏み込みが、できない。

左下手、右上手の体勢となったが、蔵玉錦に攻められ、上体を浮かされた。

千代の富士は、右から首投げを打ったが残された。蔵玉錦は、寄りながら攻めてきた。

千代の富士は、とっさに左から下手投げを打った。千代の富士にとっては、あぶない相撲であった。

千代の富士は、記者たちの質問に苦笑いを浮かべて答えた。

「これが本当の綱渡りだよ。いいとこなしの相撲だったね」

二日目の対戦相手は、隆の里であった。

立ち合い、千代の富士は、隆の里の左差しを両手で押さえてはばんだ。

すると隆の里は、左で上手を取ってきた。その隙に、千代の富士も右を入れた。が、得意の左上手が取れない。

隆の里は、左へ回り込んだ。機をみて、左から鋭く上手投げを放った。千代の富士はたまらず横転した。その瞬間、悪い足首に重心がかかり、さらに傷《いた》めてしまった。

千代の富士は、新横綱の場所を、翌三日目から休場に追い込まれてしまった。

医者の診断は、「左下腿前脛腓靭帯前距腓靭帯損傷」というものであった。ギプスで、足を固めた。

千代の富士は、さすがに気落ちした。

病室にじっとしていると、九重親方の「スパッと辞めよう」という言葉が浮かんだ。

〈もしかしたら、このまま、おれは終わっちゃうんじゃないだろうか……〉

初の全勝優勝

昭和五十六年十一月、横綱千代の富士は、正念場の場所を迎えた。

横綱デビューの前場所を左足捻挫で途中休場した千代の富士にとって、この場所は実質的なデビュー場所となる。

横綱の重責にどれだけ耐えていける力と心を持った力士なのか。重責につぶされ短命で終わる横綱なのか。

周囲は、この場所の結果を見て、新横綱千代の富士の力をはかろうとしていた。

千代の富士自身、この場所がどういう意味を持った場所なのか、十分に分かっていた。

〈もし黒星が先行したら、引退も考えねば……〉

場所が近づいても、調子は、いまひとつであった。

千代の富士の相撲は、立ち合い、土俵を思いきり蹴り、一気に前に出ていく型だ。場所前に、その立ち合いの稽古が十分にできなかった。蹴りに一番大事な足首は、一番ひねりやすい部分だ。また同じところを怪我してはいけない、という恐怖感があった。どうしても、無意識のうちに足をかばってしまった。そのため、土俵を蹴る瞬間の力が減殺した。

千代の富士は、初日を迎えて決めていた。

〈なんとか十五日間を、全うすることだけを考えよう……〉

十一月八日、初日の対戦相手は、鷲羽山《わしゆうやま》（のち出羽海親方、高崎《たかさき》親方）だった。

さすがの千代の富士も、緊張した。久しぶりの本場所でもある。心の中の不安を打ち消して、思いきり踏み込めるだろうか。

土俵下の審判委員席には、九重親方がいた。親方も、気掛かりであった。控えに入った千代の富士を、それとなく観察した。

〈どうも、キョロキョロしている。落ち着きがない……〉

両者が、土俵に上がった。

立ち合い、鷲羽山は、左へ変わっていなそうとした。が、千代の富士は、しぶとくついていった。相手の動きをよく見て、最後は押し出した。

二日目、蔵玉錦。立ち合い、千代の富士は、左足から鋭く踏み込んだ。やはり、迫力がない。物言いのつく相撲で、かろうじて勝った。

支度部屋で記者に囲まれた千代の富士は、左腿の上を、ぽんと左手で叩いていった。

「どうもしっくりこない。この足が出ないんだ」

三日目は、大寿山《だいじゆやま》（現・花籠親方）を寄り倒しで破ったが、四日目の大錦（のち山科《やましな》親方）戦に寄り切りで敗れた。わずか二秒九の相撲だった。

周囲は、これで崩れるかもしれない、と見た。しかし、千代の富士は、逆に完敗だったことで、すっきりした。左足首の捻挫も、徐々に良くなってきているのを実感した。

五日目から、白星を続けた。

九日目、横綱北の湖が、膝の故障で休場した。変形性膝関節《しつかんせつ》症という診断であった。

この場所は、横綱若乃花が初日から休場していた。横綱は、千代の富士ひとりになった。

千代の富士は、この日、飛騨《ひだ》の花《はな》に勝ったあと、支度部屋で記者たちに語った。

「一人横綱は、負担になるから、なるべく考えないようにするよ。だんだん良くなってきたけど、まだ二の足が出ない。相当、苦しい場所になりそうだと思っていたし、いい方じゃないですか。一敗で勝ち越しできるなんて、思いもよらなかったよ」

千代の富士は、明るい表情で語った。が、内心は一人横綱となった責任を強く受け止めていた。

〈下位のものに優勝をさらわれたら、横綱の権威がなくなる……〉

十日目、十一日目、十二日目と三連勝を続け、星は十一勝一敗。十二日目、二敗で千代の富士を追っていた大関琴風と関脇隆の里が、ともに敗れて三敗になった。

横綱昇進後、初優勝の可能性が高くなった。

〈これで、楽になったぞ……〉

十三日目は、やはり三敗の小結朝汐。

千代の富士は、左前みつを狙った。が、朝汐が頭から当たるのが速かった。

朝汐は、右から押っつけ、百八十一キロの巨体で、百十八キロの千代の富士を押し立てた。千代の富士は、あっさりと土俵を割った。完敗であった。

前日、琴風、隆の里との白星の差が開き、安心したことが心の隙になった。場所前に十分な稽古ができなかったため、スタミナも切れていた。

十四日目は、苦手の隆の里。寄り切りで敗れた。十一勝三敗。千代の富士、琴風、朝汐の三人が同じ星になってしまった。

千秋楽、結びの一番。相手は、琴風。両者の対戦の前に、朝汐は栃赤城《とちあかぎ》を破り優勝決定戦の権利を得ている。この対戦に勝った方が、朝汐と対戦だ。

琴風は、踏み込みを利かせ激しく当たった。素早く右、左と入れて双差しになった。猛然とがぶって出た。

千代の富士は、後退しながら左へ左へと回り込んだ。右で首を巻き、苦しまぎれに強引な首投げを放った。

琴風は、こらえようとして、腰を落とした。その瞬間、右足がすべって、足が開き過ぎた。

すかさず千代の富士が、右から内掛けを放ち、琴風に体重をかけるようにしながらもたれこんだ。

千代の富士の精いっぱいの逆転勝ちであった。

朝汐との優勝決定戦。

今場所、朝汐は、調子に乗っている。持ち味を生かした突き押しが冴えている。十三日目の本割りで、千代の富士は、朝汐に二秒八の相撲で完敗している。

記者たちは、朝汐有利とみた。

控えにいる間、千代の富士の頭には、本割りで負けたときの相撲がよみがえった。嫌な予感がする。

両者が、土俵に上がった。

千代の富士は、朝汐を思いきり睨みつけた。相手に少しでも圧力をかけるのだ。

軍配が返った。

立ち合い、朝汐が右から突いて出た。千代の富士は、後退した。朝汐は、勢いを増してさらに突き進んだ。千代の富士は赤房下に詰まった。俵に足がかかった。しかし、詰まりながら、なんとか朝汐の前みつを取った。ぐいっと前みつを引くと、反撃に出た。朝汐が、棒立ちになった。千代の富士は攻め続け、最後は右から外掛けをかけるようにして左差し手を返して寄り倒した。

千代の富士にとって、二場所ぶり三度目の優勝であった。史上初の年間三クラス、つまり関脇、大関、横綱での優勝も果たした。

支度部屋に戻った千代の富士は、思わず泣いた。大関、横綱に昇りつめた時でさえ、涙は見せなかった。が、今回ほど場所が苦しいと感じたことはなかった。綱の面目を保った、と思った瞬間に涙が流れて止まらなくなった。

記者たちの質問に、途切れ途切れに答えた。

「うれしい……。俵に足が掛かった時は、もう駄目かと思った。でも誰かが、後ろから押してくれているみたいだった」

五十七年の年が明けた。

場所前の計量で、体重が目標にしていた百二十キロに達した。気を良くした。

前年は、「ウルフフィーバー」で、人気の渦に巻き込まれた年であった。七月場所後の足首の怪我が長引いたのも、その渦に巻き込まれ、きちんと治療に専念できなかったからだった。

千代の富士は、新しい年を迎え、誓った。

〈綱の権威を守り、つねに賜盃レースに加わるのが横綱の使命なんだ。人気よりも、まず自分の体だ……〉

さらに、千代の富士には、大きな目標があった。

連覇と、全勝優勝である。このふたつを達成するには、どうしても克服しなければいけないことがあった。苦手隆の里に、いかに勝つかであった。

隆の里とは、四十九年十一月に初対戦以来、五十六年十一月までに十五回対戦していた。成績は、千代の富士の七勝八敗と互角であった。が、ここ最近は、千代の富士が、三連敗を喫していた。しかも、組んだ時に、圧倒的な力の差を感じて負けていた。

むかえた一月場所。千代の富士は、十二日目に隆の里と対戦した。千代の富士は、防戦一方の相撲で、隆の里に敗れた。四連敗である。

千代の富士は、思った。

〈同じ相手に、これだけ連敗するなんて、横綱として恥ずかしい〉

三月場所。千代の富士は、十二日目まで白星を重ねた。

この日を終了した時点で、後を追いかけてくる北の湖との差は二つ。

優勝の可能性が高い。後は、これから当たる北の湖、若乃花、隆の里をなんとか料理して、初の全勝を達成したいところであった。

十三日目の相手は、若乃花だった。

すくい投げで、若乃花に軍配が上がった。が、勝負がつく瞬間は、ほとんど同体であった。

十四日目の隆の里戦も、上手投げで隆の里に軍配が上がった。この日も、前日と同じ微妙な勝負であった。

二番とも、スポーツ紙に載った写真では、千代の富士の勝ちと見てとれた。

新聞社やNHKには、相撲ファンからの電話や投書が相次いだ。

千代の富士は、判定について口を開くことはなかった。が、千秋楽の北の湖戦に勝ち、十三勝二敗で四回目の優勝を決めた時に、記者たちは察した。

〈あの二番は、千代の富士が勝っていた。初の全勝優勝が達成できたのに、さぞや悔しかろう……〉

五月場所をむかえた。

千代の富士は、夏場所を、まだ一度も制したことがなかった。この場所で優勝を飾れば、連覇という目標を達成できる。先場所の余勢を借りれば、全勝という目標も達成できるかもしれない。

千代の富士は、燃えた。

が、全勝の夢は、二日目に破れた。大寿山に敗れたのだ。しかし、連覇の夢は残っていた。

千代の富士は、気持ちを入れ替えて白星を続けた。

十三日目に、隆の里と当たった。五連敗中である。マスコミは、隆の里を、千代の富士の〝天敵〟とまで表現するようになっていた。

千代の富士の身上は、引きつけの強さである。左で相手の前みつを取り、ぐいと絞る。琴風、朝汐といった四十キロも重い相手が、それだけで体が浮き上がってしまう。こうなっては、手も足も出ない。

が、隆の里は、その千代の富士に力負けしない。しかも、右の相四つとあって、隆の里は千代の富士の左上手を取りやすい。相手のまわしをつかんでしまえばポパイといわれるほどの怪力で、相手を制してしまう。

千代の富士は、この日の対戦も、先に隆の里に上手を与える相手十分の体勢に持ち込まれてしまった。

しかし、なんとか下手投げで崩して左上手を取った。さらに攻め、強引とも思える右外掛けにいった時に、体勢を入れ替えられた。最後は、寄り倒しで、隆の里の勝利に終わった。一分もの激闘であった。

隆の里が千代の富士に強いのは、千代の富士をとことん研究していたからであった。

隆の里は、五十六年初場所千秋楽の優勝決定戦で、千代の富士が北の湖を破った時から、次は千代の富士時代がくる、と読んだ。

その日から、さっそく千代の富士のデータを集めた。ビデオで取組をすべて録画した。過去の対戦の取り口を、すべて記憶した。あまりにビデオを巻き戻し、繰り返して見るので機械が壊れてしまった。何度も買い替えた。巡業に出れば、稽古をじっと見つめた。

千代の富士と対戦する時は、そのデータを頭の中によみがえらせて、さまざまに自己暗示をかけた。

〈握力は、おれの方が強い。背筋力も、おれの方が強い。足腰は、千代の富士の方が強いかもしれない。しかし、おれだって、二子山親方から、「おまえに足を掛けて倒そうとしても、無理だ。おまえの足腰は、並以上だ」とほめられたことがあったじゃないか〉

隆の里は、幕下時代から糖尿病に苦しんだ。その病に打ち勝ったことも、励みにした。

〈千代の富士は、脱臼で苦しんだ。地獄の淵から這《は》い上がって横綱にまでなった。おれだって、力士にとっては致命的といわれる糖尿病を克服してきたではないか……〉

隆の里の糖尿病との闘いは、すさまじいものであった。最初は自暴自棄の毎日が続いた。医師や看護師が掛けてくれる励ましの言葉に、悪態をついた。

「そんななぐさめなんかよしてくれよ。相撲取りは、糖尿になったらおしまいなんだよ。どんなに栄養をとっても、ザルからこぼれるように、体から流れ出ていってしまうじゃないか」

毎朝起きると、新聞の求人欄ばかりながめた。隆の里は、二代目若乃花と同期入門だ。なにかにつけて、若乃花と比較された。自分が病気で苦しんでいる間に、若乃花はどんどん上に上がっていく。

部屋にやってくる後援者は、若乃花の周りには集まるが、自分の周りには集まらない。若乃花が後援者からつくってもらった化粧廻しを見るたびに、若乃花をうらやんだ。

テレビや新聞に、巨人軍の長嶋選手と王選手が仲良く写っている。ふたりの友情物語の記事を見る。そのたびに思った。

〈こんな写真は、いんちきだ。人間なんてこんなもんじゃない……〉

そんなある日、担当医が、隆の里にいった。

「きのう二子山さんから電話があったんですよ。やつは、糖尿さえ治れば、かならず三役を狙える力士です。そう一生懸命、何度もわたしに頼むんですよ」

隆の里は診察室から自室のベッドに戻ると、毛布をかぶって泣いた。

〈親方は、まだおれを見捨てていなかった……〉

その日から、病院の屋上に上がった。四股を踏んだ。うさぎ飛びをした。腕立て伏せをした。

医学書から文学書、経済書、哲学書……。あらゆる本を読んだ。医師や看護師の励ましの言葉を、自然に受け入れることが出来るようになった。

ひねくれた心のままでは、強くなれないと思った。若乃花が勝ち越して帰ってくると、真っ先に「良かったな」と声を掛けるようにした。

しかし、糖尿病は、簡単に手なずけることのできる病ではなかった。

当時、糖尿病の薬は五種類ほどしかなかった。ある薬を使っていても、二年もすると抗体ができて効かなくなってしまう。また別の薬を使う、それも、しばらくするとだんだん効かなくなってくる。薬と薬を、いろいろ組み合わせて使ってみたりした。

薬が効いている間は、集中力がわいた。力も出た。精神力が高まった。そういうときは、いい成績を残せた。

薬が効かなくなると、またたく間に成績が下がった。力は出ない。やたらに喉が渇く。バイ菌が入ると、すぐ化膿した。足の切り傷から入ったバイ菌が化膿し、足が腫れた。鉛のような重さを感じ、国技館に着いただけでくたくたになった。

夜は二十分おきにトイレに立つので、ほとんど眠れなかった。

巡業中、バスで移動するときは、トイレを我慢した。頻繁にバスを止めると、他の力士に馬鹿にされ、なめられてしまう。

体重も、なかなか増えなかった。場所前の力士会での計量のときは、誰にも気づかれないようにして、水を五リットルも飲んで検査場に行った。体重が減ると調子を落としていると思われるからだ。

稽古の仕方や食事も、自分の体に合うように工夫した。午前中の稽古を終えると、午後もひとりでウエートトレーニングの稽古をした。相撲取りが午後に稽古するというので、変わり者扱いされたこともあった。酒の誘いを断るので、付き合いの悪いやつだ、といわれたこともあった。

隆の里は、おのれに言い聞かせた。

〈おれだって、地獄を見てきたんだ。ここで負けたら、おれの地獄は、たいしたことなかったということになる……〉

隆の里は、千代の富士と対戦する時は、いつも頭のてっぺんから足のつま先まで神経を張りつめて土俵に上がった。千代の富士から奪う一つの勝ち星は、他の力士から奪う二つ分にも三つ分にも感じることがあった。

隆の里は、昭和二十七年九月生まれであった。五十七年の九月がくれば、三十歳になる。力士の年齢からすると、もう晩年である。

若い千代の富士に勝つということは、まだまだおれはやれるんだ、という自信になった。

千代の富士は、隆の里に敗れたものの、この五月場所で十三勝二敗の成績をあげた。五回目の優勝と初の連覇を達成した。

五十七年十一月の九州場所。千代の富士は初日の一敗を守り、千秋楽で〝天敵〟隆の里と対戦した。

対隆の里戦の連敗はつづいていた。八連敗という、横綱千代の富士にとって屈辱的な対戦成績になっていた。

優勝はすでに、前日十四日目に決めていた。が、なんとしても隆の里を破り、優勝に花を添えたかった。

千代の富士は、開き直った。

〈えーい、思いきってどーんと当たっていくだけだ〉

右の相四つでいつも力負けしているので、まわしを取られたら切ることだけを考えて土俵に上がった。

軍配が返った。千代の富士は、鋭く踏み込んだ。心にまよいがなかった分、いつもより踏み込みに勢いがあった。左で素早く前みつを取ることができた。すかさず右を差した。隆の里戦で、これほど見事に自分の型になったのは、初めてであった。

千代の富士は左から出し投げにいき、隆の里の体勢を崩すと、右かいなも返して上手を与えず、一気に寄り立て、正面土俵に寄り切った。ついに隆の里を降《くだ》した。

千代の富士にとって、この年四度目、通算七回目の優勝であった。

千代の富士は、支度部屋で記者に囲まれ、笑顔で質問に答えた。

「隆の里の連敗記録をストップしてやれやれだね。これで本当に優勝した気がするよ」

五十八年の年が明けた。

一月場所は、十二勝三敗の成績であった。

この場所中、横綱若乃花が引退した。北の湖は途中、休場した。一人横綱の千代の富士には優勝が期待された。が、千代の富士は終盤になって朝潮（朝汐改め）、北天佑、琴風に敗れ、優勝戦線から脱落してしまった。優勝は、八場所ぶり二度目の琴風であった。

三月場所。この場所も北の湖が休場し、一人横綱となった。

初日、巨砲を上手投げで破り、白星のスタートを切った。七日目、三連敗していた北天佑に勝ち、気を良くした。

白星を続け、十四日目、隆の里戦。隆の里は、一敗で千代の富士を追っている。ここで勝てば優勝が決まる。全勝優勝の可能性は、かなり高くなる。

立ち合い。狙っていた左前みつが取れた。あとは、千代の富士の独壇場だった。頭を隆の里のあごの下に埋め、攻めぬいた。最後は、寄り切りで、千代の富士が勝利をおさめた。

千代の富士は、翌十五日目も、あぶなげない相撲で琴風を寄り切った。初の全勝優勝であった……。

双葉山への挑戦

昭和五十九年四月下旬、千代の富士、九重親方を先頭に、ログハウスメーカー「セキレイ」社長石田弘毅、開発電機常務の水野毅一が、東京都千代田《ちよだ》区永田《ながた》町にある共同石油本社の大堀弘会長を訪れた。後援会をつくってほしいと頼みにいったのだった。

当時、東京には千代の富士を支援する後援会はなかった。過去には、「北海の熊」と呼ばれた代議士・中川一郎を会長としたものがあったが、昭和五十八年一月に中川が亡くなって以来、後援会の活動はぱったりと途絶えてしまっていた。

千代の富士と九重親方は、大堀会長に頼んだ。

「どうか、後援会をつくって、助けていただきたい」

大堀会長は快く承諾し、約束した。

「わたしの所属している丑年生《うしどし》まれの財界人の集いである爽牛会に、かけてみよう」

そうなると、話はとんとん拍子に進んだ。

爽牛会でも承認され、会長に大堀が就任することになった。会の名前も、千峰会と決まった。五月二十四日には、ついにキャピタル東急の竹の間で結成式が開かれた。

大堀会長は、考えていた。

〈この会は、いままでの後援会とは、形が違うものにしていきたい……〉

それまで、後援会、いわゆるタニマチというのは、なにかあるごとに力士にご祝儀を与え、化粧廻しや廻しを贈るなどしていた。その代わり、その力士は、ある意味でタニマチから拘束を受けることもしばしばあった。つい体調を崩してしまうということもあった。

ある力士、ある部屋の後援会に入っている会員は、他の部屋には顔を出せないという不文律も、いまだ残っていた。

そのような古い、封建《ほうけん》的な後援会よりも、もっと気軽で家族ぐるみで付き合える後援会にしたいと考えていた。

そこで考え出したのが、会員制ということだった。年に春と秋に一回ずつ、計二回の例会の参加費用がそれぞれ三万円、そして年会費が十万円。合計して、ひとり十六万円しか負担しない形をとった。

千代の富士も、賛成であった。

「自分は、いくらでも化粧廻しや廻しを持っている。そんなものは、もういりませんよ」

千代の富士は、この五十九年に、二度の大きな怪我にみまわれた。

三月場所は、八日目から右股関節の捻挫で休場。七月場所は、またもや左肩の脱臼で全休した。千代の富士は、すでに二十九歳になっていた。

九重親方は、千代の富士にいった。

「体がないだけに、怪我はおまえの命とりになる。それに、もう若くない。これからは、稽古も質と量を、よく考えながらやっていく時期にきている」

千代の富士は、あいつぐ怪我のため、稽古の量を減らさざるをえなくなった。それは、闘志のおとろえにつながっていった。

九月場所をむかえた。秋場所は、荒れに荒れた。入幕二場所目の西前頭六枚目小錦が、旋風を巻き起こしたのである。

小錦八十吉《やそきち》は、昭和三十八年十二月三十日、ハワイ・オアフ島に生まれた。高校時代はアメリカンフットボールで活躍し、ハワイ州オールスターの一員にも選ばれた。

昭和五十七年、高見山（のち東関親方）に見いだされ相撲界入りした。五十七年七月場所で初土俵をふむや、五十八年十一月場所で新十両、五十九年七月場所で新入幕と、おどろくべきスピードで出世してきた。

千代の富士は、この秋場所十四日目に小錦と対戦した。

小錦は、すでに横綱隆の里、大関若嶋津《わかしまづ》（現・二所ノ関《にしょのせき》親方）、関脇大乃国を撃破していた。日本に来てまだ二年余りの二十歳が、十一勝二敗という成績だ。スポーツ紙は、〝ハワイの怪物〟〝黒船来襲〟〝国技大相撲危うし〟と派手な見出しをおどらせた。

〈みんな何をやってんだ。おれが、仕留めてやる〉

千代の富士は、土俵にあがった。初対戦である。

睨み合った。時間いっぱい、軍配が返った。

百八十七センチ、二百十五キロの巨体から、強烈な突っ張りがきた。一発、二発、三発。百二十四キロの千代の富士は、まともにくらった。頭の裏まで衝撃がひびいた。手じゃない、足でおもいっきり蹴られている感じだ。あっという間に、土俵の外に押し出されていた。五敗目であった。

この場所は、横綱・大関陣が総崩れであった。横綱北の湖は、三敗十二休。横綱隆の里は、十勝五敗。千代の富士も、十勝五敗に終わった。優勝は、西前頭十二枚目、鏡山部屋の多賀竜《たがりゅう》（現・鏡山《かがみやま》親方）が、十三勝二敗でさらった。

場所後、横綱、大関陣には、協会内部はもちろん、多くのファンから激しい非難の声がおこった。

「あんなぶざまな成績では、権威と責任の完全な失墜《しっつい》だ。自覚と反省を要求する」

九重親方も、小錦戦のあと、千代の富士に聞こえよがしに記者にいった。

「来場所も、あんなふうにいかれたら、ウルフも引退だな」

千代の富士の眠りかけていた闘志に、ふたたび火がついた。

〈おなじ相手に、ぶざまな負け方は二度もできん〉

場所後、千代の富士は、小錦のいる高砂部屋に積極的に出稽古にでかけた。

相手と自分との距離をいろいろと変えながら、小錦の猛烈な突っ張りを何度も受けてみた。どの距離のときに威力がもっともあるのか、どこまで踏み込んだら相手の威力を殺すことができるのか、相手の弱点はどこにあるのか……。千代の富士は、体でおぼえていった。

十一月場所。千代の富士は、小錦に追いつめられながらも引き落としで破った。結局、千代の富士は、この場所で十四勝一敗の成績をあげ、十回目の優勝を遂げた。師匠九重親方の優勝回数とならんだのである。

千代の富士は、対小錦戦では、その後も白星を重ね八連勝をつづける。低く飛び込まれたときの攻めにもろい。突っ張る腕をたぐりながらの横からの攻めにもろい。足がそろう癖がある。そういう小錦の欠点を徹底して攻めたてたのである。

昭和六十年の年が明けた。一月場所は、両国国技館のこけら落としの場所でもあった。

千代の富士は、燃えた。

〈新国技館の優勝第一号を、ねらってやる！〉

初日、北尾《きたお》をすくい投げで料理し好調なスタートを切った。気力が、充実していた。

三日目の早朝、横綱北の湖が、引退を表明した。初日、二日目と連敗し、体力の限界を感じたのであった。

横綱在位十一年、六十三場所。大鵬の五十八場所を抜いて史上一位。優勝回数は、大鵬に次ぐ二十四回で史上二位。通算勝ち星九百五十一勝は、大鵬の八百七十二勝を抜く史上一位であった。

出羽海親方（元・横綱佐田の山）は、つぶやいた。

「まさに巨星墜《お》つ、だな」

四日目からは、横綱隆の里が休場した。千代の富士は、一人横綱となった。重い責任が、のしかかった。

しかし、この場所の千代の富士は、プレッシャーをものともしなかった。連戦連勝をつづけ、二度目の全勝優勝をはたした。

昭和六十年五月場所後、千代の富士東京後援会の例会で、この年、千峰会の副会長となった共同石油社長の嘉屋實（当時）が、あいさつに立った。

「千代の富士関は、この度十二回目の優勝を果たされました。これに十二回足して、なんとか北の湖の記録に並ぶように頑張ってもらいたい」

あの体では、そこまでは行くまい、せいぜい北の湖の記録にひとつでも近づいてくれればと願望に近い思いだった。

この話を、当時嘉屋が英語をならっていたオーストラリア人のクインタールに話した。

すると、クインタールは、烈火のごとく嘉屋に言った。

「どうして、大鵬の記録を破るようにといわなかったのですか！　いまの相撲界を見てごらんなさい。千代の富士にかなう相手なんていませんよ」

クインタールは、大の相撲ファンで、なまじっかな日本の相撲ファンよりも相撲のことについては精通していた。

嘉屋は思った。

〈そうか。確かにいわれれば、そうだ。さすがに相撲を知っている人はちがう〉

そして、次の例会のときには、こう言いなおしたのだった。

「この前は、北の湖の優勝記録である二十四回にならぶように、というようなことをいいましたが、ぜひ大鵬の記録三十二回を破るように頑張ってもらいたい」

この年六十年は、五月場所に十四勝一敗で十二回目の優勝、九月場所で三回目の全勝優勝、さらに十一月場所、翌六十一年一月場所と三場所連続優勝をなしとげた。

この時期、千代の富士の相撲の型は、前みつを取り力で相手を引きつけ、一気に寄り切るという、一時の速攻相撲の型から変わってきていた。

五十九年三月場所の股関節の怪我以来、思い切った踏み込みができないのと、年齢からくるスピードの衰えのためである。

千代の富士は、その弱点の克服をはかるうちに、いったん相手の体を受け止めておいてから、今度は相手の体を崩しながら、攻めていくという型を会得していた。最後の決まり手は、投げや、吊り、寄りが多くなっていた。その迫力ある投げは、〝ウルフスペシャル〟

と名付けられ、ファンを喜ばせた。

昭和六十一年三月場所。三場所連続優勝をなし遂げていた千代の富士は、またもや一人横綱の場所を迎えた。一月場所に、隆の里が引退したからである。マスコミは、千代の富士の初の四連覇に注目した。千代の富士は、記者たちに意欲を見せた。

「おれは、この六月で、三十一歳になる。年齢を考えると、おそらくこれが、記録への最後のチャンスだな」

九日、初日の幕が開いた。ところが、千代の富士に、まったく精彩がない。場所前の稽古で背筋を痛めていたのだ。医師の診断は、「腰背部挫傷」。全治一カ月。背骨が湾曲し、そのため左足より右足が五センチも短くなった。千代の富士は、三日目から、休場に追い込まれた。

横綱不在場所は、荒れに荒れた。五日目には、幕内の全勝力士がいなくなった。激しい賜盃獲得レースは、十四日目に勝負がついた。千代の富士の弟子、西関脇の保志《ほし》（のち横綱北勝海、現・八角理事長）が、初優勝を遂げた。史上初の五大関総なめの記録をつくる、十三勝二敗の成績であった。

保志は、記者会見で涙を浮かべて語った。

「夢だった。入門したときは、だいたい、やっていけるのかな、と思っていた」

保志信芳は、昭和三十八年六月二十二日、北海道の襟裳《えりも》岬に近い漁師の町、広尾《ひろお》町に生まれた。千代の富士と同じように、漁師の子であった。中学時代は、柔道で鳴らした。

五十三年四月、九重親方に誘われ、九重部屋に入門した。その一年後、兄弟子の千代の富士が、右肩を脱臼した。千代の富士は、この時期から、筋力トレーニングとともに、相撲の型の改造に取り組んでいく。保志は、千代の富士の間近にいたが、その相撲の型の変化を見る余裕はなかった。自分のことで精いっぱいであった。千代の富士の努力の仕方におどろく余裕もなかった。もっとも、千代の富士は、人前で努力を見せない男であった。筋力トレーニングにしても、千代の富士が部屋でやる量は、他の先輩力士と変わらなかった。が、千代の富士の筋肉はみるみるうちに発達し、体形がたくましくなっていった。

そんなとき、千代の富士が、話の間にぽろりとこぼした。

「おれは、一日五百回の腕立て伏せをやっている」

保志は、その言葉で、千代の富士の隠れた努力を知った。

九重親方は、保志の裏表のない真面目さに、まっさきに惚れ込んだ。「やめろ」といわなければ、いつまでも稽古をやめないほど稽古熱心な男であった。

センスの良さも、最初から光っていた。背中を丸めて、相手のふところに入って押す手口のうまさに、九重親方は何度もうなった。九重親方は、保志を見ているうちに、押し相撲の本格派力士として名大関といわれた栃光《とちひかり》を思い出した。

〈そうだ。保志は、栃光関の真似をさせよう。体形からいっても、タイプからいっても、

ふたりはそっくりだ〉

保志は、九重親方から、一冊の本を手渡された。栃光の一代記であった。その本を読み、栃光が稽古の人であったことを知った。相撲の極意が、押し相撲にあることも感じとった。自分の相撲が、押し相撲なのか四つ相撲なのかわからない、どっちつかずの相撲であることを反省した。

〈おれが、幕内力士と対戦したとする。おれの体で勝つとしたら、当たって押すしかない。そのために今のおれがやるべきことは、目先の勝ちにこだわって技をおぼえるより、とにかく馬力をつけることだ〉

保志は、それ以来、つねに目的を持って稽古にのぞんだ。

〈あいつに当たられたらいっぺんに持っていかれてしまう〉

そう対戦相手に思われるような脅威と威圧感を持たれるように、激しい当たりと馬力をつけることだけに専念した。

昭和五十六年三月場所後、保志は、幕下に上がった。と同時に、千代の富士の付き人になった。幕下に上がってからは、千代の富士が胸を貸してくれるようになった。

保志は、巡業に行くと、朝一番に土俵に行き、「一番土俵」で稽古した。そのあと幕下の申し合いをやる。それが終わるころに、横綱連中があらわれる。千代の富士は、土俵にやってくると、保志にかならず訊いた。

「今日は、だれと稽古したんだ」

しかし、巡業に行くと、ちゃんこの用意や、さまざまな用事で稽古に集中できない場合がある。そういうとき、稽古をしていない、と答えると、千代の富士に叱られた。千代の富士は、保志だけでなく、保志の兄弟子も叱った。

「保志には、ちゃんこ番なんかさせなくていいんだ。稽古をやらせろ」

相撲の世界は、実力の世界だ。ものになりそうな弟子は、雑用などさせられずに育てられる。千代の富士もまた、ちゃんこ番をやらされたのは、わずかの期間だけであった。保志は、思った。

〈大将は、おれに道をつけてくれてるんだ……〉

保志は、九重親方や、千代の富士の期待にこたえるようにひたむきな努力をつづけた。とにかく馬力をつけよう。そのために、四股とてっぽうの基本をくり返した。千代の富士とのぶつかり稽古が、もっとも効果があった。転がされても転がされても、ぶつかっていった。苦しくて立てなくなる。そこで気力をふり絞って立ちあがった。この苦しみを乗り越えたら、かならずいい結果が出るはず、と信じてやった。何年かかってもいい、一度十両にあがりたい。そう思っていた。

保志は、幕下から連続九場所勝ち越しで、十両にあがった。その後も、新入幕、新三役と、つねに同期のトップとして番付に載った。

保志は、苦しくなると、自分にいいきかせた。

〈体に素質があるのだったら、精神にも、素質というものがあるはずだ。おれは、体は小さい。しかし、体の大きいやつが五日つづけて稽古するというなら、おれは、十日つづけて稽古をやる。そう思えるのが、おれの素質だ。人と同じことをやっていては、強くはなれないのだ〉

千代の富士は、押し相撲対策として佐渡ヶ嶽部屋の琴風のところに出稽古に出かけていた。が、保志が力をつけてくるにしたがって、琴風の代わりに保志と稽古をするようになった。

ふたりの稽古は、壮絶だった。最後には、ふたりとも土俵にはいつくばり、動けなくなるまでやりあった。

その激しい稽古が実り、保志は、初優勝を遂げたのであった。

千代の富士は、保志の活躍にも刺激を受けた。翌六十一年五月場所で優勝し、優勝回数を十六回に伸ばした。

この六十一年の五月場所中のことである。千峰会の世話役である共同石油秘書室長の永井武（当時）が、九重部屋を訪れた。場所の最中であったので、千代の富士と話しているところに、ひとりひとり取組を終えた弟弟子たちが報告にくる。「負けました」「勝ちました」、ふたつにすぎない言葉でも、ひとりひとりでその言い方は変わってくる。永井の目には、ただ、場所に入ると、負けても勝っても、みんないつもより生き生きしているように映った。

すでに報告を終えた力士が、通りかかった。カナダ出身の注目力士琴天太《ことてんた》(のち琴天山《ことてんざん》)と戦った力士だった。

永井は、勝敗を聞いていなかった。そこで声をかけた。

「どうだった」

「負けました」

そういうと、彼はすごすごと立ち去ろうとした。

すると、横にいた千代の富士が声をかけた。

「負けましただけじゃ、永井さんに対して言葉が足りないんじゃないか」

その力士は、黙ったまま答えることができない。

千代の富士は、いった。

「今日は負けたけど、今度はおれが叩きつける、といわなければ、だめなんじゃないか」

力士は、復唱するようにいった。

「今度は、おれが叩きつけます」

当時、九重部屋は、弟弟子たちのことは千代の富士が見ることが多かった。ひとつひとつ、千代の富士は、態度や行いをきびしく見ていたのだった。

またある日、永井が部屋を訪れると、〝綱打ち〟をしていた。

横綱は、東京で本場所が開かれるごとに一本つくられる。その綱をつくる〝綱打ち〟は、部屋の弟子たちが総動員で、麻を糠《ぬか》で揉みながらつくっていく。九重部屋では、ひとりにつき何本というようにノルマを決めて、揉んでいた。

だが、弟子たちは話しながらのんびりとやっていた。つい、口ばかりが動いて手が動かなくなる。

千代の富士が、すかさず注意した。

「きみは、早くやりなさい。しゃべってないで」

永井は、その説いて聞かせるようないい方に、驚いた。千代の富士に、思わず訊《たず》ねた。

「大将、もっと強くいったほうがいいんじゃないですか。ぴしっといわなけりゃだめだよ」

それでも、千代の富士はいっこうに注意のしかたを変えようとはしない。

「これで、いいんだ。なあ、おまえたち、早くやれば、早く風呂に入れるじゃないか。飯も早く食える。だから、口ばかり動かしてないで、手を動かしなさい」

千代の富士は、六十一年は五月場所の優勝後も、七月、九月、十一月と四場所連続で優勝を続けた。

この九州場所九日目の十一月十八日、千代の富士は、前頭筆頭の逆鉾を破って通算七百勝を決めた。その後、千峰会の石田は、千代の富士と会って話をした。

そのときに、石田は、いつもの千代の富士とは違う雰囲気を感じた。まるくなったといえば、聞こえがいいのかもしれない。が、ハングリーさがどこか欠けてきたといったほうが正しかった。

〈おれは、ここまでやったのだ。もう、思い残すことはない〉

そう思っているとしか思えなかった。口には出さないものの、すでに十年近くも付き合っている石田である。雰囲気で、察したのだった。

石田は、あえて発破をかけた。

「大将、ここまで来たからには、千勝を狙わなきゃ駄目だね」

「え？」

千代の富士は、突然の言葉に返答のしようがないように石田を見返した。

石田は、続けた。

「たしかに、優勝回数も大事だ。が、わりと忘れられているのが、通算勝ち星だよ。いま、大潮《おおしお》（のち式秀親方）関がトップだけど、大潮関はいくら負けてもいい、平幕だもん。勝つことが義務付けられている横綱として千勝をとったら、本当にすごいことだと思うんだけどな」

千代の富士は、満面に快活な笑みをたたえた。

「石田さん、おれを殺そうっていうの。あと三百も、勝たなくてはならないんだよ。とても体が持たないよ」

結局六十一年は、年六場所を千代の富士五回、保志一回と九重部屋勢で完全制覇した。千代の富士は、翌六十二年一月も優勝し、五場所連続優勝を果たした。六十二年五月十三日、千代の富士は、なんとか怪我と体力の減退と闘い、夏場所四日目に八百勝を記録した。

千代の富士は、本当にいつやめてもいいとさえ思っているのが、千峰会の石田の目からかいま見ることができた。石田は、さらに元気づけた。

「大将、まだまだ行けるよ。千勝まで行けるよ」

千代の富士も、その言葉に勇気づけられた。

「そうだよな。保志とぶつかったって、まだまだ当たり負けしないものな」

千代の富士は、六十二年は、その後七月、十一月と優勝し、優勝回数を二十二回まで伸ばした。

この間、保志は、六十一年七月場所後に大関昇進を果たし、四股名を北勝海と改めた。さらに六十二年五月場所後には、一度のチャンスをものにし、みごと横綱昇進を決めた。

千代の富士は、八歳年下の北勝海に負けてなるものかと、稽古に励んだ。たがいの切磋琢磨で、ふたりはさらにたがいを鍛え上げていった。

この間、千代の富士に刺激をあたえたひとりに、百九十九センチという長身を武器に横綱まであがってきた双羽黒《ふたはぐろ》（北尾改め）がいた。双羽黒は、昭和三十八年生まれで、千代の富士より八歳年下である。昭和六十一年七月場所後に横綱に昇進した。

双羽黒は、足が長かった。股下九十九センチのすらりとした体は、まさに現代っ子の体形であった。相撲取りにとって足が長いことは、不利といわれる。重心が高くなるのだ。が、双羽黒にとって、その足の長さが有利にはたらいていた。双羽黒のまわしの位置が高いため、相手は双羽黒に対して引きつけが効かない。吊りにいっても力が入らないのだ。千代の富士の相撲は、相手の前みつをとり、強力な引きつけで腰を浮かし、一気に攻め込む相撲だ。千代の富士にとっては、なんともやりにくい相手であった。

千代の富士は、勢いよく番付を上がってくる双羽黒を見て感じていた。

〈やつがこのまま伸びていけば、おれも、そう簡単に優勝回数を増やしてはいけなくなるだろう〉

双羽黒は、昭和五十四年三月初土俵であった。生まれた年と初土俵は、千代の富士の弟弟子である北勝海とおなじであった。

双羽黒は、幕下のころから千代の富士にあこがれた。千代の富士の強さは、並の強さではなかった。相手が大関でさえ、赤子の手をひねるように降す。その圧倒的な強さに、あこがれた。千代の富士と稽古できる同期の北勝海が、うらやましかった。早く千代の富士と対戦できるようになりたい。それが目標だった。

五十九年十一月場所で、初めて千代の富士と対戦した。四股名は、まだ北尾であった。番付の位置は、前頭三枚目であった。このときは、右から下手投げを打って攻めた。が、千代の富士は、まったく動じなかった。寄り切りで、あっという間に降された。極端な力の差を見せつけられた。

それ以後、高砂部屋の出稽古でいっしょになると、胸を貸してもらった。千代の富士に勝って恩返しすることを目標にした。そう思い稽古していくうちに、いつの間にか、今まで負けていた相手にも勝てるようになってきた。

六十年三月場所、三度目の対戦で初めて千代の富士に勝った。苦しまぎれに出した右からのすくい投げが、運よく決まった。千代の富士は、背中から土俵に落ちた。相撲の流れの中で偶然に決まった技であった。が、横綱の背中に砂をつけたことは、大きな自信になった。

横綱昇進後、四股名を北尾から双羽黒に変えた。部屋は、双葉山、羽黒山の大横綱を生んだ名門立浪《たつなみ》部屋である。師匠立浪親方（元・安念山、のち二代目羽黒山）の期待を受け、双葉山と羽黒山から字をもらったのである。

双羽黒は、横綱になってから千代の富士のまねをしたことがふたつあった。ひとつは、初顔の相手とぶつかるときは、徹底的に自分の強さを見せつけることである。それが、横綱のつとめだと思った。もうひとつは、四股を踏むことである。千代の富士は、よく四股を踏んでいた。見事なほどに足が高くあがる。片足で自分の体をささえるときに、全身の筋肉に緊張が走る。それが、足腰のみならず全身の筋肉を鍛える。さらに、地面に足が着いた瞬間に、ピシッと鋭い音がする完璧な四股だ。気合の入っていない四股は、ぺっちゃんぺっちゃんと餅をつくような音がする。双羽黒は、思った。

〈千代の富士の足腰の強さは、あのみごとな四股にあらわれている。おれも、ああいう四股を踏めるようになろう〉

千代の富士との対戦では、大関までは、少しでも勝負の時間を長引かせることしか考えていなかった。が、横綱に昇進してからは、千代の富士の弱点を考えるようになった。ビデオを、くり返し見た。巡業の稽古で当たるときも、いろいろと工夫してやってみた。

その結果、千代の富士にまわしをとられたら、絶対に不利だということだけがわかった。自分のまわしの位置が高いため、いくら引きつけられにくいとはいえ、千代の富士だけは別格だった。千代の富士の腕力の強さは、腕だけでなく、足腰の強さからくる強さであった。そのため、引きつけの強さも強力だ。もし千代の富士が、上体の力だけで引きつけてくるなら、簡単に寄り切る自信があった。上体の力だけに頼ると、どうしても引きつけようとした者の体が浮いてしまうからである。ところが、千代の富士の引きつけには、まさに土俵に根が生えたような足腰の安定感があった。

立ち合い、千代の富士が上手をとりにくる左腕をはらうことも考えた。それも、九五％は不可能であった。たとえ五％の可能性で上手をとられるのを防いだとしても、土俵の上で二回、三回とぶつかりあっているうちに、かならず上手をとられてしまう。千代の富士は、上手をとりにくる左腕を自分の体の側面にぴったりくっつけて、体ごと腰から勢いよくぶつかってくる。腕だけを伸ばして上手をとりにくれば、腕を払いのけることができる。が、脇のしまった左腕は、払いのけようとしても、堅くて払いきれない。しかも、立ち合いが速い。

双羽黒は、結論を出した。

〈とにかく鋭い出足で、千代の富士関より一瞬でも早く上手をとることしかない。〇・〇五秒の差でもいい、とにかく先に上手をとるしかないんだ〉

双羽黒は、入門したころ、立浪親方にたたき込まれた。

「上手と書いて、じょうずと読む。下手と書いてへたと読む。上手をとるのは、相撲がじょうずなんだ。上手をとることに集中して、上手をとったら前に出るんだ」

双羽黒は、結局、基本に行き着いたのである。

昭和六十三年三月三日、春場所を十日後にひかえ、千代の富士は、北勝海とはげしい三番稽古をこなしていた。その最中、千代の富士は、左肩を脱臼してしまった。左肩の脱臼は、これで十回目である。

三月場所を休場した千代の富士は、四日市に飛び、右肩脱臼いらい何度も世話になっている四日市中央病院に入院し治療に専念した。

この入院中、千代の富士は、合間を見て四日市から車で一時間ほどの距離にある伊賀《いが》の山奥に入った。

そこには、陶芸作家番浦史郎《ばんうらしろう》のアトリエがあった。

番浦史郎は、昭和十六年十月六日、京都に漆芸家番浦省吾の四男として生まれた。父親の番浦省吾は、昭和三十八年「象潮」という作品で日本芸術院賞を受賞。四十一年には大阪の四天王寺極楽門漆絵大壁画四面を制作。関西漆芸界の中心的人物として名をはせた。

番浦史郎は、淋派《りんぱ》風の絵付けをこなし、将来を嘱望《しょくぼう》されている若手作家であった。代表作には、日本経済新聞大阪本社、山種証券（現・ＳＭＢＣフレンド証券）大阪支店、花園大学などの陶壁画などがあった。

千代の富士は、四日市中央病院の院長藤井惇の紹介で番浦と知り合った。それいらい焼き物に興味を持ち、名古屋や大阪に来たときは、たびたび伊賀の山奥にある番浦のアトリエにやってきていたのである。

この日の午後、番浦がアトリエで仕事をしていると、ひょっこり千代の富士があらわれた。

「先生、またやってきました」

「なんや、また来たのか」

「窯に行っていいですか」

「ああ、若いもんがいるから、好きにやってや」

千代の富士は、笑顔を浮かべて消えた。

数時間後、番浦が窯をのぞいてみると、千代の富士が一生懸命にろくろを回している。

〈ははぁ、やっとる、やっとる〉

番浦は、来るたびに技術を会得《えとく》し、腕前を上げていく千代の富士を、たのもしく思った。

番浦は、声をかけた。

「おい、飯やぞ！」

「……」

千代の富士は、ろくろをまわすことに集中している。

〈これは、だいぶ体調が戻ってきとるな……〉

今日のように、熱中しているときは、体調がいい証拠であった。こういう状態のときは、場所でもいい成績をあげた。調子が悪いときは、すぐに飽きた。

その夜、ふたりは酒をくみ交わした。ところが、千代の富士は、あまり料理を食べない。

　番浦は、千代の富士にいった。

「いま体重は、百二十三キロぐらいやろ。もっと食べて、百三十キロぐらいあったほうが、相手に押されなくてええんとちがうか」

　千代の富士が、答えた。

「先生、それはちがうんです。いまぐらいが、ぼくのベストなんですよ。これより太ると、相手とガツンとぶつかったときに、体に感じる相手の体の感触がちがってくるんですよ」

　番浦は、その話に興味を持った。

「それは、どういうこっちゃ」

「うまくいえないんですけどね、相手の体調が、体と体がぶつかった瞬間にわかるんですよ。組んだときなんか、相手の筋肉の動きで、つぎに仕掛けてくる技が読めるんです。これも、集中力に関係あるんですかね」

　番浦は、千代の富士の話をききながら、感心した。

〈自分の体の末端のさらに末端、皮膚の一枚にまでも、ものすごい集中力によって神経を働かせているんだ。これが、強さの秘密にちがいない〉

　番浦は、千代の富士の研究心や好奇心の強さにも感心した。

「わしら作家というのは、一生休むことはあらへん。求めるものがあり、目標がある間は、一日も休んだらあかん。その求めるものに達するためには、新しい技術も必要になってくる。本当の技術というのは、そういうところから身についてくる。いくら手先が器用でも、本当に求めたいという気持ちがなければ、自分の身にはつかないものだ」

番浦が、このような話をすると、さっと目つきを変えて耳をかたむけてきた。

いよいよ千代の富士が、四日市から東京へ帰る日が近づいたとき、番浦は、千代の富士に発破をかけた。

「優勝したら、わしが作った大鉢をやるから、頑張れ」

千代の富士は、笑みを浮かべていった。

「先生、約束ですよ」

昭和六十三年五月場所。千代の富士は、十四勝一敗の成績で二十三回目の優勝をはたした。一敗は、六日目の琴ヶ梅戦であった。

千代の富士は、さらに次の七月場所、九月場所と連続全勝優勝という快挙をなし遂げた。

周囲に、次第に双葉山の持つ連勝記録への期待がわき起こってきた。

が、千代の富士は、目標を双葉山の持つ六十九連勝にはおいていなかった。十五日間を、五日ずつ三つに区切り、まず五勝、次に五勝……という考え方で土俵に立った。その積み重ねが、連勝につながっていた。

十一月場所も、快進撃を続けた。六十三年五月場所七日目の花乃湖《はなのうみ》に勝って以来の連勝記録が、どんどん伸びる。

この場所は、十四日目の旭富士戦で勝ち、二十六回目の優勝を決めた。連勝記録は、五十三。六十九連勝の記録まで、もう少しだ。

千秋楽は、横綱大乃国（現・芝田山《しばたやま》親方）との対戦であった。すでに前日、優勝は決めていたが、記録のためにはもちろんのこと、来場所を気持ち良く迎えるためにも、なんとしても勝たねばならない。

NHK相撲中継アナウンサー・杉山邦博（当時）は、千代の富士・大乃国戦を、花道脇のNHK記者席から、凝視《ぎようし》していた。

杉山は、その位置から、常に力士の目の動きを追う。勝負に挑もうとする力士の細かい心の動きが、目に如実に現れるからだ。杉山は、ジャーナリストとして、その目の動きから目をそらさないことを自分に課していた。

控えに入った千代の富士は、この連勝中、いつも相手力士をその鋭い目で射すくめてきた。一度睨むと、相手の目から目をそらさない。顔で相撲を取る、といわれた千代の富士の真骨頂がここにある。

とくに千代の富士と初めて顔が合う若手力士などは、千代の富士の目を見ただけで、土俵に上がる前から萎縮《いしゅく》してしまう。すでに勝負は、半分ついたようなものであった。が、この日に限って、杉山の目に映る千代の富士の目は、いつものような相手を射すくめる目ではなかった。

大乃国の目をいったんは見るが、すぐ目を離してしまう。

〈おかしい。きょうの大将は、どうしたことだろう。ひょっとして……〉

杉山は、千代の富士の落ち着きのない目線に、ふと不安がよぎった。そのおぼろげな不安は、呼び出しの声がかかり、千代の富士が腰を上げようとしたとき、確信となった。

杉山は、となりの席にいた同僚のNHK担当記者につぶやいた。

「大将は、負けるよ」

記者は、昨日の旭富士戦での千代の富士の勝ちっぷりのあざやかさが印象に残っていたこともあり、信じられない、という表情をしていった。

「まさか。いまの勢いの大将が、負けるなんて」

土俵上で、千代の富士と大乃国が仕切りを繰り返すたびに、館内の興奮がたかまっていく。

千代の富士も、館内の雰囲気に染まるように気持ちがたかまっていく。

が、仕切りを繰り返すうちに、何か大乃国と呼吸が微妙に合わないのに気付いた。

〈おれは、いつもと同じ間合いで仕切っている。それなのに、大乃国の仕切りが、どうも

遅いような気がしてならない……〉

いつもの千代の富士なら、ここで大乃国が何を考えているか、冷静に相手の頭の中を読むはずだった。が、この日の千代の富士には、かすかながら自分でも気づかぬ隙があった。

立ち合い、千代の富士は、相手の仕切りの遅さにいらだちが浮かんだ。その瞬間、軍配が返った。

一瞬、千代の富士には、気持ちの出遅れがあった。

激しくぶち当たった。大乃国に先手を取られてしまった。左手で、上手まわしを奪われた。右下手はかろうじて取ったが、相手の体の圧力をまともに受けて苦しい体勢になった。なんとか左手でまわしを摑みたかった。まさぐった。が、どうしても取れない。

大乃国が、左手で上手まわしをしっかりと握り、思いきり引きつけてきた。千代の富士の左腕が、抱えられる形になった。その瞬間、一気に攻められ、押し込まれた。完全に捕まえられているので、抵抗すらできない。

土俵際まで追いこまれた。必死にうっちゃりを打ち、大逆転を狙った。

しかし、遅かった。あえなく土俵の外に寄り倒されてしまった。

館内のファンが、総立ちになった。座蒲団が、乱れ飛ぶ。千代の富士の双葉山への挑戦は、ついに夢と化してしまったのである。

千代の富士は、支度部屋でインタビューに答えた。

「本当に残念だ。悔しいよ。でも負けたものは、仕方がない。負けるときは、あんなもんだろうが、もうガックリときてしまったよ……」

記者のひとりが、訊いた。

「また、連勝を狙いますか？」

千代の富士は、ひとこと答えた。

「もう、終わりだよ」

この日の大乃国戦を見ていた千峰会の石田は、千代の富士のあっけない負け方に首を捻った。

〈ああ、なんということだ。こんなことになるなんて……〉

ふつうならば、連勝記録が伸びれば伸びるだけ、精神的な抑圧が千代の富士を襲うはずである。だが、石田には、千代の富士は逆に連勝を伸ばせば伸ばすほどに安定していっているように思えていた。それは、千代の富士が一気に強くなり、大関、横綱へと上りつめていった、あの五十六年ごろのような久しぶりの充実ぶりだった。

石田の目には、千代の富士は、毎日土俵に上がるのが楽しくてしかたがないように見受けられた。

だから、石田は、双葉山の六十九連勝を乗り越え、前人未到の七十連勝さえ狙えると信じていたのである。

　石田は、ふと思い当たった。

〈さては、やったな……〉

　この夜、優勝パレードが終わり、部屋に戻ってきた千代の富士に訊ねた。

「大将、昨日、そうとうこれやったでしょう」

　そういいながら、石田は、親指と人さし指でつくった盃《さかずき》を傾けるポーズを取った。

　千代の富士は、少し照れた、そして申し訳なさそうな顔をしてうつむいた。

「ああ……」

　この夜、千代の富士は、大乃国戦のビデオをあらためて見てみた。

〈これは、おれの完全な研究不足だ〉

　テレビに映る自分の取り口は、大乃国の体の大きさと二百三十キロの体重を忘れて、右四つの相手十分の形を許している。小柄な自分は、大乃国より先に動いて、相手の体重の圧力を受けないようにしなければならない。それなのに、動きの勘も悪い。

　千代の富士は、反省した。

〈おれには、隙があった。会場の雰囲気を自分の味方にするのはいいが、相手を見る冷静な目を失っていた。前日、仕事がまだ残っているのに、優勝騒ぎで酒を飲み過ぎたのも、いけなかった……〉

千代の富士は、千秋楽前に優勝が決まったあとの一番の大切さを、つくづく思い知らされた。

が、千代の富士は、いつまでもくよくよする性格ではない。その夜、親しい記者たちと、朝の五時までとことん飲み明かした。

〈きょうで、この悔しさとは、すべておさらばだ。スパッと気持ちを切り替えて、明日からは、通算勝ち星記録をめざして新たな挑戦だ！〉

九重継承

平成元年一月、千代の富士は、新たな目標をおのれに課し、初場所をむかえた。

〈優勝回数と通算勝ち星の記録をつくってみせる〉

この時点で、千代の富士の優勝回数は二十六回。大鵬の三十二回に次ぐ、史上第二位。通算勝ち星は、九百十五勝。大潮の九百六十四勝、北の湖の九百五十一勝に次ぐ、史上第三位であった。

自分の目の前に、たえず目標を置き、それを乗りこえるために努力をつづける。それが、千代の富士の、闘争心の燃えあがらせかたである。

が、初場所は、前場所で連勝記録を阻まれた影響があるのか、相撲に粗さが目立った。

十一勝四敗という不本意な成績に終わった。

千代の富士は、六月がくれば三十四歳であった。周囲で、にわかに限界説が取りざたされた。

千代の富士は、初場所後、記者の体力の衰えを突く質問を笑い飛ばした。が、内心では、肉体の限界を感じつつあった。そんなとき、千代の富士に、大きな励みができた。

二月二十日に、四人目の赤ちゃんが誕生したのである。三千五百十グラムの、丸々とした健康な女の子であった。名前は、愛と命名された。

千代の富士は、記者たちにいつものジョークを交じえながら笑顔で語った。

「扶養家族が増えたから、またミルク代を稼がなきゃね。上の三人は、みな賜盃と写った写真があるけど、愛だけがないと可哀相《かわいそう》だ。だから、今度の場所は優勝を狙うよ」

迎えた三月場所、千代の富士は、場所前の宣言どおり、しかも限界説を軽く吹き飛ばすように連戦連勝を続けた。十四日目の大乃国を上手投げで破り、二十七回目の優勝を決めた。

が、このとき、左肩を脱臼した。千代の富士の頭の中に、〝引退〟の二文字が浮かんだ。しかし、弱気になる気持ちを、あわてて抑えつけた。

〈この怪我は、神様が与えてくれたものに違いない。おまえは、年も取ってきたし、体も弱ってきた。ここでじっくり休んで、もう一度体を鍛え直せ。引退など考えずに、もっと

頑張りなさい。そう、おれにいっているんだ〉

千代の富士は、千秋楽後、まだ首の据《す》わらない愛を右手で抱き、賜盃とともに記念写真に納まった。

まだ生後まもない愛をわざわざ東京から呼び寄せたのは、これからは優勝できる機会も少なくなるだろう、という気持ちがあったからであった。

続く五月場所は、大乃国戦で負った左肩脱臼の治療のため全休した。

五月二十九日、千代の富士は、稽古を再開した。六月に入ると、徐々に体の調子も上がってきた。

千代の富士は、おのれを鼓舞した。

〈もう一度気力をふりしぼって頑張ってみよう。怪我をしたままで、土俵を去ってたまるか！〉

ところが、その矢先の六月十二日、千代の富士に、大きな試練が襲いかかった。

この日の夜十時過ぎのことである。

千代の富士の妻・久美子は、自宅二階で長女・優、長男・剛、次女・梢の三人の子を寝かしつけ一階の居間に下りた。

二階に上がる前に、ソファの上に寝かせておいた三女の愛が、床に落ちているのが眼に入った。

「愛ちゃん!」

驚いて駆けより、抱き上げた。

愛はぐったりし、反応を示さない。久美子の背筋を、さっと冷たいものが走った。床の上に敷いてある柔らかなマットの上に、そっと愛を寝かせた。電話に、走った。

受話器を取った。一一九番を押した。相手が出るや、泣き叫ぶように訴えた。

「子どもの様子が、おかしいんです! すぐに……来てください」

久美子は、ふたたび愛のもとに引き返した。愛を抱き上げ、玄関先に走った。救急車の到着を、待ち続けた。

その間、何度も愛にほおずりを繰り返し、名前を呼びかけた。

「愛ちゃん!」

「愛ちゃん!」

まもなく救急車が駆けつけた。

久美子は、近所の知人に三人の子どもたちを託し、愛とともに救急車に乗った。

救急車は、墨東《ぼくとう》病院救命救急センターに向かった。千代の富士の自宅から、車で五分の墨田《すみだ》区江東橋《こうとうばし》にある。

救急車の中では、救急隊員による懸命な心臓マッサージが続けられた。が、すでに愛の呼吸は止まっていた。脈も、感じられなかった。

この日、千代の富士は、赤坂《あかさか》の全日空ホテル（現・ＡＮＡインターコンチネンタルホテル東京）で行われた村田英雄五十五周年パーティーに出席するため、夕方から出かけていた。パーティー終了後は、千峰会の石田らと、飯倉で食事をとっていた。

そこへ、石田の車の運転手が、駆けつけてきた。血の気を失っている。

「大変です！　千代の富士関の娘さんの愛ちゃんが、墨東病院に担ぎ込まれたそうです」

千代の富士の乗っている車にも、車内電話はついていた。が、車にだれもいなかった。連絡がとれず、いっしょにいるとわかっていた石田の方に連絡がまわったのである。

運転手の言葉に、その場の雰囲気が、一瞬凍りついた。

千代の富士が、すっくと立ち上がった。石田は、すかさず声をかけた。

「大将、急ぐんだ！」

千代の富士が、店を飛び出た。そのあとを、石田も追った。

千代の富士は、車を走りに走らせた。

〈いったい、何がおきたというんだ……〉

信号で車が止まるたびに、千代の富士は、車から飛び降りて駆け出したい衝動に駆られた。何度となく通ったことのある道である。それなのに、どこか遠いところから帰る途中のように、ずいぶんと長い距離に感じられた。

車が病院に着いた。停車する前に、ドアを開けて飛び出した。

玄関に飛びこんだ。看護師の誘導で、緊急治療室へ駆けつけた。

治療室前の長椅子には、妻の久美子が、うなだれていた。放心状態であった。

「どうした。大丈夫か」

久美子は、千代の富士の声で、われに返った。うつろな眼で、弱々しく立ち上がった。

千代の富士は、妻の細い体を、抱き止めた。

「ごめんなさい。わたしが、眼を離したから……」

久美子は、千代の富士にすがりついた。泣き崩れた。

それから間もない午後十一時二十六分、愛の死亡が確認された。久美子が、ふたたび堰《せき》を切ったように泣き崩れた。

千代の富士も、医師の宣告を聞いた瞬間、一瞬放心状態におちいった。が、すぐに、おのれを叱咤《しった》した。

〈いまここで、おれがしっかりしなきゃ、どうなるんだ！〉

妻の体を、固く抱きしめた。

「おまえの責任じゃない。自分を責めるな……」

そこへ、ふたりにとっては、さらに衝撃的なことが告げられた。

医師の報告を受けた所轄の本所署《ほんじょ》が、遺体の解剖を求めてきたのである。

医師は、千代の富士に説明した。

「ソファから落ちたということでしたので、頭部を強く打ったことが原因かもしれないと考えてみました。しかし、頭にこぶがあるわけでもありません。内出血もないようです。まったくきれいな健康体です。これは事故死ではなく、何か原因不明の病気であると考えられます」

久美子は、娘の小さな体がメスで切り開かれることに耐えられない気持ちになった。が、千代の富士は、積極的に応じた。

「分かりました。お願いします」

千代の富士は、死因をはっきりさせることが、最終的に妻のためになると判断したのである。

このままでは、妻は、自分の落ち度と、一生自分を責めさいなむに違いない。病気が原因と分かれば、違う気持ちの整理のつけかたもできる。それに、ソファといっても、わずか二十センチ足らずの高さだ。床には、柔らかいマットも敷かれている。医師のいうとおり、事故以外の、何かの病気が死因に違いない。千代の富士は、そう考えたのである。

千代の富士夫妻は、いったん墨田区の自宅に戻った。

そこへ、九重親方から電話が入った。

千代の富士は、九重親方の声を聞くや、それ以上こらえきれなくなった。涙が、どっとあふれ出てきた。

「親方……おれ、まいりました……」

千代の富士は、声を上げて泣いた。

翌十三日朝、愛の遺体は、行政解剖を受けるため、墨東病院から大塚《おおつか》にある都立監察医務院に移された。

遺体解剖の結果、愛の死因は、「乳幼児突然死症候群」と判明した。一見、健康そうな乳幼児が突然死ぬ病気である。いわば、〝赤ちゃんのポックリ病〟であった。睡眠中に呼吸器中枢の機能障害が起き、心停止を起こすため、と考えられている。しかし、現代医学では、いまだ詳しい原因が分からない病気であった。

愛がソファから落ちたのは、寝ているうちに発作《ほっさ》を起こし、苦しんで滑り落ちたため、と分かった。

午後三時七分、千代の富士夫妻は、長さ一メートルほどの白い小さな棺の中で眠る愛とともに自宅にもどった。

十四日午後一時から、告別式がおこなわれた。

午後二時五十分、出棺に先立ち、九重葬儀委員長があいさつした。

「三月の春場所に父親の胸に抱かれて撮った写真が、思い出になってしまいました。まるで父親を優勝させるために生まれてきたような短い一生でした。これに負けず勝ちつづけることが、愛ちゃんへの供養になるはずです」

告別式から五日後の六月十九日夜、休場を予想された千代の富士が、名古屋入りした。

千代の富士は、おのれを懸命に奮い立たせていた。

〈おれにとって、相撲は仕事だ。自分だけの都合で仕事を休むわけにはいかない。横綱としての責任もあるんだ〉

翌六月二十日には、宿舎・相応寺の稽古土俵に立った。

相撲取りの体調は、肌の艶、尻の張り、肩から腕にかけての肉づきに表れる。まわしひとつの相撲取りは、体調を隠しようがない。

愛娘《まなむすめ》の死から眠れない日が続いていた千代の富士の体重は、百二十四キロから百十キロ台に落ちていた。肌の艶を失い、すっかり筋肉の落ちてしまった千代の富士の肉体に、九重親方は、唖然《あぜん》とした。

しかし、報道陣から、この日の稽古をみた感想を問われると、千代の富士の復活を祈る気持ちで楽天的に答えた。

「かなり、まいっているようだ。当然だよね。でも、体調は、一週間ぐらいでもどると思うよ。あとは、本人の気持ちだけだよ」

千代の富士も、記者に囲まれ答えた。

「とにかくいまは、やるしかない。春場所で傷めた左肩の脱臼は、もう心配ない。まったく不安がないわけじゃないが、今場所は、十五日間全勤するのが第一の目標だ」

名古屋入りした千代の富士は、毎朝、相応寺の本堂で、愛娘に手を合わせてから稽古に入った。

その合間には、一日に五回も、東京に電話を入れ、妻や子を励まし続けた。

初日が近づくにつれ、千代の富士の稽古量も増えていった。

が、九重親方が心配したとおり、千代の富士は、いつもの千代の富士ではなかった。

北勝海との稽古では、軽い外掛けをくらっただけで、まるで氷の上で転ぶように、ストンと尻から落ちた。

九重親方は、眉をひそめた。

〈膝から崩れるとか、上体から落ちる負け方なら、まだいい。尻からストンと落ちるようになったら、もう完全に相撲では晩年だ……〉

千代の富士の筋肉は、回復の早い質の良い筋肉をしていた。たとえ休場しても、稽古に入ってから一週間もすれば、みごとな筋肉に仕上がった。それが、今回は戻らなかった。

精神的なショックは、これほどまでも人間の身体の細胞組織に影響を及ぼすものなのか。九重親方は、いまさらながらに驚きを感じ、覚悟した。

〈これでは、さすがの千代の富士も、駄目だろう……〉

七月二日、名古屋場所初日の幕が開いた。

千代の富士は、愛娘の供養のために、首に数珠《じゆず》をかけて場所入りした。

記者たちは、その姿に、〝土俵の鬼〟と呼ばれた初代若乃花（当時二子山理事長）の姿を重ね合わせた。

昭和三十一年九月、当時大関の若乃花は、四歳の長男を不慮の事故で亡くした。ちゃんこ鍋の沸騰《ふっとう》した湯をかぶり、全身やけどを負うという痛ましい事故であった。事故から十日後、若乃花は、長男の名を刻んだ数珠を首にかけ場所入りした。悲しみを振り切ろうとでもするような鬼気迫る土俵で、初日から十二連勝をつづけた。若乃花は、十三日に病気で倒れ、惜しくも優勝を逃した。が、このときから、若乃花は〝土俵の鬼〟と呼ばれるようになった。

二子山理事長は、同じ悲しみを味わった者として、初日直前に語った。

「不幸に負けては、いかん。その不幸、悲しみを乗り越えてこそ、人間は成長していくんだ。あのときのわしも、心の張りをなくして、毎日浴びるように酒を飲んだ。が、初日の朝に、ふっとわれにかえった。子どものためにも、頑張らなきゃいかん。このままじゃいかん、と思って土俵に上がった」

二子山理事長の言葉そのままに、千代の富士は、初日から連勝をつづけた。

勝ちがすすむにつれ、千代の富士の肌に、しだいに艶がもどっていった。

五日目、優勝候補・大乃国が怪我で休場になった。横綱候補・旭富士も、六日目までに二敗と後退し、以後脱落した。

優勝争いは、千代の富士、北勝海の九重部屋の両横綱の対決の可能性が出てきた。ところが、北勝海が七、八日目と不覚の連敗を喫した。千代の富士も、懸念されたスタミナ不足から、八日、九日目と連敗した。

優勝争いは、さらに混沌《こんとん》となった。千秋楽にもつれこんだ。やはり、優勝争いは、九重部屋の対決が濃厚になった。

前日まで、北勝海は三敗、千代の富士は二敗という成績であった。千秋楽は、結び前に千代の富士と北天佑、結びで北勝海と旭富士、という取組である。

もし千代の富士が負け、北勝海が勝てば、史上初の同部屋横綱決戦がおこなわれることになる。

果たして、結果は、ファンの期待どおりになった。千代の富士が敗れ、北勝海が勝ったのである。

九重親方は、ふたりの対決が、いつかくるだろうと、確信していた。前年五月場所から、優勝はすべて千代の富士か北勝海のどちらかが奪い、九重勢が七連覇を続けてきていたからである。しかし、ふたりの対決が、よりによって千代の富士の再起がかかった場所になるとは、思いもしなかった。

九重親方は、心情的には、若い北勝海に勝たせたい、という気があった。が、そのいっぽう、千代の富士のこの一戦に賭ける意味も、よく分かっている。どちらが勝っても九重部屋に賜盃が来るという気楽さはあっても、やはり複雑な気持ちであった。

いよいよ、決定戦の時間になった。

館内の大歓声を受け、両者が土俵に上がった。

北勝海は、自分が後輩ゆえに、楽な気持ちでのびのびと相撲をとれる気でいた。が、土俵に上がった瞬間、その気持ちは、吹き飛んだ。優勝のかかった一番である。どうしても勝ちにいきたい気持ちが、むらむらとわきおこってきた。しかし、北勝海には、不安があった。

〈大将のことだ。きっと、おれのあの癖も知っているはずにちがいない。もし、あの手でこられたら、まずい……〉

北勝海には、相手がさっと左四つにくると、自分も思わず左四つになってしまう癖があった。もし千代の富士が、その癖を知っていたら、組みとめられてしまう。それを避けるためにも、とにかく突っ張りで攻めていくしかない。

仕切り直しがつづく。

いつもなら、両者とも、対戦相手の眼を睨みつけるところだ。が、やはり眼を合わせにくい。どちらからともなく眼を離した。すぐに、塩を取りにいった。気合も、いまひとつ充実してこない。

千代の富士は、自分に言い聞かせた。

〈これでは、いかん。相撲には、優勝しかないんだ。準優勝は、ないんだぞ〉

北勝海とは、これまで何百番、何千番と稽古を繰り返してきた。得意手と弱点は、知りつくしている。が、それは北勝海とて同じことだ。自分は、相手のまわしを取りにいきたい。北勝海は、それを嫌い、突き放しで攻めてくるだろう。

軍配が、返った。

予想どおり、北勝海は、突っ張ってきた。さらに、のど輪で攻めてくる。千代の富士は、隙を見て左四つに組みとめた。

北勝海は、しまった、と思った。

〈大将は、やはりおれの癖をわかっていた〉

北勝海は、それでも腰を振り、千代の富士のまわしを懸命に切ろうとした。が、まるで怪物か何かにつかまえられたように、効果がない。千代の富士の、あまりに強い力に、身動きできない。北勝海は、おどろいた。

〈おれは、稽古場で何度も稽古し、大将の力の強さを知っていた。大将は、いつだって力を抜かなかった。しかし、本場所では、こんなにものすごい力を出していたのか〉

千代の富士は、組みとめた北勝海に、一気に上手投げをかました。それが、みごとに決まった。千代の富士、二十八回目の優勝であった。

支度部屋で記者に囲まれた千代の富士は、語った。

「つらい気持ちは、あった。忘れたかった。振り払いたくて、十五日間頑張った。でも、女房のほうが、もっとつらかったろう。この優勝は、愛にもいい供養になったと思う。ここまで来れたのも、北勝海や親方のおかげだよ」

千代の富士は、そこで言葉を切り、眼をうるませていった。

「愛が後ろから押してくれた相撲も、何番かあったよ……」

大きな試練だった名古屋場所を終えた千代の富士は、通算勝ち星を九百五十二と伸ばし、北の湖を抜いて単独二位となった。

きたる九月場所で十三勝すれば、大潮の九百六十四勝を抜き、新記録を達成することができる。

千代の富士は、ふたたび闘志をかきたて九月場所にのぞんだ。

初日から、飛ばしに飛ばした。史上最多の通算勝ち星は、最短距離の十三日目で達成された。十三連勝であった。

この同じ日、幕下では、貴花田（のち横綱貴乃花、現・貴乃花親方）が優勝を決めた。十七歳二カ月の関取が、誕生することになったのである。

記者たちは、次の目標とともに、貴花田と対決する時期を問うた。

三十四歳三カ月の千代の富士は、満面に笑みを浮かべながら答えた。

「次の目標は、千勝さ。優勝は、三十回だな。貴花田が新十両？　どんどん上がってきてほしい。でも、対戦するまで、おれがいるかなぁ……」

千代の富士の最後のセリフは、本心であった。自分の土俵生活は、頑張っても、あと一年だろう、と考えていた。それまでに、貴花田が、自分と対戦できる位置まで上がってくることは、難しい。

千代の富士は、この場所は、十四日目、十五日目の残り二番も勝ち、全勝優勝をはたした。優勝回数は、二十九回になった。

場所後の九月二十八日、千代の富士に、朗報がとどいた。史上八人目、相撲界からは初の国民栄誉賞受賞が決定したのである。

森山真弓官房長官（当時）は、受賞の理由を次のように語った。

「最多勝ち星など個々の記録も参考になりましたが、幕内最高年齢などさまざまな困難を越えて、精進、努力している姿と真摯《しんし》な土俵態度が多くの国民に敬愛されているから」

たび重なる肩の脱臼、愛娘の死などを乗り越えながら、二十九回の幕内優勝、九百六十七勝と伸ばした通算最多勝、さらに五十三連勝という記録を成しとげた不屈の闘志と不断の努力が評価されたのであった。

この日は、奇しくも恩人・先代九重親方の十三回忌法要があった。午後六時から赤坂・全日空ホテル（当時）で行われた法要の席でも、この国民栄誉賞決定の話が披露された。

千代の富士は、大きな拍手を受けた後で語った。

「先代がいなかったら、いまの自分は、なかっただろう。その恩人の法要で、いい報告ができてよかった」

さらにこの日は、千代の富士の国民栄誉賞受賞を受けて、日本相撲協会が千代の富士に「一代年寄《いちだいとしより》」の名跡《みようせき》を贈ることを決定した。

「一代年寄」とは、引退後も現役の四股名で、本人一代に限り、年寄としての待遇を受けられる、という制度である。これまで、大鵬と北の湖のふたりのスーパースターだけにしか許されていないほどの名誉あるものであった。

ところが、この日、九重親方は、理事会に千代の富士の「一代年寄」辞退を申し出た。千代の富士と相談の結果、判断したことであった。

九重親方は、千代の富士の「一代年寄」が話題になる、はるか前から、九重部屋の継承者について考えていた。

九重部屋というのは、そもそも先代親方の千代の山が興《おこ》した部屋だ。自分は、先代の急死というアクシデントがあり、九重部屋を継ぐことになった。が、自分は、あくまで中継ぎのつもりできた。いずれ、九重部屋を継承するにふさわしい男が現れれば、すっきり九重の名跡をゆずるつもりだ。そのふさわしい男とは、千代の富士しかあるまい。千代の富士は、先代の子飼いの弟子でもある。九重は、千代の富士が継ぐのが本来の筋なのだ。

九重親方は、今回の「一代年寄」襲名の話が湧き起こってくるや、ふたたび千代の富士を呼び、あらためて自分の考えを伝えた。

「一代年寄をもらうというのは、とても栄誉あることだ。が、もし師匠に何かが起これば、その部屋は消滅してしまう。それは、むなしいことだ。おまえに九重を継いでもらいたい考えは、変わっていない。おまえは、どうだ」

千代の富士は、少しだけ考える時間をもらった。周囲の後援者たちの考えも聞いてみた。

千峰会の石田弘毅は、千代の富士の九重継承に賛成した。

が、あえてひとつつけ加えた。

「千代の富士という名前が消えてしまうのも惜しい。たとえば大横綱双葉山は、時津風という年寄になったあとも双葉山道場という稽古場を開き、双葉山の名を残した。大将も同じように、千代の富士道場のようなものを開けばいいじゃないか。そこは、自分の部屋の弟子の稽古ばかりでなく、子供たちの相撲教室などに使えばいいんだ」

石田は、そのために千葉県九十九里《くじゅうくり》の土地を世話することまで申し出た。

千代の富士は、熟慮の結果、九重親方のいうとおり、九重部屋を継承することを承諾した。

愛する九重部屋を受け継ぎ、ますます盛り上げていくことが、自分のこれからの務めであり、恩ある先代親方、現親方へお返しすることだと肝に銘じた。先代のおかみさんにも、喜んでもらえるだろう、と判断した。

こうして、千代の富士は、名誉ある「一代年寄」を、みずから辞退したのであった。

平成二年の年が、明けた。

千代の富士は、一月一日の九重部屋の新年会で、今年の目標を宣言した。

「注目の千勝は、三月の春場所中に達成したい。優勝回数は、二回から三回を目標にしたい」

むかえた初場所、千代の富士は、十四勝一敗で早くも優勝を飾り、優勝回数三十回にした。

九重親方は、千代の富士の耳に入ることを計算して記者に語った。

「この優勝で、千代の富士の寿命が、一年のびたな」

その言葉を記者から聞いた千代の富士は、笑いながらいった。

「いつも、そうやって気持ちを乗せられちゃうんだ」

翌三月場所は、初日に寺尾を破り、通算勝ち星記録を九百九十五勝に伸ばした。千勝目前となり、二日目、三日目……と一日ごとに周囲が沸きあがり、盛り上がっていった。それにつられるように、千代の富士の気力も、一日ごとに充実していった。

ところが、その気持ちと裏腹に相撲内容は初日から苦戦がつづいていた。

二子山理事長は、不安げに語った。

「千代の富士は、この二、三場所前から、追いこまれることが目立つようになった。やはり、鋭さに欠けてきている」

巡業先で、千代の富士の稽古を見つづけてきた佐渡ヶ嶽親方も、感想を述べた。

「千勝までは気持ちが張っているから大丈夫だろうが、目標を達成したあとが心配だね。もしかしたら、すぱっと引退するかもしれないよ」

千代の富士に対して、このような見方をしているのは、このふたりだけではなかった。多くの相撲記者たちも、長年の勘で、千代の富士の引退が近いことを敏感に感じつつあった。

その中、千代の富士は、七日目に花ノ国を破り、前人未到の通算千勝を達成した。

千代の富士は、支度部屋で記者に感想を語った。

「自分のやっていることが、若い力士の目標になればいいんだ。次は、大鵬親方（当時）の持つ優勝記録三十二回に、一歩でも近づきたいね」

この場所を十勝五敗という成績で終えた千代の富士は、ふたたび奮起した。

五月場所十三勝二敗、七月場所十二勝三敗と好成績をあげたが、優勝することはできなかった。

八月の巡業では、琴錦との稽古中に左足に肉離れを起こしてしまった。

九月場所を休場した千代の富士は、翌十一月場所で、マスコミの引退予測の声に抗するような活躍を見せ、三十一回目の優勝を飾った。

いよいよ大鵬の持つ優勝記録に、あとひとつで並ぶまでになった。


平成三年の年が明けた。初場所を前に、千代の富士は、この年の新たな決意を語った。

「最低、どんなことをしても、一回は優勝する。大鵬関の三十二回優勝とならびたい。チャンスがあれば、大鵬関の記録も、破りたい。これは、大きな大きな目標だ。まず目前の八百五勝だ。これは、一気に決めたい。全盛期の力は期待できないが、少しでも全盛期に近づく相撲をとろう。自分なりに体をいじめて調子を維持し、飛んで逃げるような楽な勝ち方じゃなく、中身のある自分の相撲をとっていきたい。自分の体調と相談しながら、場所にのぞみたいもんだ」

全盛期、千代の富士が立ち合いから前みつをとるまでの時間は、NHK測定で〇・二秒であった。まさにまばたきをする間だ。

九重親方は、その立ち合いの左手の動きを評して、いったものだ。

「まるで、ゴムみたいに伸びる」

つまり、ゴムのように素早く柔軟に伸びていって相手のまわしを捕まえる。相手力士を捕まえてしまえば、伸びたゴムが縮むとき強烈な力でもどるように、相手力士は千代の富士の手で激しくひきつけられ、身動きができなくなる。どんなに巨漢力士でも体が浮き上がり、背骨がブリッと鳴る。

が、現在は、千代の富士の突っ込みも時間がかかる、前みつをとれる確率も、落ちている。いまの能力を実戦で一〇〇％発揮できるようにするためには、どのように体を維持していくか、千代の富士は、それだけに注意している。

千代の富士は、さらに眼をかがやかせて今後の勝負の夢も語った。

「いまだやってみたことのなかった大技で、勝ってみたいね。二子山理事長のやっておられた仏壇返し、ああいうのも一回くらいやってみたい。ただ、やってみせてくれっていったって、おいそれとはできないけどね。だが、チャンスがあれば、狙ってみたい」

仏壇返しとは、技をかけられた相手が、まるで仏壇が後ろに倒れるように、体を真っ直ぐに伸ばしたまま、ぱたんと倒れる。そのために、仏壇返しと呼ぶのである。別名「揺り戻し」とも呼ぶ。伝説の荒技といわれた。

明治末から大正初期にかけて活躍した大横綱に、二十二代横綱太刀山峰右衛門《たちやまみねえもん》がいた。太刀山は、百八十八センチ、百四十キロの堂々たる体で、猛烈な突っ張りを得意としていた。その突っ張りは、四十五日の鉄砲と呼ばれた。一突き半（一月半）で相手を土俵下にぶっ飛ばす威力を秘めていた。太刀山のもうひとつの得意技が「仏壇返し」であった。

昭和になってその荒技を観客に披露してくれたのが、四十五代横綱初代若乃花であった。

平成三年一月十三日、いよいよ初日がやってきた。前人気は上々で、前売り券はすでに平成二年十二月八日の前売り開始から三日間で、桝席、椅子席ともに完売した。

史上空前の相撲ブームがやってこようとしていた。

千代の富士、旭富士、北勝海、大乃国の四横綱が好調、さらに上昇一途の大関霧島もいる。若手力士も、琴錦、曙《あけぼの》、若花田、貴花田、大翔山《だいしょうやま》と駒がそろっていた。

千代の富士の初場所の初日の対戦相手は、その仏壇返しを得意とする二子山親方の部屋の新小結隆三杉《たかみすぎ》（現・千賀《ちが》ノ浦《うら》親方）である。

突き、押しが得意の力士で、百七十九センチ、百四十六キロの中アンコ型だ。過去の対戦成績は、千代の富士が五勝無敗で星はいい。

しかも、五戦とも簡単に勝っている。よほどのアクシデントさえなければ、千代の富士絶対有利の相手だ。まして、隆三杉は、場所前に右足首を傷めた。実力差があるうえに、相手は、万全の体調ではない。

千代の富士は、淡々と仕切り直しをくりかえしながら、ちらっと思った。

〈初日で、ずばり決めたい。が、なにがなんでも勝つというのではなく、この新小結に横綱の威力をまざまざと焼きつかせておきたい〉

この取組には、千代の富士の幕内通算勝ち星の新記録八百五勝がかかっている。千代の富士の一挙一動に、視線が集中した。

木村庄之助《きむらしようのすけ》の軍配が、返った。

千代の富士は、低い姿勢から鋭く出た。

両手を、下から素早く伸ばし、左手が右手よりわずかに速く動いた。

隆三杉は、千代の富士の顎の下めがけて得意の左右の突っ張りをくり出してきた。

一発、二発。千代の富士は、胸を出し、突っ張りを難なく受けとめた。

右手を隆三杉の左腕の根元に下からあてがい、突っ張りの勢いを殺《そ》いだ。

隆三杉は、左手を千代の富士の右脇に当て、ぐいぐい押してくる。さらにその勢いで、左でいなしにかかった。

が、千代の富士は、容易につんのめりはしなかった。いとも簡単に左足を送り、かわした。

隆三杉が、右にまわってきた。

千代の富士は、隆三杉の臙脂《えんじ》色の右前みつを左手ですばやくつかんだ。

隆三杉は、もうどうにも動けない。

千代の富士は、右手も差し入れ、双差しとなった。

両者、土俵の東寄りで、動きが止まった。

千代の富士は、左手でもう一度隆三杉のまわしをひいた。力をこめた左手の筋肉が筋張った。

どうやって料理してやろうかと手ぐすねひいて待っていた。

千代の富士の脳裏に、一瞬、「仏壇返し」の荒技がよぎった。

千代の富士は、左手を手前に強く引きつけた。隆三杉の体は、いやおうなく千代の富士の方に流れた。隆三杉の上体が、バネじかけの人形のように、勢いよく伸び上がった。

千代の富士は、隆三杉の体を手前に強烈に引きよせた。左足を大きく前に踏み出し弾みをつけるようにして、右手で隆三杉を眼にもとまらぬ速さで、どおんと突いた。

隆三杉は、土俵の真ん中から、土俵北側の観客席にふっ飛んだ。観客がまるで波が縦に割れるように左右に散った。

館内が、どよめいた。

千代の富士は、土俵上で、仁王立ちになった。隆三杉の飛んでいった先を、睨みすえていた。

〈まだまだ、おれの力は衰えてないぞ、よく見ておけ〉

観客席に頭から突っ込んだ隆三杉は、とっさに立ち上がれない。

ようやく立ち上がり、左足を引きずりながら西土俵下に下がった。

千代の富士は、唇をへの字に結び、にこりともしない。両腕の拳をぐっと固めた。

左手を、まるで武士が切り捨てた相手の血のついた刀から血を払い落とすように振りおろした。

千代の富士は、これで、横綱北の湖の幕内通算勝ち星八百四勝を抜き去り、八百五勝の新記録を達成した。

残るは、横綱大鵬のもつ三十二回の優勝回数である。あと一回優勝すれば並ぶのだ。

国技館一階の理事長室でテレビ観戦していた元横綱佐田の山の出羽海理事（当時）が、思わず大声をあげた。

「強い、強い。まるで仏壇返しみたいだ」

二子山理事長も、同じく理事長室にいた。自分の部屋の愛弟子である隆三杉があっさりと血祭りにあげられたにもかかわらず、千代の富士の強さに舌を巻いた。

「相撲が、違うもの……」

千代の富士は、二子山理事長の現役時代の得意技であった仏壇返しもどきの荒技をかけたのだ。

二子山親方の脳裏に、若乃花時代自分のかけた「仏壇返し」の技があざやかによみがえった。昭和三十一年の春場所、若乃花は、対戦する幕内出羽湊《でわみなと》に予告した。

「今度の勝負では、仏壇返しをかけるからな」

いざ対戦するや、出羽湊は、右四つに組もうとして、右から差してきた。

若乃花は、ふだんは絶対に相手に差させない左腕を大きくのぞかせ、出羽湊の右腕をかかえこんだ。右手も、出羽湊の左脇下に深く差し込んだ。さらに左腕で出羽湊の右腕を、ぐいと絞り上げた。右腕を、出羽湊の胸めがけて突き出した。

左腕で出羽湊の右腕を抱えこんでいるために、出羽湊の体は、ねじり倒されるように後ろに倒れた。

技をかける相手が力士のように鍛え上げた体をもっていなかったら、絞り上げられた左腕は、簡単に折れていたに違いない。

「仏壇返し」は、予告通りにみごとに決まった。

若乃花と出羽湊の実力の差が、その当時、あまりにもかけ離れていたからこそ決まったのだ。そもそも、仏壇返しの技は、実力差のかけ離れた弱い相手でないと通用しないのだ。実力が接近した相手にこの技をかけると、左腕で相手を呼び込んだ瞬間に、簡単に押しこまれてしまう。それほど危険度の高い技なのだ。呼び込んでも、自分が動じないという自信があるからこそできる技なのだ。稽古場で遊びでかけて決まることはあっても、本場所の相撲ではめったに使えない技だ。

また、この技をかけられた相手は、実力の差を思い知らされる屈辱的な技なのである。

千代の富士が、いま眼の前で隆三杉相手にくり出した技も、型こそ微妙に違うが、精神は、まさに仏壇返しであった。

勢いにのった千代の富士は、二日目も、闘志をみなぎらせて土俵に上がった。

相手は、双差しを得意とする東前頭四枚目の逆鉾である。自分の得意とする双差しにもっていくための手の動きがすばやい。いわゆる差し味がよく、うるさい相手だが、二十六勝三敗と得意としている。千代の富士の相撲をとれば、まず負けない相手だ。

千代の富士の父親秋元松夫は、この日、北海道松前郡福島町塩釜の自宅の居間で、テレビの前にすわり、NHKの相撲中継に見入っていた。

時計の針が、五時をまわった。刻々と息子の出番が近づいてくる。

松夫の心臓が高鳴る。息をするのも苦しくなってきた。

座卓の上においたお茶を、何度も口にはこんだ。この緊張は、初めて息子の取組がテレビやラジオで放送されるようになったときから、少しも変わらない。

母親の喜美江は、これまで一度も息子の取組を生放送で見たり聴いたりしたことはない。怪我が心配で見ていられないのだ。見れば、緊張にたえられないことはわかっていた。いつも、息子の一番になるとテレビから離れ、となりの部屋に行き、取組が終わるのをじっと待つ。勝負がつき、結果を夫の松夫から教えられたあとで、やっとビデオを見るのだ。

特に小錦のような巨漢力士と対戦するときは、息子の体が破壊されてしまうのではないか、と心配でならないのだ。

やがて、千代の富士が土俵下の控えに座った。

松夫と喜美江は、居間にある神棚の燈明をつけ、息子の勝利をひたすら祈った。

やがて制限時間いっぱいとなり行司、式守伊之助の声が、響きわたった。

「待ったなしです」

松夫は、心の中で千代の富士に呼びかけた。

〈勝っても負けてもいい。怪我だけは、してくれるなよ……〉

千代の富士が、立ちあがった。

松夫の眼が、画面に釘づけになった。

千代の富士は、逆鉾の双差しを警戒し、右腕を内側に曲げ、立った。

おたがいにぶつかりあった。

千代の富士の左手は、素早く、逆鉾の右前みつを狙った。

まわしをつかんだ、と感じた。拳でまわしをぎゅっと握りしめようとした。が、まわしには指がかかっていなかった。そのまま、拳を思いきり握りしめてしまった。いわば、空力となった。

その瞬間、ポキっという音が、千代の富士の耳に聞こえた。左腕の上腕に違和感をおぼえた。

〈また、やったのか……〉

ぶつかりあったふたりが離れた。

逆鉾の右手が、千代の富士の左前みつを狙ってすっと伸びてきた。

千代の富士は、逆鉾の右手の攻めなどかまわず、右腕を曲げ、肘を突き出し強引に寄って出た。

土俵際まで逆鉾を追いつめた。

突き出していた右腕を逆鉾の左腕にからませかかえ込んだ。

逆鉾の右手が、千代の富士の左前みつをつかんだ。

千代の富士は、両手を完全に逆鉾の体から離し、逆鉾の喉元めがけ、襲いかかった。さらに逃がさないように左膝を、とどめの一撃のように逆鉾の両足の間に食いこませた。

西の土俵下の報道記者席で観ていた記者は、思わず口走った。

「あんなに無茶苦茶な相撲をとって、大丈夫かよ。相手が逆鉾だからいいけど、霧島や、貴花田あたりなら、冷や冷やもんだぜ」

霧島や貴花田のように、土俵際で渋太《しぶと》く粘る足腰をもった相手なら、危険きわまりない攻めであった。

記者は、このとき、まだ千代の富士の左腕の負傷を知るよしもない。千代の富士が、気力を満身に込め、怯《ひる》む心をかきたてるように一気に出たのを、強引とみてとったのである。誰の目にも、それは強引に映った。

千代の富士は、修羅と化していた。逆鉾を絞め殺しかねないほどの凄まじい形相で、全体重をかけ、逆鉾の喉元を押した。その勢いで、千代の富士の両足が、一瞬浮いた。

その瞬間、テレビを見ていた父親の松夫は、思わず体を硬くしてしまった。

千代の富士は、親の仇を討つのかと間違えるほどの憎しみのこもった顔で逆鉾を押し倒した。勝利へのあまりにもすさまじい執念であった。

千代の富士は、勝ち名乗りを受け、赤房下に降りた。

千代の富士の顔が、松夫の見ていたテレビの画面に大映しになった。さかんに、右手で、左腕の上腕部をさすっているではないか。息子のどんな動きも見落とすことのない松夫の顔が、曇った。

ＮＨＫのテレビ中継の石橋省三アナ（当時）も、心配そうに報じた。

「あっ、いまので傷めたようですね」

千代の富士は左腕の力こぶのあたりを気にし、何度もそこに視線を放っている。

松夫の背筋に寒気が走った。

〈また、脱臼を、やってしまったんじゃなかろうか……〉

テレビは、千代の富士と逆鉾との取組をリプレーした。

松夫は、妻をよび、並んで画面を注視した。

喜美江が、不安げな声で夫に訊いた。

「どうしたんだべ。脱臼かな」

「うん、たぶんな。でも、脱臼なら腕がだらんと下がるはずだがな……」

松夫は、脱臼にしては少し様子が変だと思った。が、脱臼以外の何であるかは思いつかなかった。

午後六時四十五分、千代の富士は、同愛《どうあい》記念病院から墨田区亀沢にある九重部屋に戻った。

玄関を入ってすぐ右手にある稽古場で、記者会見が始まった。九重親方もいっしょだった。

表情は、さばさばとしていた。

「肉離れということでホッとしている。ま、今晩様子を見てみないと……」

九重親方も、千代の富士も、休場かどうかは、はっきりといわなかった。

千代の富士は、七時過ぎに北海道の実家に電話を入れた。

松夫が出た。心配そうに訊ねてきた。

「どうだった」

「左上腕二頭筋部分断裂で、全治四週間という診断だ。肉離れだよ」

腕の怪我は、昭和五十年十一月場所の大豪《だいごう》との一戦いらいであった。このときは、右上腕部筋皮下断裂であった。右腕の筋肉に、皮膚の上から百円玉が入りこむほどの裂け目ができた。

千代の富士は、言葉をつづけた。

「残念だけど、明日からお休みだよ。でも、心配するほどでもないから」

「そうか」

「うん。また電話するから」

元気そうな息子の声に、松夫は安心して受話器をおいた。

同愛記念病院の土屋正光整形外科医長（現・院長）の診断によると、千代の富士が完璧に自分の最高の相撲をとれるようになるには、全治四週間後プラス四週間、つまり二ヵ月後になるという。三月二十一日ごろが、ベストコンディションという計算になる。ベストコンディションになってからも稽古期間が必要だ。三月十日から始まる大阪場所は、医師の計算上は、まず出場は無理ということになる。

ただし、土屋医長は、つけ加えた。

「もし、この部分断裂が足だったら、厳しいものになっていた。北の湖さんの場合、右の大腿の部分断裂だった。それが土俵生命を大きく縮めた。千代の富士さんのばあいは、脱臼じゃなく腕の肉離れだから大丈夫、大事に治療すれば、すぐ治ります。後遺症もない。脱臼のように癖がつくということもないんです」

千代の富士は、覚悟を決めていた。

〈もう、無理をしない。あわてても仕方ない。せっかくここまできたんだ。あと一回は、なんとしても優勝したい。そのためにじっくり養生《ようじょう》するだけだ。次も休むか休まないか

は、体の回復しだいだ〉

休場することによって、今後、土俵生命がさらに延びるようなことは、まずあるまい。それどころか、優勝することさえ難しくなるかもしれぬ。

次に出る場所まで体力が維持できるか。維持できても、自分の型どおりの相撲がとれるか。自分の型どおりの相撲がとれても、負けはしないだろうか。いろいろな疑心が、次々にわきあがってくる。

が、千代の富士は、物事を悲観的に考える性質ではなかった。

翌日の一部スポーツ紙には、例によって「引退」の文字がでかでかと躍った。

千代の富士は、朝、自宅でていねいに眼をとおした。賢《さか》しげに解説している一般紙もあった。

「千代の富士も三十五歳七カ月。強い左の引きつけがあってこその王者だったことを考えると、土俵生命にかかわりかねない負傷といえる。記録は逃げない。休養後にじっくりと挑戦を待ちたい」

左の利き腕を負傷したことで、力が落ちていくことを予測していた。

千代の富士は、九重親方に電話を入れ、三日目から休場することに決めた。

千代の富士は、記者会見で、土俵への執念をはっきりと表明した。

「こういう結果になってしまい、残念だ。ファンの方には、申し訳ない。こんな怪我で土俵を去るのは、不本意だ。あとひと息で大きな記録に並ぶところまできているんだから、引退など考えずに、前向きな気持ちで怪我を治すのに専念したい。春場所に向けて、最大限の努力をする」

千代の富士は、唇をかみしめ、さらなる勝利への執念を燃やした。

大鵬の前人未到の大記録に、あと一歩なのだ……。

宿縁の貴花田戦

平成三年五月の夏場所をめざす千代の富士は、当然、春場所後の春巡業に参加するつもりでいた。が、思わぬことが起こり、三月三十一日の巡業初日には、参加できなくなった。ここから、千代の富士に狂いが生まれた。

千代の富士は、初場所の逆鉾戦で傷めた左上腕二頭筋部分断裂の治療のため、春場所に入り、行きつけの四日市中央病院に入院していた。左腕の回復は、順調にすすんでいた。が、股間、ちょうど股のつけ根に、腫物ができた。春場所後に、この腫物の摘出手術をおこなった。そのため、巡業初日に参加できなかったのである。

春巡業は、約一カ月間ある。千代の富士が春巡業に参加できたのは、四月十日である。夏場所のはじまる五月十二日までには、約一カ月しかない。

このとき、千代の富士と親しい記者のなかには、今場所の千代の富士に不安を抱く者もいた。

案の定、千代の富士は、土俵入りこそできたが、稽古らしい稽古はできなかった。たしかに、千代の富士は、調整が人一倍うまい力士だ。それでも、うまく調整できたときは、早い時期から稽古に入れたときだ。場所を一カ月後に控えながら、まともに稽古ができていないということはこれまでにないことであった。

いよいよ、巡業も終わった。四月二十六日、大相撲一行は、東京へもどった。この間、千代の富士は、申し合いもしていない。場所開始まで、二週間しかない。

千代の富士と親しい記者は、懸念《けねん》した。

〈いくら千代の富士でも、無理ではないか……〉

九重親方も、さすがに千代の富士にいった。

「もう一場所休んで、七月の名古屋で出場してもいいんじゃないか」

が、千代の富士は、きっぱりと答えた。

「いや、そんなことはできません。出ます」

千代の富士は、自分の体は、もはや自分だけの体ではない、と思っていた。後輩の横綱のためにも、出なければいけない。いまここで、自分が三場所もつづけて休むようでは、後輩横綱が、それを真似する。

「あの千代の富士でも、三場所つづけて休んだではないか」

角界のリーダーとしてのプライドが、休むことを許さなかった。

五月二日、国技館内の相撲教習所で、横綱審議委員会稽古総見がおこなわれた。

このとき、千代の富士の耳には、横綱北勝海と、大乃国の休場の報《しら》せが入っていた。横審総見には、横綱は千代の富士と旭富士しか出ない。

千代の富士は、稽古も終わろうとするとき、じつに粋な演出を見せた。

「おいおい」

千代の富士の稽古を唇を引きしめ、食い入るように見ている貴花田を呼んだのである。

ぶつかり稽古に、胸を貸そうというのだ。

貴花田は、昭和五十六年初場所後の千代の富士の大関昇進パーティーで、千代の富士に初めて会っていた。そのとき、千代の富士に握手をしてもらっただけでなく、ともにならんで写真も撮ってもらっていた。貴花田は、そのとき八歳であった。いまその千代の富士に、胸を貸してもらえるのだ。

貴花田の体が、よろこびに弾かれたように、千代の富士の胸板にぶつかっていった。

二子山理事長は、千代の富士の稽古を見終わったあと、絶賛した。

「いや、ここまで復調しているとは。千代の富士は、大したもんだ」

夏場所初日の二日前の五月十日、取組編成会議が、両国国技館でひらかれた。

審判部長の九重親方、元・柏戸の鏡山親方をはじめとする親方が集まった。藤島親方（元・大関貴ノ花、のち二子山親方）も出席していた。会議の焦点は、もちろん千代の富士の対戦相手だ。

審判部長の九重親方も、ファンの気持ちも考えれば、千代の富士に、いきなり貴花田を当てるのも、おもしろいと考えていた。もちろん、千代の富士が軽くしとめるだろう、という予測に立ってのことである。

取組編成会議が終わるのを待つ間、記者クラブでは、意見が飛びかっていた。

「九重さんの意向は、取り入れるんだろ」

「案外、九重さんのことだから、例の鷹揚《おうよう》な感じで、『おい、藤島。貴花田でいいだろ、千代の富士の相手は』くらいなことは、いっていたかもしれないな」

記者の予測は、本当になった。

初日の千代の富士の相手が、貴花田と決まったのである。

鏡山審判部長は、初日に千代の富士対貴花田戦を組んだ理由を、説明した。

「おたがいが白紙の状態で当てたかったので、初日にもってきたんですよ」

千代の富士が、もし二日目、三日目と貴花田以外のとりやすい相手と当たり、体が馴れてくると、そこは調整のうまい千代の富士のことだ。貴花田と当たるときには、体をうまくつくってしまっている。すると、貴花田に勝ち目はなくなる。

いくら千代の富士でも、初日に、いきなり貴花田という昇り龍のような若手を当てられると、二場所のブランクがあるから、容易には降せないだろう。

貴花田の方からみれば、初日だろうと、中日だろうと、千代の富士戦は、文字どおり、まっさら、ただぶつかっていくだけのことである。

だから両者ともに、初日に当たることは、白紙の状態だ、と鏡山親方はいったのだ。

千代の富士は、初日に貴花田と当たることを記者から聞いて、驚いた。

「えっ、ほんとうか、七日目か八日目ごろと思っていたけどね。貴花田の春場所の十一連勝は、フロックじゃないよ。ふだんから稽古をやっているからこそ、できるんだ。ふつう初土俵から三年目くらいのうちは、プロとしての体が、ようやくできたくらいの段階だ。むしろ、これから力士として力をつけていく時期だ。それなのに貴花田は、もう横綱と対戦できる域にきている。貴花田は、それぐらいすごいんだ。おれは、貴花田が出てくるまで、横綱としての地位を維持してきた。おれの方も、結構大変なんだよ」

二子山理事長は、まんざらでもない様子であった。

「横綱が二人休んだし、そのへんがあるからな。初日に当てるのは、もったいない気もするが……」

藤島親方は、かつて自分が千代の富士と戦う前にあれこれ考えたことを、あらためて思い出した。

〈やつは、利き腕の左手を素早く伸ばし、おれの右前まわしをつかみにくるだろう。やつに前まわしをとられたら、おれは強烈な引きつけで、体を浮かされてしまう。だから、やつに左手でまわしをとらせたらだめだ。むしろ、やつに左腕をこちらの右腕で、わざとかかえこむようにして、深く差させることだ。そうすれば、やつの左腕は殺され、おれの得意な左四つに持ちこめる。おれは、右上手を取り、やつの左まわしを引きつける。やつの弱点は、左の腰だ。おれの右の引きつけによって、やつは左の腰が封じられる。そうなれば、吊ろうが寄ろうが、好きなように料理できる〉

千代の富士は、四つから繰り出す左上手投げを得意としている。つまり、その上手投げを打つとき、左の腰は単に相手を乗せるだけだ。逆に、右腰は投げるときの支軸になるので、自然と鍛えられ強くなっている。だから、鍛えられていない左を狙うのだ。

さて、初日の取組が決まったあと、記者が藤島親方に質問した。

「どういう相撲を、貴花田関に期待されますか」

藤島親方は、答えた。

「努力して、こつこつ稽古をして積み上げてきたものが、横綱を相手にどれだけ通用するか試すつもりで、すがすがしい相撲をとってほしい」

藤島親方は、当の貴花田には、軽くいった。

「胸を借りるつもりで、思いきって前にいけ」

藤島親方は、貴花田が春場所で十一連勝したことで上位が約束されたとき、千代の富士と当たることになる貴花田に、横綱と当たるとはどういうことかについて諄々《じゅんじゅん》と語って聞かせた。

「横綱と対戦するということは、勝ち負けは別だ。ともかく、おまえがいままで身につけてきたすべての力を出してくれたら、自分としては満足だ。横綱とぶつかると、いままで眼で見ただけではわからない、肌を通じて得るものがあるんだ。おれも、死んだ横綱の玉の海関に稽古をつけてもらい、技術もいちばんよく教えてもらった。おれは、玉の海さんには、恩義があった。それで最初対戦したときに恩をかえそうと、必死でぶつかっていった。肌でぶつかってはじめてわかった、玉の海さんの強さだった。完敗だった。こんなに努力して通じない玉の海さんは、どんなに偉大だと思ったかしれない。自分の不甲斐《ふがい》なさに、情けなくなった。まだまだ稽古しなくちゃいけない、と痛感した。玉の海さんには、二度目もつづけて負けた。しかし、大鵬さんには、初顔で負けたけれど、二度目に勝って恩返しができた。この体験が、ものすごく大事なんだ」

五月十日、いよいよ初日の取組が発表になった。この日千代の富士に、貴花田戦について記者団から質問が飛んだ。なかに、意地の悪い質問があった。

「負けたら、ショックじゃないですか」

千代の富士は、毅然《きぜん》として答えた。

「自分としては、横綱としてやることはやった。いつでも（やめる）覚悟はできている。覚悟して出るんだから、ショックを感じることはないよ」

貴花田と戦う心構えを訊かれると、千代の富士は不敵な笑みを浮かべながらいった。

「貴花田は、いい若手だね。こっちは下降する一方だし、相手は上昇一途だから騒いでいるんだろうけどね。なぁに、ここで邪魔をしてやるという気はあるよ」

夢の取組、千代の富士対貴花田戦が、五月十二日の初日に組まれることに決定するや各親方が、記者の質問に答える形でこの取組の予想をした。

ほとんどの親方が、貴花田が立ち合いから突っ張りでいくことを予想した。

貴花田の親である藤島親方でさえ、こういった。

「突っ張れば、おもしろい。千代の富士にまわしをとらさなければ、あるいは」

千代の富士の師匠である九重親方も、突っ張りを予想した。

「貴花田は、恐らく突っ張ってくるだろう。そして左の上手を浅く取り、頭をつけ千代の富士に上手を与えない。こうなった場合にだけ、貴花田に勝機が訪れるだろう。しかし悲しいかな、相四つのため、最後は右四つにつかまってしまう。そうなったら、千代の富士の勝ちは動かない」

だが、ふたりだけまったく違った見方をした親方がいた。二子山親方と北の湖親方である。

二子山親方は、貴花田がどう攻めたら勝てるか、の質問に答えた。

「突っ張ったら、駄目だ。すぱっと差しにいかないと、勝てないよ」

北の湖親方は、もっと具体的に指摘した。

「いやいや、みんなそういうが、突っ張ったら、貴花田は負けるよ。突っ張りの脇の下をかいくぐられて、双差しにされるよ。突っ張らずに、早くまわしをとりにいくことだ。千代の富士にまわしをとらさなければ、勝機はあるよ」

北の湖親方の解説は、たしかに説得力があった。

貴花田は、突っ張りを得意としているわけではない。貴花田の突っ張りは、あくまでも得意な型に持ち込むための補助手段である。そんな突っ張りが、はたして老獪《ろうかい》な千代の富士に通用するかどうか。

意見は、分かれた。

決戦前夜、藤島親方は、貴花田にくりかえした。

「おまえが思ったような相撲をとれ。胸を借りるつもりで思いきっていけ」

特別な作戦などなにも与えなかった。

藤島親方は、ふたりの対戦前に報道陣を前にしていった。

「千代の富士は、頭をつけてでも勝つ、横綱を守るんだという責任感の強い横綱です。そういう横綱と当たるんだということを、貴花田は、しっかりと自覚してほしい」

五月十二日、日曜日、あいにく小雨がぱらつく鉛色の空であった。

運命の一番、千代の富士対貴花田戦は、結び前の一番である。

貴花田は、千代の富士よりはやく、東の控えに入った。日ごろから第一番に礼儀を重んじることを藤島親方から叩きこまれている。

貴花田は、大一番を前に、横綱千代の富士よりも先に控えに入って、まず礼儀を尽くすことで、千代の富士との実力、経験の差を、少しでも縮めることができる、と思っていた。

貴花田の姿は、相撲をよく知るファンには、すがすがしいものに映った。

貴花田は、控えに入ってたかぶりを静めるため、大きく息を吸い、邪念もいっしょに吐き出すように吐いた。

千代の富士戦を想定して心境を訊かれ、答えてきた。

「誰ととるのも、いっしょです。(千代の富士関との一戦は)みんなに注目されると思いますが、胸を借りるつもりでがんばります。緊張すると思いますが、いい意味での緊張をしたい」

貴花田が控えに入ってしばらくして、千代の富士が西の控えに入った。真向かいに、緊張した貴花田の顔が見えた。

勝負にのぞむ前の貴花田の顔は、まだ幼さを残していた。視線を下に落とし、千代の富士と面と向かい合うのを恥ずかしがっているようだ。

千代の富士は、鋭い眼で、静かに貴花田を見た。

〈こんな幼いかわいい顔をした若者と戦うのか……〉

千代の富士は、初場所中、親しい記者にもらしていた。

「おれの気分は、頭の上にもうチョンマゲはないんだ」

千代の富士は、自分の体が力士としてもう限界を通りこし、ボロボロになっているのを自覚していた。今年の初場所、逆鉾戦で左上腕二頭筋部分断裂をおこしたときだ。おれの体は、こんなにもろく怪我をしてしまうのか。千代の富士は、いいようのない衝撃を受けた。が、横綱の意地がある。弱気は見せられなかった。とくに貴花田と当たるまでは。

千代の富士三十五歳、貴花田十八歳、十七歳もの開きがある。いままで平幕力士が横綱と初顔合わせした取組中で、もっとも年齢が離れている取組だ。

千代の富士が幕下の力士だった昭和四十七年八月、ようやく貴花田が生まれた。このふたりは、ついきのうまでまるで別々の時代、別々の空間を生きてきた。それほどの年齢差なのだ。

ふたりが、一瞬でも同じ土俵で勝負することが奇跡のように思われていた。それほどの年齢差なのだ。その奇跡が、いま実現している。ファンのみならず、いやむしろファン以上に、千代の富士こそ、この若武者を待ちに待っていたのだ。千代の富士の体に、いままで経験したことのない、不思議な、よろこびの感覚が走った。

〈よく上がってきたな、貴花田〉

が、千代の富士にひそむ勝負の鬼が話しかけていた。

〈若僧、おれを倒せるものなら、倒してみろ。三年の土俵と、二十一年の土俵と、どのくらい違うものかはっきり見せてやる〉

千代の富士は、場所前から明言していた。

「自分の力士生命を長く続けていくためにも、若手の芽は自らの手で摘んでいかなくてはいけない。そして若手の芽を摘むことが、逆に若手の芽を育てることになるんだ」

館内の声援が、波のかたまりとなってうねった。興奮が頂点に達した。

貴花田が、はやる気持ちを抑え切れないように土俵に駆け上がった。

いっぽう、受けて立つ千代の富士は、ゆっくりと土俵に上がった。貴花田が赤房下で四股を踏む。千代の富士よりひとつぶん動作が早い。そのため、貴花田の二度目の左の四股、千代の富士の最初の右の四股、二つの四股がきれいに左右に開いた。ふたりとも、四股が高く、足がまっすぐに伸びている。ふたつの剣がそそり立つようで、そのコントラストが美しく、大一番を盛り上げる。

ふたりが、仕切りをくりかえす。

貴花田は、控えのときの柔和さを消し、キッと千代の富士を睨み仕切った。

千代の富士の眼は、あいかわらず、いつものウルフの眼だ。貴花田であろうと誰であろうと変わらない、静かに相手の腹の底まで見すえるような眼だ。

貴花田は、その眼に遭《あ》い、一瞬、射竦《いすく》んだようになった。

〈どこでだって、横綱のこんな眼は見たことがなかった。いま、はじめて見る眼だ〉

貴花田は、本場所の土俵の上でこそ見せる千代の富士の眼を、いま対戦相手としてまっ正面から見たとき、はじめてあの千代の富士と当たっているのだという実感がわいた。どこに逃げることもできない、自分の手で倒さなければいけない勝負の相手として、はっきりと千代の富士を見た。

いよいよ、制限時間いっぱいになった。

立行司式守伊之助の軍配が、返った。

貴花田が、先に仕切りに入った。

千代の富士は、淡々と仕切った。

大歓声が、行司の声をかき消した。

両者立ち上がった。

貴花田は、顎を引き背中を丸めた体勢で、千代の富士の右肩めがけて突っ込んできた。

千代の富士のお株を奪うような、低く、鋭い立ち合いだった。

千代の富士は、貴花田に胸を出すように立ち上がった。貴花田の左頬を右手で張ってから差そうとしたのだ。あくまで横綱相撲をとった。

土俵の中央で、千代の富士の右肩と貴花田の額が、激しくぶつかりあった。

さきに一歩踏み込んだ貴花田の体重を、千代の富士はまともに受けた。千代の富士の体がきしみ、足が横に揃って並んでしまった。

〈貴花田の当たりは、予想以上に強い。おれの張り差しをよく見ている。おれの相撲をよく研究してやがる……〉

千代の富士は、上手になっている左腕を大きく伸ばした。左の人指し指、中指、薬指が、貴花田の腰のまわしに引っ掛かった。まわしに指を差しこみ、がっちり握ってしまえば、立ち合いの失敗は挽回《ばんかい》できるはずだ。

が、貴花田はすぐに千代の富士の右腕に食らいついてきた。千代の富士の顎に頭をつけ、左手で千代の富士の右肘を絞り上げた。

貴花田のまわしにかかっていた、千代の富士の左の指が離れた。あっと思う間もなく、貴花田が右から押し込んできた。

〈いいところを取られてしまったな。貴花田には、申し分のない形だ……〉

その瞬間、理事長室では、二子山理事長が椅子から身を乗り出すようにして、甥っ子の貴花田に声援をおくっていた。

「それっ、そこだ！　押してけ！　押してけ！」

千代の富士は、貴花田の押しを真っ向から受けとめた。あくまでも力と力の勝負を挑もうというつもりだ。貴花田の相撲のすべてを見とどけるつもりだ。

〈そらこい、そらこい〉

千代の富士は、右腕をぐいぐいと貴花田の左脇にこじ入れようと激しく攻めた。

〈よしこい、最後まで力比べだ〉

千代の富士には、横綱の意地があった。

その息詰まる攻防を見ていた記者席の杉山邦博元NHK相撲アナは、感じた。

〈あぁ、闘牛のせめぎ合いを見ているようだ。逃げた方が負けだ〉

もうひとりの担当記者は、ひとりごちた。

「すごい相撲だ。ウルフは、勝ちにいかないいじゃないか。いつものウルフなら、あんなに左を遊ばせておくはずがない。右で攻めながら、左で動きはじめる。それも、瞬間のうちに局面を変えるのに……」

左からの上手ひねりや、巻き落としで貴花田の体勢を崩そうと思えば簡単に崩せるはずなのだ。そのあたりの千代の富士の勝負勘は、ものすごいものがある。が、あえて千代の富士は押し比べをしている。

千代の富士は、左手で貴花田の右肘を押し上げ、体を起こしにかかった。

貴花田も、負けてはいない。右肘を懸命に張り、千代の富士の左手を押さえつけ体を起こされまいとした。貴花田の神経は、自分の右腕に集中していた。左からの絞り上げが、つい甘くなった。

千代の富士は、機を逃さなかった。自由になった右手を、素早く伸ばした。右手で、下手まわしをとりにいったのだ。が、とれない。

貴花田は、千代の富士の右手の動きに勘づくや、腰を十分に落とし、少しでもまわしから千代の富士の手を遠ざけようとした。

貴花田は、十分に腰を落とした。その踏ん張った姿勢から、千代の富士の右腕を、また一気に絞り上げてきた。

千代の富士の体が、起き上がってしまった。

〈こいつの追っつけは、なんとも強烈だ。かといって、ここで引いては駄目だ。引いたら、負けだ……〉

貴花田が、左上手から千代の富士のまわしを奪いにきた。

千代の富士は、その下から貴花田の左まわしを奪いにいった。貴花田は、とっさに左から千代の富士の右腕を絞り上げ、腰を下ろして右差しをさまたげる。

貴花田の左脇が甘くなれば、千代の富士が右差しを狙う。すると貴花田が、また執拗に絞り上げる。二度、三度と、右手と左手の必死の攻防が、土俵の真ん中でつづいた。根比べだ。がまんできなくなった方が負けだ。

貴花田が、左手で千代の富士の右腕を絞り上げた。三度目だ。千代の富士も負けずに、左から貴花田の右肘を押し上げた。なんとしても、貴花田の体を起こしたかった。

千代の富士は、貴花田の体を必死に起こしにかかった。

千代の富士の顎のあたりに額をつけつづけ、顎をひいて下を向いていた貴花田の顔が、千代の富士の眼の前に現れた。

幼さを残した顔が、必死に歯を食いしばり、千代の富士の押し上げに耐えている。

その瞬間、千代の富士は、貴花田を右に突き落とすようにして、左にまわりこんだ。

一瞬、貴花田の体がぐらりと揺らいだ。しかし、左足をうまく摺り足で踏みだし、左に回りこんでいく千代の富士を追いかけた。背中を丸め腰を十分に落とした姿勢は、少しも崩れることはなかった。それればかりか、今度は千代の富士の真横、右腰に食らいついた。

千代の富士は、右肩に頭をつけられたために右腕を自由に動かすことができない。しかも、貴花田の左手は千代の富士の右まわしを奪いにきていた。

〈この体勢でまわしを取られれば、すぐに引きつけられて、なす術もなく寄り切られてしまう。それにしても、こいつのからだはよく動く〉

騒がれるなか、日ごろよく稽古しているからこそだ、と思った。

千代の富士は、右腕で貴花田の右腕を下に向かって引っぱり、横から攻め上げてくる貴花田を振りほどきにかかった。

貴花田が、また前にぐらついた。体勢をぐらつかせながらも、左手で千代の富士の足のつけ根あたりのまわしをとった。左まわしを引きつけて、残した。

千代の富士は、貴花田が残したところで一瞬上体を少しひねり、右肘で貴花田の左胸を小突いた。密着した両者の体に、距離が開いた。

左足を引き、まわりこもうとする瞬間、千代の富士は、まわしを握っている貴花田の左手を、右手で押さえつけた。貴花田の左手からまわしが切れた。

つづいて貴花田の右肩をはたきながら、左へまわりこんだ。それでも、貴花田は落ちない。

千代の富士は、背中を丸めて胸めがけて飛び込んできた。

はたきこんで倒せる相手でないことが頭でわかっていながら、苦しまぎれについ、はたいてしまったのだ。

千代の富士は、向こう正面土俵に追い詰められた。左下手まわしも取られた。絶体絶命だ。

貴花田の頭を押さえつけ、突き落とそうとしながら、必死に左へ左へと円を描くように逃げまわった。

貴花田は、ついに落ちなかった。勢いに乗った貴花田の力は、千代の富士の想像を超えていた。左にまわりこむたびに、土俵際に追い詰められる。

とうとう、赤房下で右の踵が土俵にかかった。円を描くようにまわりこもうとするが、貴花田の直線的な突進力のほうが上回った。千代の富士の上体がのけぞった。右足の爪先はすでに浮き上がり、左足は宙に浮いていた。もうなす術はなかった。

それでも、最後の望みをかけて貴花田の頭を押さえつけ、必死に突き落としにかかった。

貴花田が、これが最後とばかりに体を預けてきた。さらにほとんど反射的に、千代の富士の右膝の裏側に左手をしのばせ、わたしこむようにしてとどめをさした。

千代の富士は、若い力に弾き飛ばされ、土俵下に落ちた。

館内は、割れんばかりの大歓声。そのなかで、千代の富士は、これまでの敗戦には見せたことのない表情を浮かべた。苦笑である。が、苦々しい口惜《くや》しさではなく、すがすがしさをたたえた笑みであった。

〈なんとも、うまくやられてしまったな……〉

そのころ、理事長室では、二子山理事長が、相好《そうごう》を崩した。

「こりゃ、勝ったんだ。へぇっ」

二子山理事長は、まだ信じられない気がした。

「千代の富士が、笑っていたな。心の中はそうじゃないだろう。千代の富士は、貴花田と本格的な稽古をしたことはないんだろ」

二子山理事長は、隣の理事に声をかけた。

「ええ、やってませんね」

「そうだろう。千代の富士は、つかまえれば勝てると踏んだんだろうが、貴花田の力をつかみきれていなかったんだろうな。土俵を離れ、勘ももどっていなかったんだろう」

二子山理事長は、貴花田をほめたたえた。

結びの旭富士と寺尾の一番が終わった。

千代の富士は一礼すると、西の花道を引き上げた。

花道を引き上げ西の支度部屋にもどった千代の富士は、なにもいわず風呂に直行した。

報道陣は、千代の富士を待つ。

いつもより長い。七分もたったろうか。やっと千代の富士が指定席である、支度部屋いちばん奥の正面座蒲団に座った。

貴花田戦についての質問がつづいたあと、

「これで引退、なんてことはないでしょうね」

きつい質問が飛んできた。

千代の富士は、一瞬険しい顔になった。

が、すぐに表情を整えていった。

「大丈夫だよ。勝っても負けてもやめないよ。場所前からいってるだろう。やめるときは、いうから」

千代の富士の髪が、整えられた。

「それにしても残念でしたねぇ。やはり、横綱、一抹《いちまつ》の淋しさはありますか」

「おれが勝った方が、よかったの？」

千代の富士は、ニヤリと笑って立ち上がった。その笑いの底には、「貴花田が勝った方がよかったんだろう」という意味がこめられている、と記者のひとりは思った。

「若いのは、もっともっと勝ってこなくちゃ。まだ明日があるよ」

そういい残して、ゆかたをはおり、九重部屋へもどった。

終始笑みを浮かべた会見だった。

が、ベテラン記者は、ちらりとつぶやいた。

「これで大将は、思いのこすことはないんじゃないかな……」

実際、関係者のひとりは、いっていた。

「これで引退したら、相撲史に残るような、ドラマチックな引退だ。だけど、それは出来すぎかな」

千代の富士は、部屋に帰る途中、心の中でくりかえしていた。

〈この場所は、北勝海、大乃国の両横綱が休場している。おれには、土俵を盛り上げていかねばならぬ責任がある。勝手に辞めるわけにはいかない……〉

いっぽう、九重親方は、千代の富士が、いつ辞めてもいい気でいた。

特に大鵬の、あと一回でならぶ三十二回優勝の記録に、目の色を変えることはない。記録を達成するために、いたずらに引退の時期を誤ったり、それでかえって自分の評価を落とすことはしてほしくなかった。

九重親方の頭の中には、栃錦（のち第九代春日野親方）の引退姿があった。栃錦の優勝十回というのも、たしかに立派かもしれない。それに加え、栃錦の最大の評価は、引き際のみごとさにあった。栃錦は、全勝優勝を飾った翌場所、初日から二連敗すると、三日目から休場し、そのまま引退してしまった。だからこそ、栃錦は、相撲史上に燦然《さんぜん》と輝いている。千代の富士にも、栃錦のように、後世に残る引き際をみせてほしかった。

が、千代の富士を、貴花田戦の負けだけで引かせたくはなかった。もう少しとらせてみて、もし前半でまた負けるようなら、そのとき考えればいい。

千代の富士は、部屋に着いて、九重親方に、負けた報告をした。親方と目と目が合った。「辞めるときはスパッといこう」という親方の言葉が、頭をかすめた。ふと、「引退」という言葉が出そうになった。

が、九重親方は、ポンと肩を叩いていった。

「ま、明日もがんばれ」

九重親方は、もう一日、二日、千代の富士の様子を見てからでも決断は遅くないと思った。これでは、あまりにさっぱりしすぎると思った。

九重親方の一言で、千代の富士が、いい出そうと思って喉元まで出かかっていた「引退」の文字が、消えてしまった……。

涙

平成三年夏場所二日目の千代の富士の対戦相手は、前頭四枚目の板井《いたい》だった。板井には、いままで十五戦無敗と相性はいい。

板井の立ち合いを、胸で受けとめた。一瞬、押しこまれるのでは、と思わせた。が、左上手まわしを浅くとるや、一気に寄り切った。

千代の富士は、この相撲で息を吹き返した、と誰もが思った。

支度部屋でも千代の富士は、同じ三十五歳の板井をかばい、口はなめらかだった。

「おれも傷んでいるが、向こうも傷んでるな」

記者団に、笑いが起こった。

「きのうは、帰って貴花田戦をビデオで三、四回も見た。どっちが横綱か、わからなかった。負けた相撲は、反省点が多いからね。貴花田ともう一度やりたいが、一場所一度だけだから、あとは決定戦か……」

まだまだ千秋楽まで闘う意欲を見せた。

ただし、千代の富士は、この日の夜、久美子夫人に伝えた。

「おれ、明日負けたら、辞めるかもしれないよ」

ついに引退の意志を夫から聞いた久美子夫人は、なんと言っていいかわからなかった。いつかは、この耳で聞かなければならない言葉であった。が、実際に夫の口から引退の言葉を聞くと、なにも言えなくなった。

三日目の貴闘力戦で、千代の富士は、ふわっと立ってしまった。貴花田戦と同じように、貴闘力に胸を出す格好でぶつかった。

〈押すなら、押してみろ〉

そういわんばかりに、貴闘力のぶちかましに右肩を出して対抗した。しかし、足が出ていない。左手でまわしを取りにいったが、手先だけであった。

胸に飛び込んだ貴闘力が、右手で千代の富士の肩を突き放した。千代の富士の左手は、貴闘力の鮮やかな水色のまわしをかすめるように離れた。

貴闘力の左の突っ張りが、飛んできた。

千代の富士は、体を反《そ》って避けた。

そして、その反動を生かして貴闘力を両手で抱えるように捕まえにいった。

が、貴闘力は右ののど輪攻めで、もう一度突き放しにきた。全身の体重をのせたのど輪が、千代の富士を襲った。

貴闘力の右手を、下からあてがいながらこらえようとした。気持ちに反して、ぐいぐいと押されてしまった。

苦しい千代の富士は、貴闘力の右腕を両手でつかみ、左に回りこみながら一気に引いた。

「あッ、これはいつもの千代の富士じゃない」

記者クラブのテレビを見ていたベテラン記者が、つぶやいた。

「おかしいな。いつもの大将なら、左から押っつけて前みつを取りにいくところだよな」

土俵際で、一気に引かれた貴闘力が危うく落ちそうになった。が、両手を左右に広げ、重心を立て直そうとした。

千代の富士は、すかさず左手で貴闘力のまわしを奪った。貴闘力を一気に押しこんだ。

貴闘力は腰を振り、後退した体勢を立て直しにかかった。千代の富士のまわしにかかった指が、すぐに離された。

千代の富士は、強引に貴闘力の左腕を押し上げ挽回した。

〈右をねじこんで、一気に勝負をきめてやる〉

右差しを狙う千代の富士に対し、貴闘力は左手でたぐり、その右差しを許すまいとした。千代の富士は、貴闘力の左手を振りほどいた。すかさず右を差しこもうと、貴闘力のまわしに右手を伸ばした。

その時だった。貴闘力は、左手を千代の富士の右肘に絡めて引っ張りこみながら、右に体を開いた。

さらに、千代の富士の右腕を左手で抱え、右手も添え両手で自分の方に引っ張りこんだ。いわゆる、とったりである。

千代の富士の体が、横っ飛びをするかのように軽々と飛んだ。尻餅をつくようにして、土俵の下に落ちた。

振り返った千代の富士は、うつむいたまま土俵の徳俵に戻った。

大銀杏《おおいちょう》が、乱れていた。千代の富士は、構わずあいさつをした。頭を上げたとき、ちらっと貴闘力をにらみつけた。が、またうつむくと、そのまま土俵を降りた。

千代の富士は、支度部屋に戻ってきた。顔は、ひときわ険しかった。

たった一言、ゆっくりと区切るように、

「残、念、で、し、たね」

といって風呂に飛びこんだ。

十分間ほど出て来なかった。貴花田戦のあとの風呂より長い。今日は、背中に砂がついているからだろうか。そういえば、千代の富士の体に砂がつくことなど、珍しいことであった。

「おい、えらく長いな。大丈夫か、大将は……」

記者団が、ざわついた。

千代の富士がようやく風呂から上がった。緑色の大きなバスタオルを腰に巻きつけ、指定の席にやってくる。

記者のひとりは、危惧した。

〈歩き方が、どうもいつもの大将らしくないな。いつもなら自分の小柄な体をできるだけ大きく見せるように、体をのけぞらせ、手も左右に大きく振ってのっしのっしと歩くのに。今日の大将は、なんだか普通の三役みたいだ〉

千代の富士が、髪を結い直してもらうため席についた。顔が、蒼ざめている。

「今日は、簡単にひねられた。こんちくしょう」

唇が、ぶるぶる慄《ふる》えているのがわかる。千代の富士が、右の腕をおさえた。

「右が、痛いんですか」

「いや、左が痛いんだ。場所前から、ずっと痛いんだ」

親しい記者は、みな一様に驚いた。

〈千代の富士が痛い、というなんて。いままで、会見で「痛い」なんて、死んでも言わなかった大将が……〉

千代の富士は、かつて腰を傷めた。翌日、ゆかたの下にさらしを巻いてきた。痛みをやわらげ、こらえるためだ。だれにもいわず、黙っていた。ふとした拍子に、さらしを記者にみられた。

「どうしたんですか、これ」

「いや、きのう傷めたんだ。絶対書くなよ」

そのくらい、痛みや傷を隠してきたのだ。

が、今回初めて自分の方から「痛い」といった千代の富士を見て、記者は、思った。

〈おいおい、こりゃ、様子がおかしいぞ。これは、引退もあるな……〉

記者の一人が訊いた。

「とったりで負けたのは、初めてじゃないですか」

「そうだろうね、肘も、決まっていたしね。さえないねぇ……」

千代の富士は、どんどん落ちこんでゆく。

「まだ明日は、ありますね」

「そうねぇ」

「どうなんですか、ちゃんと出るんでしょう」

千代の富士の、豊かな黒髪が、床山《とこやま》の手により、ぐいっとひっぱり上げられた。

「なんにも、いわないよ」

髪がきちんと整えられてから、記者は、さらに突っ込んだ。

「これで引退なんてことは、ないんでしょ」

千代の富士の顔は、血の気を失っていた。

「わからんぞ」

千代の富士は、そういって立ち上がった。

「あと十何日、残ってるからな」

記者よりひと足先に国技館を出た千代の富士は、車で国技館から三分ほどの九重部屋に戻った。

シルバーメタリックのベンツを降り、部屋に入った。すぐに三階の九重親方の自宅に上がった。

引退の決意は、すでに固まっていた。笑顔を浮かべ、「親方、やめます」とひとこと軽く告げるつもりだった。お互い、湿っぽいのは嫌いだ。

こういうときこそ笑顔を見せるのが、男の美学だ。親方にそう教わってきたつもりだ。

親方が、待っていた。目が合った。

〈あぁ、親方は、何もかも分かってくれている……〉

おたがいに言葉は交わさなくても、心の内は分かりあっていた。

千代の富士の胸に、一気に熱いものが込みあげてきた。自分でも、眼が赤く充血していくのがわかる。

九重親方が、ねぎらうようにいった。

「ごくろうさん。もう思い残すことはないか」

親方の眼も、赤い。

千代の富士は、答えた。

「はい。悔いは、ありません。長い間、ありがとうございました」

親方は、うなずいた。

「おれは、これから理事長に報告に行ってくる。おまえは、報道陣が殺到してくる前に、自宅に帰れ」

九重親方は、千代の富士が部屋を出ていってからも、すぐには立てなかった。

この日がくるのは、分かっていた。覚悟もしていた。しかし、こんなにも寂しいものなのか。

千代の富士が、墨田区の自宅に着いたのは、午後六時十五分過ぎであった。

夫人の久美子は、あまりに早い帰宅に、夫が部屋に寄らずに帰ってきたのかと思ったほどである。前日「もし明日負けたら引退するよ」と夫から打ち明けられてはいた。が、親方にあいさつもしないで帰ってきたのなら、引退せずに明日も土俵に上がるのかしら、と瞬間思った。

が、やはり千代の富士の気持ちは変わっていなかった。着替えの途中で、久美子に打ち明けた。

「やめたよ。もう親方には、いってきた」

千代の富士は、北海道の実家にも電話を入れた。何かあるたびに、必ず事前に両親に報告してきた。

父親の松夫が出た。千代の富士は、簡潔にいった。

「引退することにした。親方には、いまあいさつしてきた。親方は、これから理事長に報告に行くことになっている」

松夫は、息子の言葉を冷静に受けとめた。場所前に、息子とは何も連絡をとっていなかった。が、新聞などで「この場所に進退をかける」という息子の決意を読んでいた。前半で二つか三つ星を落としたらすぐに引退するだろう、と覚悟はしていた。

初日に貴花田と対戦することが決まったときにも、不思議な因縁を感じることはなかった。ただ偶然に貴花田と当たることになっただけだ。その運命を自然に受け止め、立派に戦ってくれさえすればいい、とだけしか考えなかった。初日、貴花田に敗れたあとで、息子は引退するだろう、という確信を持った。その時、妻の喜美江にいった。

「引退したら、ごくろうさん、の一言だけだな」

そしてこの日、松夫は、息子から予想通りの電話を受けた。よくやった、と言ってやりたかった。

が、口を出たのは、やはり一言だけであった。

「長い間、ごくろうさん」

一方、九重親方は、千代の富士が自宅に帰ったあと、次々と駆けつけてくる報道陣の中から、代表して共同通信と時事通信の二社の記者だけを部屋に上げて答えた。

「千代の富士の引退は、ないよ」

体力や気力の衰えを問うてくる記者の質問にも、きっぱりと答えた。

「体力もある。気力だってある。休場も引退もない。十三勝二敗で優勝だよ」

九重親方は、二子山理事長の了解をとる前に、千代の富士の引退の気持ちを公表するわけにはいかなかった。まず二子山理事長に報告しにいくのが筋だ。

ところが、理事長に会いにいこうにも、記者が張っている。部屋を出るに出られない。記者の追跡を撒《ま》くために、嘘をいうしかなかった。

九重親方は、記者たちが帰ったのを確認すると、ただちに新橋の料亭「金田中《かねたなか》」に車を飛ばした。「金田中」では、運営審議会の会食がおこなわれていた。二子山理事長も、そこに参加している。

九重親方は、「金田中」に二子山理事長を訪ねるや、千代の富士の気持ちを伝えた。

二子山理事長は、一瞬おどろきの表情を浮かべた。が、すぐに、いつもの威厳のある顔にもどっていった。

「わかった。本人が決めたことだから、異存はない。千代の富士君は、若い者が育つまで、よく頑張ってくれた。ごくろうさん、とわしがいっていた、と伝えてくれ」

九重親方は、二子山理事長の了解を取りつけると、ただちに九重部屋にとってかえした。引退発表は、翌五月十五日の午後二時にするつもりであった。

九重部屋の北勝海の後援会長で、北海道五区（当時）選出の衆院議員・鈴木宗男（当時。現・新党大地代表）は、千代の富士の動向が気にかかり、九重部屋に電話を入れた。鈴木がかつて秘書をしていた故・中川一郎代議士は、千代の富士後援会の名誉会長であった。

いきなり九重親方が、電話に出た。

鈴木が、訊いた。

「どうなんだい」

「もう引退を決意しました。いま理事長の了解を、もらってきたばかりです」

受話器から聞こえる九重親方の声は、淡々としていた。それがかえって動かしようのない事実を伝えていた。

「そうですか。ぼくも、すぐにそっちへ行くよ」

「そうしていただければ、ありがたいです」

午後七時二分、共同通信と時事通信の二社に、突然、相撲協会の広報担当をしている時津風親方（当時。元・大関豊山《ゆたかやま》）から連絡が入った。

「千代の富士が、引退します」

この情報は、ただちに各マスコミを駆けめぐった。ラジオ、テレビは臨時ニュースを流した。

九重親方が部屋についてまもなく、各社の記者たちが眼の色を変えて部屋に飛びこんできた。

「親方、これは一体どうなってるんですか！」

九重親方は、嘘をいわなければならなかった事情を説明したあとでいった。

「引退発表は、明日の二時からやる。今日のところは引き揚げてくれ」

記者たちは、ひき下がらなかった。九重親方と記者たちの間で、しばらく押し問答がつづいた。結局、九重親方が、折れた。

「わかった。これから千代の富士を呼んで、記者会見を開こう」

鈴木宗男代議士が九重部屋に着いたのは、七時四十分過ぎだった。

鈴木は、玄関を入って右側にある稽古場の上がり座敷に入った。

上がり座敷に置いてあるソファに、九重親方が一人で座っていた。

足元のお盆の上には、缶ビールがおいてあった。

鈴木は、親方の隣に座って、話しかけた。

「とうとう、来る日が来たね……」

九重親方は、目の前の土俵に視線を移しながら、言った。

「取って取れぬことはない。だが、やつは、あそこまでいった男だ。やつを傷つけたくない。ここは、ひとつのケジメだと思ったんです」

鈴木も、土俵を見つめた。

〈この土俵には、千代の富士の汗と涙が、どのくらいしみこんでいるのだろうか……〉

鈴木は、千代の富士の勝負に対する激しさとひたむきさが、何より好きであった。鈴木の眼に、涙が流れた。

そこへ、千代の富士が現れた。紺色の羽織に、茶色の袴姿だ。じつにさわやかな笑顔を浮かべている。余裕すら、感じられる。鈴木は、瞬間感じ入った。

〈ひとつのことをなし遂げた男だけの、すばらしい笑顔だ……〉

鈴木は、立ち上がった。千代の富士の手を取り、両手でがっしりと握りながらいった。

「よくやった。ここまできたら、たいしたもんだ」

鈴木は、そういうや涙があふれ出てとまらなくなった。言葉が、続かなくなった。

千代の富士は、泣き出した鈴木を見るや、ついつられて自分も涙をこぼしてしまった。

感激屋で、情にもろかった。

九重親方は、二人をうながした。

「さぁ、記者会見の時間が来た。上に上がりましょう。鈴木先生も立ち会って下さい」

午後八時十五分、二階大部屋で千代の富士の緊急引退記者会見が始まった。

大部屋は、百人を超える大報道陣で、足の踏み場もない。

九重親方が、まず口を開いた。

「さっきは、みなさん方に、嘘をついて申し訳なかった……」

つづいて千代の富士のあいさつに移った。千代の富士は、おだやかな表情で、ひとことひとこと嚙み締めるように語りはじめた。

「長い間、本当にみなさんには、たいへんお世話になりました。まあ、月並みの引退ですが……」

ここで絶句した。

右手に握った白いハンカチを鼻に添えた。涙をこらえるように下を向いた。その表情を逃さじと、カメラのシャッターが一斉に切られた。

千代の富士は、再び顔をあげ、正面を見据えた。眼が、真っ赤に充血し潤《うる》んでいる。言葉を、つづけた。

「体力の限界……」

またもや絶句した。込みあげてくる気持ちをおさえきれない。ハンカチで口と鼻をおさえ下を向いた。

となりに座っている鈴木は、思った。

〈いちばんいいたくなかった言葉に、違いない……〉

千代の富士は、再び顔をあげるや、言い切った。

「気力もなくなり、引退することになりました。以上！」

緊急記者会見を終えた千代の富士は、鈴木宗男とともに、一階稽古場の上がり座敷にもどった。

千代の富士は、鈴木にしみじみと言った。

「先生、おれは、二十年以上も相撲をやっていたんですね。その土俵生活の約半分の五十九場所で、綱を張っていた。自分でも、大したもんだと思う」

「まったくだ。何回も、これで終わりだろう、という危機があったものな。それを、乗り越えてきたんだから」

「ええ。十回は、あったな。いや、十回じゃきかないな。でも、それを乗り越えてきた」

「きみは、それを誇りに思うべきだ。すごいことだよ」

「はい。ありがとうございます」

そこへ、今場所休場中の北勝海が、顔を出した。

千代の富士は、声をかけた。

「どうだ、膝の怪我の調子は」

「大丈夫です。よくなってます」

「早く、足を治して。これからは、おまえだ。しっかり頼むぞ」

「はい」

午後八時五十五分、千代の富士が、九重部屋の玄関口にあらわれた。

詰めかけていた三百人を超えるファンから、大きな拍手と声がかかった。

「ありがとう！」

「長い間、ごくろうさん！」

千代の富士は、笑顔を浮かべ、ベンツに乗りこんだ。

千代の富士は、ついに引退を発表した。

横綱在位五十九場所、通算勝ち星千四十五（当時一位）、幕内勝ち星八百七（当時一位）、幕内優勝三十一回（当時二位）……、数々の大記録を残し、〝小さな大横綱〟は、土俵を去った。

〈付記〉

この本の取材では、故・横綱千代の富士（元・陣幕親方、のち九重親方）、秋元松夫・喜美江、小笠原佐登子、九重親方、杉村光恵、元・衆議院議員鈴木宗男、元・横綱北勝海（現・八角理事長）、藤島親方（のち二子山親方）、北の湖親方、間垣親方、鳴門親方、尾車親方、北尾光司、杉山邦博、向坂松彦氏ほか多数の方々、さらに日本相撲協会、相撲博物館、九重部屋ＯＢ、千代の富士後援会、相撲記者、北海道松前郡福島町の方々のご協力をいただきました。感謝いたします。なお、左記の資料も参考にさせていただきました。感謝いたします。

「相撲」（ベースボール・マガジン社）、「大相撲」（読売新聞社）、「別冊グラフＮＨＫ・大相撲特集号」（ＮＨＫサービスセンター）、東京中日スポーツ、スポーツニッポン、日刊スポーツ、サンケイスポーツ、報知新聞、毎日新聞、東京新聞、「速攻管理学」（九重勝昭・日之出出版）、「私はかく闘った」（千代の富士貢・向坂松彦、ＮＨＫ出版）、「大相撲」（高橋義孝・北出清五郎、平凡社）、「大相撲の事典」（高橋義孝監修、三省堂）。

本文中の敬称は略させていただきました。

著者

（本書は、平成三年に毎日新聞社より刊行された単行本『小説 横綱千代の富士』を
改題し、加筆・修正を施したものです。第一章は書下ろしです）

ＪＡＳＲＡＣ 出１６１４１７６－６０１

一〇〇字書評

切り取り線

購買動機（新聞、雑誌名を記入するか、あるいは○をつけてください）	
□（　　　　　　　　　　）の広告を見て	
□（　　　　　　　　　　）の書評を見て	
□ 知人のすすめで	□ タイトルに惹かれて
□ カバーが良かったから	□ 内容が面白そうだから
□ 好きな作家だから	□ 好きな分野の本だから

・最近、最も感銘を受けた作品名をお書き下さい

・あなたのお好きな作家名をお書き下さい

・その他、ご要望がありましたらお書き下さい

住所	〒				
氏名		職業		年齢	
Eメール	※携帯には配信できません	新刊情報等のメール配信を 希望する・しない			

この本の感想を、編集部までお寄せいただけたらありがたく存じます。今後の企画の参考にさせていただきます。Eメールでも結構です。

いただいた「一〇〇字書評」は、新聞・雑誌等に紹介させていただくことがあります。その場合はお礼として特製図書カードを差し上げます。

前ページの原稿用紙に書評をお書きの上、切り取り、左記までお送り下さい。宛先の住所は不要です。

なお、ご記入いただいたお名前、ご住所等は、書評紹介の事前了解、謝礼のお届けのためだけに利用し、そのほかの目的のために利用することはありません。

〒一〇一－八七〇一
祥伝社文庫編集長　坂口芳和
電話　〇三（三二六五）二〇八〇

祥伝社ホームページの「ブックレビュー」からも、書き込めます。

http://www.shodensha.co.jp/bookreview/

祥伝社文庫

不屈《ふくつ》の横綱《よこづな》 小説 千代《ちよ》の富士《ふじ》

平成28年12月20日　初版第1刷発行

著　者　大下英治《おおしたえいじ》
発行者　辻　浩明
発行所　祥伝社《しょうでんしゃ》
東京都千代田区神田神保町3-3
〒101-8701
電話　03（3265）2081（販売部）
電話　03（3265）2080（編集部）
電話　03（3265）3622（業務部）
http://www.shodensha.co.jp/

印刷所　堀内印刷
製本所　ナショナル製本
カバーフォーマットデザイン　芥　陽子

Printed in Japan ©2016, Eiji Ohshita ISBN978-4-396-34271-5 C0193